Messagère de la passion

Du même auteur
aux Éditions J'ai lu

La favorite du sérail, *J'ai lu* 3448
La nuit de Saint-Pétersbourg, *J'ai lu* 3560
La favorite afghane, *J'ai lu* 3664
Un cœur à vendre, *J'ai lu* 4172
Prise au piège, *J'ai lu* 4586
La courtisane effrontée, *J'ai lu* 5104
Pour une rose d'argent, *J'ai lu* 5264
Le cygne d'émeraude, *J'ai lu* 5338
La femme fatale, *J'ai lu* 6111
La maîtresse de l'espion, *J'ai lu* 6210
La captive du roi, *J'ai lu* 6870
Correspondance interdite, *J'ai lu* 7391
Déclarations scandaleuses, *J'ai lu* 7416

Jane Feather

Messagère de la passion

Traduit de l'américain
par Catherine Plasait

J'AI LU

Titre original :

THE WEDDING GAME
Bantam Book published by Bantam Dell,
a division of Random House, Inc., New York

1

L'homme se tenait en haut des marches de la National Gallery, arborant ostensiblement un exemplaire du *Mayfair Lady*. Il observait avec attention les amateurs d'art qui se dirigeaient vers l'entrée du musée, à la recherche d'une personne munie du même périodique.

Une nuée de pigeons s'envola dans Trafalgar Square au passage d'une silhouette qui marchait d'un pas vif tout en semant du maïs sur son passage. Elle traversa la rue, s'arrêta au bas de l'escalier de pierre, froissa le sachet contenant les graines et leva la tête. Elle avait un journal roulé à la main. L'homme fit un vague signe avec le sien, et elle jeta le sachet dans une poubelle avant de le rejoindre.

Hormis que c'était une femme, et qu'elle n'était pas très grande, il n'aurait pu dire grand-chose d'autre à son sujet. Elle était perdue dans un vaste cache-poussière d'alpaga du genre de ceux qu'on porte pour une promenade en automobile, et son chapeau de feutre à large bord était orné d'une épaisse voilette de mousseline.

— Bonjour, monsieur, dit-elle en français, avant de poursuivre en anglais. Nous avons rendez-vous, n'est-ce pas ? Vous êtes bien le Dr Douglas Farrell ?

— Pour vous servir, madame, répondit-il en s'inclinant légèrement. Et vous êtes ?

— Je suis le *Mayfair Lady*, naturellement.

Il n'avait jamais entendu un accent aussi factice, mais il s'abstint de tout commentaire.

— Le *Mayfair Lady* en personne ?

— La représentante de cette publication, rectifia-t-elle d'un ton de reproche.

— Ah… Et L'Intermédiaire ?

— Exactement, monsieur. J'ai d'ailleurs cru comprendre que c'était L'Intermédiaire qui vous intéressait.

Ce satané accent français donnait toujours envie de pouffer à l'Honorable Chastity Duncan. Que ce soient ses sœurs ou elle qui y aient recours, elles avaient toujours l'impression de sortir tout droit d'une pièce de Feydeau. C'était néanmoins bien pratique pour déguiser sa voix.

— Je m'attendais à avoir un entretien dans un bureau, remarqua le médecin en jetant un coup d'œil autour de lui.

Le glacial vent de décembre malmenait les arbres et ébouriffait les pigeons.

— Nos bureaux ne sont pas ouverts au public, monsieur, expliqua-t-elle. Je suggère que nous entrions. Il y a de nombreux endroits propices à la discussion, dans ce musée.

Il la devança pour lui tenir la porte, et elle le frôla en pénétrant dans l'immense hall.

— Allons dans la salle Rubens, proposa-t-elle en désignant l'escalier. Il y a un siège circulaire où nous pourrons bavarder sans attirer l'attention.

Elle le précéda avec autorité, et le Dr Farrell lui emboîta le pas, à la fois amusé et intrigué par son numéro.

Au premier palier, elle bifurqua, et l'entraîna dans une succession de salles où étaient accrochées d'immenses toiles représentant d'atroces tortures, des *pietàs* et des crucifixions. Elle eut à peine un regard pour ces œuvres monumentales, et ne s'arrêta que lorsqu'ils eurent atteint une pièce circulaire au centre de laquelle trônait le fameux siège.

Les deux toiles les plus remarquables de cette salle avaient pour thème le jugement de Paris. Non sans humour, les sœurs Duncan avaient choisi de rencontrer les clients potentiels de L'Intermédiaire à cet endroit, car les trois plantureuses déesses nues, Vénus, Junon et Minerve, leur semblaient en harmonie avec leur mission.

Elle s'assit, rassembla ses jupes afin de permettre à l'inconnu de s'asseoir près d'elle.

— Nous serons tranquilles, ici, déclara-t-elle.

Douglas regardait autour de lui avec intérêt. Le lieu n'était pas particulièrement intime. Quelques personnes allaient de toile en toile en émettant des commentaires à voix feutrée; cela dit, bien qu'il se trouvât au beau milieu de la salle, le sofa permettait de converser sans être entendu.

Tandis qu'il prenait place, il perçut un léger parfum fleuri qui paraissait émaner de sous la voilette.

Chastity se tourna enfin vers son client. Elle avait un avantage sur lui dans la mesure où elle l'avait déjà aperçu dans l'échoppe de Mme Beedle, le jour où il avait acheté le *Mayfair Lady*. De l'arrière-boutique, elle l'avait observé à son insu.

Il était tel que dans son souvenir : grand, large d'épaules, musclé; le genre d'homme que l'on n'oublie pas facilement. Un sportif, boxeur ou lutteur, aurait-on pu supposer, à en juger par son nez cassé. Il avait des traits accusés, irréguliers, une grande bouche, un menton volontaire. Ses yeux étaient noirs comme du charbon sous ses épais sourcils qui se rejoignaient presque, et ses cheveux bouclés étaient coupés court. De toute évidence, il ne se préoccupait guère de son apparence. Son pardessus gris boutonné haut n'avait rien de remarquable, pas plus que son cache-nez, ses gants ou son chapeau mou.

Elle se rendit soudain compte que, perdue dans sa contemplation, elle avait laissé un silence un peu trop long s'installer, et reprit vivement :

— Alors, en quoi L'Intermédiaire pourrait-il vous rendre service, monsieur ?

Il paraissait un peu déconcerté.

— Ainsi, ce sont là les locaux du *Mayfair Lady* ? dit-il.

Elle reconnut la pointe d'accent écossais qui l'avait frappée chez Mme Beedle.

— Non, mais nous ne recevons jamais nos clients dans nos bureaux, monsieur, l'informa-t-elle sèchement.

Elle s'abstint de préciser que leurs « bureaux » étaient soit le salon de thé *Fortnum and Mason*, soit le boudoir dans la demeure familiale qui avait été le sanctuaire de feu lady Duncan. Ni l'un ni l'autre ne se prêtait aux entretiens professionnels.

— Pour quelle raison ? voulut-il savoir.

— Parce que nous tenons à ce que le *Mayfair Lady* demeure anonyme. À présent, si nous en venions à notre affaire ?

— Oui, bien sûr. Mais je dois vous avouer, madame *Mayfair Lady*, que je suis très curieux. Pourquoi l'anonymat est-il indispensable ?

Chastity soupira.

— Connaissez-vous notre publication, monsieur ?

— Naturellement, sinon jamais je n'aurais su comment joindre L'Intermédiaire.

— Vous auriez pu lire la publicité sans pour autant vous plonger dans les articles, objecta-t-elle, oubliant un instant son accent.

— Je les ai lus.

Elle haussa les épaules dans un geste qu'elle espérait typiquement français.

— Dans ce cas, vous avez noté que les opinions exprimées dans ce journal étaient assez polémiques. Voilà pourquoi les rédacteurs préfèrent rester anonymes.

— Je vois. J'imagine qu'un tel mystère ajoute à l'attrait de votre publication, non ?

— En effet, concéda-t-elle.
— Si je me souviens bien, il y a eu récemment un procès en diffamation. Le *Mayfair Lady* était poursuivi par…
Il fronça les sourcils, puis son visage s'éclaira.
—… le comte de Barclay, je crois.
— Il a été débouté.
— Je sais. Je me rappelle également qu'au procès, la publication était représentée par une personne anonyme. C'est bien cela ?
— Oui.
— Je suppose que vos ventes ont explosé, après cette affaire.
— Possible, répondit-elle d'un ton indifférent. Mais ce n'est pas la raison pour laquelle nous dissimulons notre identité. Maintenant, parlons un peu de vous, monsieur.
Bien que sa curiosité ne fût pas satisfaite, Douglas céda à sa demande.
— Comme je vous l'ai expliqué dans mon courrier, j'ai besoin d'une épouse.
Elle sortit la lettre de son sac.
— C'est tout ce que vous dites, cependant. Or, avant de savoir si nous pouvons vous aider, nous avons besoin de détails quant à votre situation et le genre de femme que vous recherchez.
— Bien entendu. Hormis deux qualités que je considère comme essentielles, dit-il en ôtant ses gants qu'il fourra dans sa poche, je ne suis guère exigeant.
Il s'exprimait d'un ton froid et terre à terre, nota-t-elle.
— Je suis médecin, comme vous le savez, et je viens d'arriver à Londres après avoir obtenu mon diplôme à Édimbourg, où j'ai pratiqué pendant quelques années. J'ai l'ambition d'ouvrir dans Harley Street un cabinet dont je suis certain qu'il générera de grosses rentrées d'argent une fois que je serai suffisamment connu dans la bonne société londonienne.

Les mains crispées sur les genoux, Chastity l'étudiait à travers sa voilette. Elle avait un mauvais pressentiment sur l'issue de cet entretien, et son intuition la trompait rarement.

Le médecin se débarrassa de son cache-nez. Il paraissait avoir trop chaud, alors qu'elle-même était encore gelée, et elle l'envia. Peut-être, songea-t-elle, qu'un tel colosse dégageait plus de chaleur corporelle que la moyenne des gens.

— Bref, continuait-il, il faut que je trouve une épouse qui soit d'abord et avant tout riche.

Chastity décida que son intuition ne l'avait pas trompée, pourtant, elle s'abstint de tout commentaire.

— Vous savez, poursuivit-il du même ton détaché, qu'il est extrêmement onéreux de se créer une bonne clientèle. Les loyers sur Harley Street sont prohibitifs, et les patients fortunés sont convaincus qu'un environnement de qualité reflète les exigences du praticien en matière de soins.

Chastity crut discerner une pointe de sarcasme dans sa voix.

— Pour autant que je sache, observa-t-elle, distante, les médecins qui exercent à Harley Street gagnent fort bien leur vie. Suffisamment pour pouvoir entretenir une épouse, il me semble.

Il haussa les épaules.

— Une fois installés, oui. Mais je ne le suis pas encore, et pour y parvenir, j'ai besoin d'aide. Vous comprenez ?

— Je ne suis pas complètement obtuse.

Si la froideur de son ton surprit le médecin, il n'en laissa rien paraître et poursuivit calmement :

— Il me faut une épouse qui m'apporte une certaine stabilité financière, ainsi que les relations sociales susceptibles d'accroître ma clientèle. Bref, une femme capable de persuader les...

Il s'interrompit, à la recherche du mot juste.

— Les dames qui ont des migraines, ou le genre de troubles dûs à un manque d'exercice physique et intellectuel ; les hommes affligés de goutte et autres petits maux causés par l'oisiveté et les excès de toutes sortes. J'ai besoin d'une épouse capable de repérer ce genre de personnes, et de les persuader de faire confiance aux talents curatifs de son mari.

— Si je comprends bien, monsieur, vous n'avez pas tant besoin d'une épouse que d'une banquière et d'une entremetteuse, déclara Chastity.

L'espace d'un instant, elle craignit d'avoir exprimé son indignation de manière un peu trop agressive. À tort.

— Exactement, répondit-il sans se formaliser. Vous avez fort bien saisi la situation. Je préfère appeler un chat un chat.

Il plissa les yeux.

— Pourrais-je voir votre visage, madame ?

— Certainement pas, monsieur.

— Comme vous voudrez. Mais à part le fait que je préfère traiter avec une personne identifiée, tous ces mystères me semblent superflus. Ne pourriez-vous au moins laisser tomber cet absurde accent ?

Chastity se mordit la lèvre. Elle ne s'était pas attendue qu'il la prenne vraiment pour une Française, mais c'était le seul moyen qu'elle avait trouvé pour contrefaire sa voix. S'il devenait leur client, et qu'elle le rencontrait sous sa véritable identité, ce qui arriverait inévitablement, il ne fallait pas qu'il puisse établir un lien entre la dame de la National Gallery et l'Honorable Chastity Duncan.

Elle préféra ignorer la question, et reprit froidement, sans se départir de son accent :

— L'Intermédiaire doit-il comprendre que vous n'êtes absolument pas intéressé par un mariage où respect et affection auraient leur importance ? Seuls la fortune et le statut social vous importent ?

Cette fois, l'hostilité de la jeune femme ne put lui échapper.

— Ce sont mes priorités, en effet. Est-ce le rôle de L'Intermédiaire de les remettre en question ? Vous êtes une agence, vous offrez des services.

Chastity sentit ses joues s'enflammer sous la voilette.

— Afin de vous satisfaire, monsieur, nous devons poser les questions qui nous semblent indispensables.

Il fronça les sourcils, puis haussa les épaules.

— Je préférerais dire que mon choix d'une femme relève de problèmes pratiques.

Il était quelque peu contrarié. Ce qui lui avait paru si simple se révélait compliqué, d'autant plus qu'il ne voyait pas le visage de son interlocutrice.

Chastity l'examinait d'un regard aigu, et elle avait une idée assez précise de ce qu'il pensait en cet instant. Son instinct la poussait à refuser ce client sans autre forme de procès. Elle était d'une nature généreuse, et l'idée de chercher une épouse pour un individu aussi bassement intéressé lui répugnait. Elle ne pouvait cependant prendre de décision avant d'en avoir parlé à ses sœurs, et elle savait que ces dernières se moqueraient de ses beaux principes. Elles dirigeaient une affaire, et elles ne pouvaient se permettre d'évincer un client, quel que fût le mépris qu'il leur inspirait.

Chastity savait qu'il lui faudrait écouter la voix froidement rationnelle de Prudence plutôt que sa propre réponse spontanée et purement émotionnelle. Quant à Constance, quoi qu'elle pensât du bon docteur, elle l'entendait déjà insister sur le fait qu'un client était un client. Du reste, il existait des femmes prêtes à tout pour trouver un mari, à qui une telle proposition conviendrait. Elle ajouterait que ces femmes devraient apprendre à se suffire à elles-mêmes, mais qu'en attendant, il fallait jouer leur jeu.

Et toutes deux auraient raison. Le *Mayfair Lady* ainsi que L'Intermédiaire assuraient l'indépendance des sœurs Duncan, et permettaient à leur père de vivre dans une relative aisance. Prudence et Constance étaient désormais mariées à des hommes parfaitement capables de les entretenir, mais ni l'une ni l'autre n'était prête à renoncer à leur indépendance financière.

Songeant à leur père, Chastity eut un soupir qui n'échappa pas à son compagnon.

— Quelque chose vous ennuie ?

— Non, répondit-elle. Nous en avons terminé pour aujourd'hui, monsieur. Je vais retourner au bureau et consulter mes s... mes collègues. Vous aurez de nos nouvelles dans la semaine.

Elle se leva, lui tendit une main gantée qu'il serra.

— Comment rencontrerai-je les candidates éventuelles ?

— Vous en serez informé le moment venu. En supposant que nous parvenions à trouver une femme aussi désireuse que vous de contracter un mariage dépourvu de respect et d'affection. Au revoir, docteur Farrell.

Sur ce, elle s'éloigna sans lui laisser le temps de recouvrer ses esprits. Il fit mine de la suivre, son incrédulité laissant place à la colère tant à cause de son ton que de ses paroles, mais elle se faufilait déjà entre les gens, et il ne se voyait guère lui courir après pour exiger des excuses dans un endroit aussi fréquenté. Mais il en obtiendrait, par le diable ! De quel droit se permettait-elle de le juger et de le prendre de haut, alors qu'elle ne connaissait rien de sa situation ?

Certes, lui rappela une petite voix intérieure, il ne lui avait pas tout dit. Il ne lui avait pas parlé de l'autre aspect de son travail, tout simplement parce qu'il n'avait pas envie de le crier sur les toits. Du reste, cela n'avait rien à voir avec les services que L'Intermédiaire proposait.

S'il se fiait aux opinions progressistes que professait le *Mayfair Lady*, il était clair que ses journalistes – sans doute des femmes – étaient à la fois aisées et cultivées. Elles ne connaissaient rien des taudis de Earl's Court où grouillaient les rats, et où la puanteur était suffocante. Elles ne savaient rien de la tuberculose et de la dysenterie qui rôdaient à chaque coin de rue, des mères désespérées qui ne parvenaient pas à nourrir leurs enfants affamés, des chômeurs qui dépensaient leurs quelques malheureuses pièces dans des bouges infâmes.

Débiter de beaux discours sur le suffrage des femmes et l'égalité des droits était une chose, mais se colleter avec l'atroce réalité des bas-fonds en était une autre.

Douglas Farrell traversa le musée à grandes enjambées rageuses. Orphelin de père, il avait grandi entouré de sa mère et de ses six sœurs aînées, dans une atmosphère étouffante de bavardages, de querelles, de pépiements. Il sympathisait volontiers avec Scot John Knox qui dénonçait le monstrueux régime de la suprématie féminine. Certes, l'écrivain faisait référence aux reines qui, trois siècles auparavant, régentaient l'Angleterre et l'Écosse. Cependant, après avoir vécu toute son enfance au milieu des femmes, Douglas trouvait une satisfaction perverse à faire siens les commentaires du réformateur. L'excès d'amour pouvait être aussi nocif que le manque d'amour avait-il décidé quelques années plus tôt. Et il s'était débrouillé pour atteindre l'âge de trente-cinq ans en évitant le piège du mariage.

Il était passé bien près, avec Marianne, lui rappela la même petite voix, qu'il fit taire aussitôt. Le passé était le passé. À présent, il était prêt à sacrifier sa tranquillité de célibataire au nom de son combat passionné contre la misère. Et cela ne regardait que lui !

Il ne voyait pas pourquoi la fortune de quelque aristocrate privilégiée ne devrait pas être consacrée à aider des hommes, des femmes, des enfants dépourvus de tout, et dont elle connaissait à peine l'existence. Il ne voyait pas non plus pourquoi il n'exploiterait pas les hypocondriaques qui avaient les moyens de s'offrir ses services afin de mettre ses talents de médecin au service des plus pauvres.

Alors, de quel droit cette petite créature à l'accent grotesque se permettait-elle de lui infliger un sermon sur l'affection et le respect ? Elle proposait un service et n'avait certainement pas à se mêler des choix de ses clients ! Il en avait terminé avec les histoires d'amour, et s'il en avait souhaité une, il l'aurait cherchée lui-même !

Courroucé, il dégringola les marches du musée et se dirigea vers St. James Park, comptant sur l'air froid pour apaiser sa colère. Ce qui fut le cas. Lorsqu'il atteignit Buckingham Palace, il avait retrouvé son sens de l'humour. Il avait appris dès l'âge de cinq ans que c'était une qualité indispensable si on ne voulait pas devenir fou au contact des femmes.

Chastity se hâtait dans Trafalgar Square sans se soucier des pigeons qui s'envolaient sous ses pieds. À Charing Cross, elle héla un fiacre et lui demanda de la conduire au 10 Manchester Square. L'odeur de tabac qui flottait dans l'habitacle lui arracha une grimace.

Elle avait attendu avec impatience cette rencontre avec Douglas Farrell. Elle se souvenait encore de ce jour où elle l'avait vu entrer dans la boutique de Mme Beedle et acheter un exemplaire du *Mayfair Lady*. Qu'un médecin exerce dans un quartier aussi défavorisé que Earl's Court l'avait intriguée. De même que le personnage, qui avait acheté bien plus de paquets de bonbons que n'en pouvait absorber un individu normalement constitué. Et elle savait de quoi elle parlait, étant elle-même très portée sur les sucreries.

Elle s'était alors demandé s'il les achetait pour les enfants qui fréquentaient le dispensaire de St. Mary. Cette idée s'accordait à sa nature généreuse et lui avait donné envie de rencontrer l'homme. Hélas, le personnage s'était révélé bien différent de ce qu'elle imaginait !

Elle releva son voile avec un soupir de soulagement. Mme Beedle semblait apprécier le médecin, mais évidemment, une commerçante ne connaissait pas intimement ses clients. Vivait-il à Kensington ? Probablement, puisqu'il fréquentait cette boutique. L'endroit était certes tout à fait respectable, mais bien loin des adresses favorites d'un éminent praticien de Harley Street ! Parfait, en revanche, pour un médecin de Earl's Court, et sans doute assez bon marché. Car, de toute évidence, l'argent était l'un de ses problèmes.

Bien sûr, L'Intermédiaire était une agence matrimoniale, et Chastity n'avait pas à porter de jugement sur ses clients. D'un certain point de vue, le Dr Farrell s'était montré tout simplement honnête en exposant ses souhaits.

Sauf que Chastity avait du mal à envisager les choses sous cet angle-là. Cet homme était froidement calculateur. Il voulait une femme à la fois riche et influente, qu'il pourrait utiliser à ses propres fins. Elle en avait les cheveux qui se dressaient sur la tête. À vrai dire, elle était horriblement déçue.

Le fiacre s'arrêta devant l'imposante façade de la demeure familiale. Elle régla sa course, et se dépêcha de gravir les marches du porche, frissonnant dans le vent coupant.

Jenkins, le majordome, ouvrit la porte.

— J'ai vu le fiacre, mademoiselle Chastity, expliqua-t-il. Quel mauvais temps !

— Cela sent la neige, assura-t-elle en pénétrant dans le hall. Mon père est là ?

— Sa Seigneurie n'a pas quitté la bibliothèque. Il craint d'avoir attrapé un rhume.

— Mon Dieu ! Devrions-nous appeler un médecin ?

— Je le lui ai proposé, mais il a refusé.

— J'y vais. Peut-être qu'un thé avec une goutte de whisky lui ferait du bien, qu'en pensez-vous ?

— Je lui ai apporté la carafe juste après le déjeuner, répondit Jenkins.

Chastity fronça les sourcils. Son père s'enfonçait dans la dépression depuis cette affaire de diffamation qui avait révélé la perfidie de son vieil « ami » Barclay. Le procès avait rendu publique la trahison du comte, mais aussi l'aveuglement stupide de lord Duncan qui lui avait fait confiance. De l'avis de ses filles, c'était surtout cela qui le perturbait. Par sa crédulité, il avait perdu toute sa fortune, et elles avaient été obligées de faire du *Mayfair Lady* et de L'Intermédiaire une entreprise commerciale afin de restaurer quelque peu les finances familiales, tout en tenant leur père à l'écart de leurs difficultés. L'orgueil de ce dernier avait été gravement atteint. Il ne parvenait pas à accepter le fait que ses filles lui aient caché la vérité, et que ce soit elles qui aient empêché la ruine totale de la famille.

Chastity hésita un instant à la porte de la bibliothèque.

Depuis le mariage de Prudence, six semaines auparavant, elle demeurait seule à Manchester Square, et la dépression de son père lui pesait. Certes, ses sœurs partageaient son fardeau, mais étant donné leur éloignement physique, elles ne le supportaient pas quotidiennement.

Elle frappa enfin un coup léger et pénétra dans la pièce que seul le feu qui brûlait dans la cheminée éclairait.

— Vous ne voulez pas que j'allume, père ? s'enquit-elle en refermant derrière elle.

— Non, non, je suis bien ainsi. Inutile de gaspiller le gaz, répliqua lord Duncan du fond de son fauteuil. Il sera temps d'allumer quand la nuit sera tout à fait tombée.

Faire des économies de bouts de chandelle, tel était le moyen que lord Duncan avait trouvé pour s'accommoder de la réalité de leur situation financière.

— Jenkins m'a dit que vous n'étiez pas bien, père. Voulez-vous faire venir le Dr Hastings ?

— Non. Inutile de dépenser de l'argent pour un charlatan ! C'est juste un petit rhume.

Il tendit la main vers la carafe de whisky, et Chastity constata qu'elle était aux deux tiers vide, alors que Jenkins l'avait apportée pleine, elle en était sûre. Cependant son père ne semblait pas ivre. Sans doute n'avait-il pas bu plus que de coutume, seulement il buvait seul, alors que naguère, il se serait trouvé à son club avec ses vieux camarades. Elle ne se rappelait plus quand il s'y était rendu pour la dernière fois.

— Vous dînez dehors, ce soir ? demanda-t-elle en s'efforçant de paraître enjouée.

— Non.

— Pourquoi ne pas aller à votre club ?

— Ça ne me tente pas, Chastity, fit-il en avalant une lampée d'alcool.

— Alors pourquoi ne pas venir au dîner que donnent Prudence et Gideon ? insista-t-elle.

— J'ai décliné leur invitation, ma chérie. Je ne vais pas changer d'avis maintenant et bousculer le plan de table de ta sœur.

Il se pencha pour remplir son verre.

Chastity renonça. Il ne servait à rien d'attaquer lord Duncan de front. Elle l'embrassa sur la joue.

— Dans ce cas, restez bien au chaud. Je vais voir ce que Mme Hudson vous a préparé pour dîner.

— Oh, un morceau de pain et du fromage me suffiront.

Chastity soupira. En fait, les airs de martyr qu'affichait son père étaient plus pénibles encore que ses dépenses inconsidérées d'autrefois.

— Je vais partir de bonne heure, car j'ai prévu de m'habiller chez Prudence. Je passerai vous dire au revoir avant de m'en aller.

— Très bien, chérie.

Chastity trouva Jenkins dans le hall, occupé à allumer les lampes à gaz. Lord Duncan considérait l'électricité comme une abomination du monde moderne, et il l'aurait refusée même s'il en avait eu les moyens.

— Pourriez-vous allumer aussi dans la bibliothèque ? demanda-t-elle au majordome. Père prétend qu'il est trop tôt, mais je trouve affreusement déprimant de rester ainsi dans la pénombre.

— Si vous voulez mon avis, mademoiselle Chastity, lord Duncan aurait besoin de sortir un peu de lui-même.

— Je sais. Mes sœurs et moi nous creusons la tête pour trouver une idée. Peut-être Noël lui remontera-t-il le moral ? Il a toujours aimé la chasse du lendemain.

— Espérons-le, fit Jenkins, sceptique. À propos de Noël, Mme Hudson et moi partirons pour Romsey le 23 décembre, c'est bien cela ?

— Oui, et nous arriverons en fin d'après-midi, le 24, après le mariage de lord Lucan et d'Hester Winthrop. Ils reçoivent pour le déjeuner, donc nous pourrons attraper le train de 16 heures et être là à temps pour la chorale.

— Quelle joie d'avoir de nouveau un grand Noël familial !

Chastity eut un sourire nostalgique.

— Oui. Nous n'en avons pas eu réellement depuis la mort de mère. Avec Prudence et Gideon, Sarah et Mary Winston, Constance et Max, sans compter les tantes, ce sera merveilleux !

— Dans la tradition, acquiesça Jenkins. Je vais allumer dans la bibliothèque, à présent. J'ai averti Cobham que vous auriez besoin de lui à 18 heures. Il vous attendra avec la voiture. Vous restez dormir chez Mlle Prudence, pardon, lady Malvern ?

— Ne l'appelez pas ainsi, elle se demanderait à qui vous vous adressez ! dit Chastity en riant. Oui, je passe la nuit chez Prudence, et le chauffeur de Gideon me raccompagnera demain matin.

Elle se rendit à la cuisine pour discuter du dîner de son père avec Mme Hudson.

— Ne vous inquiétez pas, mademoiselle Chastity. J'ai une belle aile de faisan, avec de la compote de pommes, comme il aime. Et puis de la soupe de châtaigne et de la crème anglaise. De quoi lui exciter l'appétit.

— Vous pensez à tout ! Du reste, ça sent délicieusement bon.

Elle salua joyeusement la cuisinière et grimpa en hâte à l'étage pour aller chercher sa tenue de soirée. Elle se sentait parfois bien seule, à présent que ses sœurs étaient mariées. Autrefois, elles s'habillaient ensemble, passaient d'une chambre à l'autre, s'empruntaient des robes, des bijoux, un fer à friser, des épingles, elles commentaient leurs toilettes respectives. Constance et Prudence étaient conscientes de sa relative solitude, et elles s'arrangeaient pour passer avec elle le plus de temps possible. Il était rare que Chastity s'habille seule si elles assistaient à la même soirée, et elle était invitée permanente chez l'une comme chez l'autre. Toutefois, par délicatesse, elle n'en abusait pas. Elle aimait beaucoup ses beaux-frères, qui le lui rendaient bien, mais elle ne voulait pas s'immiscer dans la vie privée de ses sœurs.

Elle passa sa garde-robe en revue tout en réfléchissant à la discussion qu'elles auraient au sujet de Douglas Farrell. Elle espérait qu'elles partageraient son dégoût devant l'attitude terre à terre du médecin, et refuseraient de prendre sa requête en compte. Mais elle savait que c'était là un espoir vain. Elles ne pouvaient se le permettre. Cela dit, où diable allaient-elles dénicher l'oiseau rare qu'il recherchait ?

Elle se décida pour une robe de soie émeraude au décolleté profond, avec une petite traîne qui partait de sous la taille haute. Une création de Doucet que Constance lui avait rapportée de Paris. Elle compléta sa tenue avec des accessoires qu'elle rangea dans une petite valise avec sa chemise de nuit, sa brosse à dents et sa brosse à cheveux. La robe drapée sur le bras et la valise à la main, elle descendit à l'instant où la pendule sonnait 18 heures.

Jenkins la débarrassa de ses affaires tandis qu'elle allait saluer son père.

Lord Duncan semblait un peu ragaillardi. Les lumières étaient allumées, le feu crépitait dans la cheminée, et la carafe de whisky avait été remplie. Une bonne odeur de faisan rôti flottait jusqu'à la bibliothèque.

— Embrasse tes sœurs pour moi, dit-il. Et demande-leur de mc rendre une petite visite de temps en temps.

— Père ! protesta Chastity. Elles étaient là hier. Et elles viennent pratiquement tous les jours.

— Certes, mais c'est moins pour me voir que pour travailler à cet infâme journal dont vous êtes si fières ! rétorqua lord Duncan. Je me demande à quoi pensait ta mère quand elle a créé cette publication.

— Au suffrage des femmes, vous le savez parfaitement, riposta Chastity qui refusait de se laisser entraîner sur ce terrain. Nous nous contentons de reprendre le flambeau.

Lord Duncan maugréa en lui faisant signe de s'en aller.

— File, sinon tu seras en retard.

— Je rentrerai dans la matinée. Bon appétit ! Mme Hudson vous a préparé vos plats favoris, alors n'oubliez pas de l'en remercier.

Elle sortit, le laissant à son whisky.

Cobham l'attendait, et elle descendit les marches d'un pas léger en remontant le col de son manteau. Les réverbères électriques étaient allumés, jetant des flaques d'un blanc brillant sur les pavés.

— Ma sœur m'a appris que vous alliez prendre votre retraite l'année prochaine, Cobham, dit-elle au cocher après l'avoir salué.

— En effet, mademoiselle Chastity. Il est temps de se mettre au vert, répondit-il en faisant claquer son fouet. Un beau petit cottage que Mlle Prudence... enfin, lady Malvern nous a proposé là. Ma femme est aux anges ! Il y a un joli potager. On sera heureux comme des rois.

— J'en suis certaine, acquiesça Chastity qui se lova sous le plaid jusqu'à la résidence des Malvern, à Pall Mall Place.

2

— Bonsoir, tante Chastity !

— Bonsoir, Sarah, répondit Chastity en embrassant la belle-fille de sa sœur. Comment cela se passe, à l'école ?

— Assommant ! s'écria l'enfant avec un soupir à fendre l'âme. Affreusement fastidieux.

Chastity éclata de rire.

— Je n'en crois pas un mot !

Sarah rit à son tour.

— Bon, d'accord, il y a sans doute quelques matières qui me plaisent, mais il faut absolument dire que c'est ennuyeux, sinon les gens se demandent si vous êtes normale.

Chastity se doutait que « les gens » en question étaient les camarades de classe de la fillette.

— Je comprends, compatit-elle. Mais ce doit être dur de prétendre ne pas aimer l'école quand c'est faux.

— Oh, je suis très bonne comédienne, assura Sarah. C'est la robe que vous allez porter ce soir ? Laissez-moi prendre votre valise.

— C'est bien cette robe, et je te remercie, répondit Chastity en tendant sa mallette à l'enfant. Prudence est là-haut ?

— Oui, et papa est encore à son bureau. Ils se sont disputés ce matin, alors je pense qu'il rentrera à la maison à la dernière minute, confia Sarah.

Elle ne semblait pas le moins du monde inquiète, car les discussions étaient fréquentes chez les Malvern.

— À quel sujet ont-ils eu des mots ? s'enquit Chastity en suivant Sarah dans l'escalier.

— Un procès que papa a accepté, alors que Prudence pense qu'il aurait dû refuser. Je n'ai pas tout compris, mais il s'agirait d'un homme qui refuse de prendre un enfant à sa charge.

Si Prudence n'était pas d'accord, on pouvait compter sur elle pour l'exprimer clairement. Quant à Gideon, il ne manquerait pas de lui dire de se mêler de ses affaires. C'était un couple explosif !

— Je dépose tout ça dans votre chambre ? demanda Sarah en s'arrêtant devant une porte. Prudence est dans son boudoir.

— Oui, merci, Sarah. Je vais juste l'embrasser.

Chastity se hâta vers une double porte au bout du couloir. Sa sœur lui ouvrit aussitôt et l'étreignit avant de l'entraîner dans la ravissante pièce adjacente à la chambre conjugale.

— Je suis ravie de te voir ! s'écria Prudence. Figure-toi que je suis furieuse contre Gideon.

— Sarah m'en a parlé, dit Chastity en déboutonnant son manteau.

Toujours disposée à rétablir la paix, elle se prépara à écouter la version de sa sœur.

— Une histoire de père qui refuse d'assumer un enfant, c'est cela ?

— Parfois, je pense que Sarah en entend plus qu'elle ne devrait, remarqua Prudence en remontant ses lunettes sur son nez. Je me demande si nous ne parlons pas trop librement devant elle.

— Elle est assez intelligente pour comprendre, la rassura Chastity. Et elle ne craint pas de poser des questions si quelque chose lui échappe.

Prudence sourit.

— Tu as raison, comme d'habitude. Gideon a toujours été très ouvert avec elle, et il ne faudrait pas que cela change simplement parce que je suis arrivée dans le paysage.

— Certes, acquiesça Chastity en drapant son manteau sur le dossier d'une chaise. Alors, raconte…

Prudence versa du sherry dans deux verres et les apporta près du sofa où elles s'installèrent. Accoutumée à jouer les confidentes avec ses deux sœurs, Chastity attendit tranquillement la suite.

— Gideon a accepté de défendre un homme qui refuse de verser une pension alimentaire à l'enfant qu'il a eu avec son ancienne maîtresse. Ce qui signifie que mon avocat de mari va attaquer la femme… sa moralité, ses motivations. Il prétend qu'elle a été poussée par l'appât du gain, qu'elle est délibérément tombée enceinte afin de s'attacher son amant, et qu'elle essaie à présent de ruiner son mariage ainsi que sa carrière.

Chastity fit la grimace. Elle était du même avis que Prudence. Toute autre réaction aurait été impensable de la part d'une des sœurs Duncan.

— Gideon le croit-il vraiment ?

— Je suis sûre que non. Il dit qu'il accepte tous les cas qui l'intéressent et représentent un défi sans s'occuper de culpabilité ou d'innocence.

Prudence secouait la tête, écœurée.

— Il a même ajouté que s'il n'acceptait que les cas qui correspondent à mes exigences morales, nous serions à la rue.

Chastity ne put s'empêcher de rire.

— Excuse-moi… Mais avoue qu'il a probablement raison. Si nous décortiquions tous ses cas en fonction de nos notions du bien et du mal, il n'aurait plus guère de clients !

Prudence sourit à contrecœur.

— Je m'en rends bien compte, néanmoins, cette histoire m'a piquée au vif.

— Je comprends, fit Chastity en sirotant son sherry. Constance vient-elle de bonne heure, ce soir ?

Prudence jeta un coup d'œil à la pendule.

— Elle ne devrait pas tarder. Elle a parlé de 19 heures au plus tard, afin que nous ayons le temps de parler sérieusement avant l'arrivée des invités.

— Dans ce cas, je vais aller m'habiller. Peux-tu me prêter ton châle topaze ? Il se marie à merveille avec ma robe verte.

— Bien sûr ! Et un ruban assorti pour tes cheveux. Veux-tu prendre un bain ? J'enverrai Becky t'aider.

— Merci, mais je me suis baignée ce matin, et je suis capable de m'habiller toute seule. Je ne crois pas que j'aimerais avoir une femme de chambre.

— Oh, on s'y habitue très vite ! assura Prudence. Tu verras quand tu vivras dans le luxe !

Chastity retourna dans la chambre d'amis où Sarah avait suspendu sa robe. Une cruche d'eau chaude fumait sur la table de toilette près d'une pile de serviettes moelleuses. Elle défit sa valise en songeant que ses deux sœurs s'étaient remarquablement bien adaptées au luxe que leur offraient leurs riches époux. On ne pouvait certes pas le leur reprocher, car elles avaient dû renoncer peu à peu au confort qu'elles avaient connu du temps de leur mère, avant que leur père ne dilapide sa fortune. Quant à elle, cependant, elle était persuadée que les attentions d'une camériste la dérangeraient.

Elle retourna dans le boudoir de sa sœur une vingtaine de minutes plus tard. Vêtue d'une robe du soir de soie noire et grise, sa chevelure couleur cannelle soigneusement coiffée en chignon, Prudence sortait tout juste de sa chambre.

— J'adore ta robe ! s'exclama-t-elle d'un ton admiratif. Ce vert rehausse magnifiquement tes cheveux ! Attends, laisse-moi m'occuper du ruban.

Elle entrelaça habilement le ruban topaze aux boucles rousses de sa sœur, puis elle drapa le châle assorti sur ses épaules.

— Tu es ravissante, comme d'habitude, déclara-t-elle, avant de froncer légèrement les sourcils. Tu as minci, il me semble.

— Oui, j'ai l'impression que cette robe est un peu large, admit Chastity d'un air satisfait.

Elle était la plus petite et aussi la plus ronde des trois sœurs.

— Peut-être que je mange moins de gâteaux, suggéra-t-elle en riant. Qui as-tu invité pour moi, ce soir ? ajouta-t-elle en se hissant sur la pointe des pieds pour vérifier sa coiffure dans le miroir au-dessus de la cheminée.

Elle mouilla son index et le passa sur ses sourcils arqués au-dessus de ses yeux noisette.

— Roddie Brigham. Cela te convient ?

— Oui, bien sûr. Il est de compagnie agréable, et nous nous entendons fort bien.

— Tu ne débordes pas d'enthousiasme, observa sa sœur.

— Désolée, dit Chastity qui se tourna vers elle en souriant. J'aime bien Roddie, et je suis ravie de ne pas avoir à faire de mondanités avec lui. Mais bien qu'il m'ait demandé au moins trois fois de l'épouser, je ne cherche pas de mari, Prudence. Alors ne te fais pas d'illusions.

— Je sais d'expérience que tu n'as pas besoin de chercher, répliqua Prudence. Ils viennent tout seuls !

— Qui est-ce qui vient tout seul ?

Elles sursautèrent, tandis que leur sœur aînée, Constance, pénétrait dans la pièce précédée d'un nuage de parfum exotique.

— Les maris, répondit Prudence.

— Oh, oui ! C'est bien vrai ! Ils ont tendance à arriver au moment où l'on s'y attend le moins.

Elle embrassa ses sœurs.

— Tu n'en as pas encore trouvé un, n'est-ce pas, Chastity ? reprit-elle.

— Depuis hier, non, l'informa sa sœur en riant. Mais comme je viens de le dire, je ne cherche pas. En tout cas, pas pour moi, précisa-t-elle.

— Au fait, avons-nous un nouveau client ? interrogea Prudence en se rappelant brusquement le rendez-vous de Chastity.

Celle-ci plissa son petit nez.

— J'aimerais autant lui dire d'aller jouer ailleurs, avoua-t-elle. Il est franchement odieux.

Constance leur servit du sherry.

— Là n'est pas la question. Nous n'avons pas à aimer nos clients.

— Je sais, dit Chastity en acceptant le verre que sa sœur lui tendait.

Elle prit place dans le sofa, et Prudence la rejoignit.

— Comment s'appelle-t-il, déjà ? Dr quelque chose...

— Farrell. Douglas Farrell. Avant toute chose, il veut une femme riche. *Qualité* – si tel est le mot – essentielle, ajouta Chastity avec une animosité évidente.

— Au moins, il est franc, fit remarquer Constance.

— Ça, pour être franc, il l'est ! Non seulement il veut une riche épouse, mais elle doit aussi être influente sur le plan social, et disposée à lui amener une clientèle huppée.

— Où exerce-t-il ?

— À Harley Street. Il ouvre tout juste un cabinet, aussi a-t-il besoin d'une entremetteuse.

Ses sœurs firent la grimace.

— Dois-tu vraiment l'exprimer ainsi ? risqua Prudence.

— En tout cas, c'est ainsi que j'ai résumé la situation, et il a approuvé. Il aime appeler un chat un chat.

— Tu ne l'apprécies visiblement pas, constata Constance.

— En effet. Il est si froid, si calculateur ! En outre, il méprise ces patients potentiels de Harley Street qu'il traite d'hypocondriaques. Je n'ose imaginer ce qu'il donne au lit !

Ses sœurs l'étudièrent un instant en silence. Cela ne lui ressemblait guère de condamner quelqu'un de façon aussi virulente. C'était d'ordinaire la plus charitable d'entre elles, la moins portée sur la critique.

— Ce genre de jugement sans appel n'est pas dans tes habitudes, Chastity, commenta Constance.

Elle haussa les épaules.

— Il m'a horripilée, je suppose.

Pour une raison obscure, elle n'avait pas avoué à ses sœurs qu'elle avait déjà vu le Dr Farrell chez Mme Beedle. De même qu'elle ne se résolvait pas à reconnaître que son antipathie pour cet individu avait pour origine la déception. Cela semblait tellement absurde de s'être fait une opinion d'un homme que l'on avait entraperçu quelques minutes à peine !

— Mais tu ne lui as pas dit que nous refusions de l'aider ? s'inquiéta Prudence.

Chastity avait parfois tendance à oublier l'aspect financier de leur métier, encore que ce soit plutôt pour accepter des clients qui n'avaient pas les moyens de s'offrir les services de L'Intermédiaire.

— Jamais je n'aurais fait une telle chose sans vous avoir consultées. C'est cependant ce que je souhaiterais. Je m'imagine mal condamner une femme à une relation aussi froide et stérile.

— Mais toutes les femmes ne verraient pas les choses comme toi, lui rappela Prudence. Les éminents médecins de Harley Street font des époux très recherchés !

— Peut-être. Toutefois, est-il correct de tirer avantage d'une femme tellement en quête de mari qu'elle serait prête à se vendre ? Car c'est bien ce dont il serait question.

— Tiens, tiens, voilà notre petite coterie réunie.

La voix profonde de sir Gideon Malvern les interrompit. Il pénétra dans le boudoir encore en tenue de ville.

— Bonsoir, Constance, Chastity.

Il se pencha pour embrasser Prudence qui n'avait pas bougé.

— Comment allez-vous, madame ma femme ? De meilleure humeur, j'espère.

— Vous pourriez vous poser la même question ! rétorqua Prudence sèchement.

— C'est fait, répliqua-t-il gaiement. Et la réponse est : oui !

Prudence eut l'impression qu'on lui coupait l'herbe sous le pied. Son mari avait le don de la désarmer.

— Ne devriez-vous pas vous habiller ? demanda-t-elle avec l'amorce d'un sourire. Nos invités sont censés arriver à 20 h 15.

Il se dirigea vers la chambre en lançant par-dessus son épaule :

— Max vient-il, ce soir, Constance ?

— Certainement. Le Parlement est en vacances.

— Tant mieux, j'ai à lui parler.

— De votre affaire ? s'enquit Prudence.

— Non, de Noël, répliqua-t-il en dénouant sa cravate.

— Une dispute ? hasarda Constance quand il eut disparu dans la pièce contiguë.

— Une affaire qu'il a accepté de défendre, et sur laquelle nous ne sommes pas d'accord.

Prudence résuma l'affaire en question à sa sœur, qui, à sa grande satisfaction, fut aussi outrée qu'elle-même.

— Bon, nous n'y pouvons pas grand-chose pour l'instant, intervint Chastity. Mais peut-être réussiras-tu à le faire changer d'avis sur l'oreiller ?

— J'en doute. Il est têtu comme une bourrique.

— En parlant de ça, reprit Chastity. Père…

— Y a-t-il du nouveau ? demanda Constance.

Chastity secoua la tête.

— Pas depuis que vous l'avez vu, et cela ne s'améliore pas. Il est si déprimé ! Il reste prostré dans son fauteuil à siroter son whisky, le regard absent, et à se fustiger pour ce qui s'est passé.

— Il faut trouver un moyen de l'empêcher de ruminer ainsi.

— C'est l'avis de Jenkins.
— Plus facile à dire qu'à faire!
— J'ai eu une idée en venant ici, commença Chastity d'une voix un peu hésitante. Je ne sais pas ce que vous en penserez...
— Dis toujours, l'encouragea Constance.
— Je songeais que peut-être, une compagne...
Elle s'interrompit, cherchant ses mots. Ce qu'elle allait suggérer risquait de heurter ses sœurs.
— Une épouse, lâcha-t-elle finalement. Puisque nous marions les gens dans tout Londres, pourquoi ne pas essayer de trouver une femme pour père. Voilà presque quatre ans que mère nous a quittés, et je ne crois pas qu'elle s'en formaliserait. En vérité...
— En vérité, elle applaudirait des deux mains, coupa Constance avec véhémence. C'est une idée brillante!
Prudence se taisait, et toutes deux se tournèrent vers elle.
— Une femme indépendante financièrement serait parfaite, déclara-t-elle après réflexion.
— Mieux encore, une femme *plus* qu'indépendante financièrement, renchérit Constance.
— Ce ne serait pas mieux que Douglas Farrell! protesta Chastity. Je songeais seulement à une compagne aimante, peu importe qu'elle soit riche ou pas!
— Bien sûr, bien sûr, l'apaisa Prudence. Mais si, en plus, elle l'était, ce serait la cerise sur le gâteau, non? Père n'aurait plus à se soucier des problèmes d'argent. Certes, il n'est pas question de lui proposer une personne qu'il n'apprécierait pas, mais... l'argent a son utilité, Chastity.
— Comme si je l'ignorais! Donc, vous me trouvez trop sévère vis-à-vis de Douglas Farrell?
— Franchement, oui, dit Prudence avec un coup d'œil à Constance qui acquiesça.
Chastity fronça les sourcils.
— D'accord. De toute façon, je m'attendais à cette réaction. Mais n'oubliez pas que vous ne l'avez pas

encore rencontré. C'est un Écossais buté, calculateur, intéressé.

— Il est aussi médecin, lui rappela Prudence. Il doit forcément trouver un intérêt à aider les gens, or cela devrait te plaire.

— Cela me plairait si c'était le cas. Hélas, il me fait penser à ces industriels de l'époque victorienne qui utilisaient n'importe quel moyen pour réussir sans se soucier d'écraser des gens au passage. Il a visiblement cru que dès lors qu'il avouait son mercantilisme, on ne pouvait le lui reprocher.

— Tu as découvert tout ça au cours d'une brève rencontre à la National Gallery? s'étonna Constance.

Sa sœur s'empourpra légèrement.

— J'exagère un peu, admit-elle.

— Peut-être que lorsque tu le verras dans un contexte plus banal, il t'apparaîtra sous une lumière différente, suggéra Prudence.

— De toute façon, nous ne pouvons pas l'inviter tant que nous n'avons pas trouvé de candidate appropriée. Connaissons-nous une femme assez riche et en même temps assez désespérée pour accepter de son plein gré un marché en guise de mariage?

— Nous savons au moins qu'elle n'a pas besoin d'être belle ni intelligente, fit remarquer Prudence.

— Ni même d'avoir du caractère, ajouta Chastity, acide. Notre client se moque totalement d'aspects aussi mineurs.

— Nous avons compris, Chastity, fit Prudence en se levant. Il est temps de descendre au salon, mes invités seront là d'une minute à l'autre.

Elle passa la tête par la porte de la chambre.

— Nous y allons, Gideon. Dépêchez-vous.

Son mari apparut, fixant ses boutons de manchettes.

— Sarah nous rejoindra avant le dîner?

— Elle le souhaite, mais je lui ai dit que c'était à vous de décider.

Gideon élevait sa fille seul depuis près de sept ans, et Prudence apprenait son rôle de belle-mère. Elle devinait quand il convenait d'émettre des objections, des suggestions, et quand il valait mieux se taire.

— Croyez-vous qu'elle en ait l'âge ? demanda-t-il en allant chercher sa jaquette.

— À mon avis, oui.

— Alors, c'est entendu. Je vous rejoins dans deux minutes.

Les trois jeunes femmes trouvèrent la petite fille dans le hall.

— Je peux rester un peu, Prudence ?

— Jusqu'à ce que nous passions à table, répondit Prudence. Ton papa est d'accord.

Elle contempla la fillette qui, dans l'espoir d'une réponse favorable, avait revêtu sa plus jolie robe. Certes, l'encre sur ses doigts gâchait un peu l'effet, mais Prudence jugea inutile de le lui faire remarquer. Elle glissa une mèche folle derrière l'oreille de l'enfant.

— Tu pourras faire circuler les plateaux de canapés.

— Oh, oui ! s'écria Sarah avec enthousiasme avant d'apercevoir Constance. Bonsoir, tante Constance, je ne vous avais pas entendue arriver. J'étais sans doute en train de m'habiller.

— Certainement, fit Constance avec sérieux. Tu as l'oreille trop fine pour manquer quoi que ce soit.

La fillette parut se demander un instant si on se moquait d'elle, puis elle décida que cela n'avait pas d'importance. Elle adorait ses toutes nouvelles tantes. Jamais celles-ci ne la traitaient de haut, ni ne l'envoyaient dans sa chambre, et elles étaient étonnamment compétentes en ce qui concernait les devoirs scolaires. En outre, son père les aimait beaucoup.

Au salon, Prudence vérifia d'un coup d'œil que rien ne manquait.

— Qui as-tu invité ? s'enquit Constance. De nouvelles têtes ?

— Hormis la *contessa* Della Luca et sa fille, Laura, vous connaissez tout le monde.

— Voilà qui sonne bien exotique !

— La comtesse est une ancienne cliente de Gideon.

— Une que tu appréciais, la taquina Chastity, qui avait retrouvé sa sérénité habituelle.

— En effet, répliqua Prudence en riant. Il s'agissait seulement de récupérer une propriété. Anglaise, mariée à un Italien et veuve depuis peu, elle a décidé de rentrer en Angleterre avec sa fille. Je ne les ai encore jamais rencontrées, je ne sais donc que ce que Gideon m'en a dit. Il m'a priée de les inviter afin de les présenter à quelques amis. Je ne pense pas qu'il connaisse la fille. Gideon, avez-vous déjà vu Laura Della Luca ? demanda-t-elle comme son mari pénétrait dans la pièce.

— Non. Mais la mère étant charmante, je suppose que la fille l'est aussi.

Il alla se servir un whisky.

— Puis-je vous offrir du sherry ?

La sonnette de la porte d'entrée retentit, et ils entendirent Max Ensor saluer le majordome avec une aimable familiarité. Quelques secondes plus tard, il entrait au salon, accompagné de Sarah qui annonça solennellement :

— Le Très Honorable Max Ensor, ministre des Transports et député de Southwold.

— Petite insolente ! la gronda Max en lui tapotant la joue.

Sarah se déroba en riant. Elle aimait ce nouvel oncle autant que ses tantes.

— Voulez-vous boire quelque chose, oncle Max ?

— Un whisky, s'il te plaît, Sarah.

Il embrassa son épouse, ses belles-sœurs, et serra la main de Gideon.

— Dure journée ? l'interrogea Constance, qui lui sourit tandis qu'il s'asseyait sur le bras du sofa à côté d'elle.

— Non, plutôt oisive, répondit-il en jouant avec l'une de ses boucles rousses. Billard tout l'après-midi.

— Vous avez gagné ?

Constance et son mari partageaient le même esprit de compétition.

— Est-il besoin de le préciser ?

Elle rit.

— Non. Vous avez gagné, bien sûr.

Le majordome annonça l'arrivée des invités, mettant un terme à l'amicale réunion familiale.

Chastity accorda sagement toute son attention à lord Roderick Brigham, ce qui n'était pas une corvée, car elle le connaissait depuis des années, et c'était un garçon tout à fait agréable. Ils bavardaient de choses et d'autres lorsque la *contessa* Della Luca et sa fille firent leur entrée.

— Vous les connaissez ? s'enquit lord Brigham à voix basse.

— Non, répondit Chastity. Et vous ?

— Par ouï-dire uniquement. Ma mère les a rencontrées à un thé chez lady Wigan.

Chastity sentit qu'il ne lui disait pas tout. Lady Brigham était une femme redoutable, mais un excellent juge des caractères.

— Et… ?

Il se pencha et lui chuchota à l'oreille :

— Ma mère a trouvé la *contessa* charmante, en revanche, sa fille…

— Vous en avez dit trop ou pas assez, murmura Chastity en examinant discrètement les nouvelles venues.

— Affreusement ennuyeuse, lâcha-t-il. Pédante et ennuyeuse, pour être exact.

Bien que se reprochant de trouver ce ragot amusant, Chastity ne put retenir un gloussement. Elle entendait d'ici la terrifiante lady Brigham prononcer sa condamnation de sa voix distinguée, son long nez levé avec dédain.

— Allons-y, suggéra Chastity en se dirigeant vers le groupe près de la cheminée.

— Puis-je vous présenter ma sœur, l'Honorable Chastity Duncan, *contessa* ? dit Prudence. La *contessa* Della Luca.

Âgée d'une cinquantaine d'années, ses cheveux grisonnants étaient relevés en un spectaculaire chignon surmonté de plumes d'autruche. Sa robe de damas bleu et or étroitement corsetée était un peu démodée, mais convenait parfaitement à sa silhouette majestueuse. Les diamants qui scintillaient à son cou et à ses oreilles étaient magnifiques.

— Bienvenue à Londres, *contessa*, fit Chastity avec chaleur.

— Merci, mademoiselle Duncan. Tout le monde est si gentil, ici.

Elle s'exprimait avec une infime trace d'accent, non pas comme une étrangère, mais plutôt comme si sa langue maternelle portait l'empreinte d'une langue qu'elle utilisait plus souvent.

— Et voici Mlle Della Luca, reprit Prudence. Mademoiselle Della Luca, ma sœur, Chastity.

Grande et mince, les épaules étroites, Laura Della Luca regarda Chastity de haut. Sa robe gris tourterelle boutonnée jusqu'au cou semblait suspendue à un cintre. Sa coiffure, fort sévère, consistait en deux macarons nattés sur les oreilles. Elle esquissa un semblant de sourire.

— Enchantée, dit-elle d'une voix qui démentait ses paroles. Je n'ai pas l'habitude que l'on m'appelle mademoiselle. Je suis beaucoup plus à l'aise avec *signorina*.

— Nous essaierons de nous en souvenir, riposta Prudence avec un sourire de pure forme. Nous sommes si peu accoutumés aux manières étrangères.

Chastity jeta un coup d'œil à Gideon, qui avait visiblement compris que cette invitée-là risquait d'être la cible des sarcasmes de son épouse. Des piques discrètes, certes, que seuls les proches de Prudence noteraient.

— Les Anglais se déplacent vraiment trop peu, déclara la *signorina* d'un air supérieur. Les voyages sont pourtant tellement enrichissants pour l'esprit !

— En effet, approuva Constance qui affichait le même sourire que sa sœur. Et l'on s'étonne d'autant plus qu'ils soient si souvent à l'origine d'un véritable mépris des habitants de ces lointaines contrées.

Max et Gideon échangèrent un coup d'œil à la fois amusé et impuissant. Quand leurs épouses étaient ainsi lancées, rien n'aurait pu les arrêter.

Chastity vint au secours de la demoiselle.

— Il faudra que vous me parliez de l'Italie ! Mes sœurs et moi avons passé quelque temps à Florence avec notre mère, mais c'était il y a des années. Vous connaissez bien Florence, j'imagine.

— *Firenze*, naturellement ! rétorqua Laura avec un petit rire haut perché. Nous possédons une villa dans les environs. J'ai parfois l'impression que Uffizi est ma seconde patrie.

— Quelle chance vous avez ! Nous y avons séjourné tout juste un mois.

— En un mois, on a le temps de voir beaucoup de choses, mademoiselle Duncan, remarqua aimablement la *contessa*.

— Tout de même, *mama*, répliqua sa fille, je pense qu'une visite touristique de *Firenze* ne peut se comparer avec le fait d'y vivre !

— Le dîner est servi, lady Malvern ! annonça le majordome d'une voix de stentor.

Gideon respira de nouveau, soulagé.

Il offrit le bras à la *contessa*. Sur un signe de sa belle-sœur, Max fit de même avec la *signorina*, et tous gagnèrent solennellement la salle à manger.

Prudence avait laissé la place d'honneur, à la droite de Gideon, à la *contessa*. Sa fille se trouvait entre un juge, collègue de Gideon, et Max. Chastity et Roddie

Brigham étaient quant à eux face à face. Par chance, Constance était suffisamment loin de la *signorina*.

— Gideon a-t-il réalisé certains des plats de ce dîner ? demanda Chastity à sa sœur.

— Non, mais il a choisi le menu, répondit Prudence avant d'ajouter à l'adresse de la jeune Italienne : Mon mari est un remarquable chef.

— Vraiment ? C'est inhabituel ! Jamais vous ne verriez un Italien dans une cuisine. C'est si peu viril.

— Les Italiens sont sans doute différents des Anglais, observa Prudence. Ces derniers sont moins obsédés par leur virilité qui leur semble quelque chose de tout à fait naturel. Qu'en pensez-vous, messieurs ?

— Cela dépend peut-être davantage du type de cuisine, intervint vivement Max. Les pâtes, je crois, sont très longues à préparer. Or, par la force des choses, les femmes disposent de plus de temps.

— Vous généralisez, Max, déclara Chastity afin de couper court à cette discussion sur les avantages comparés des Italiens et des Anglais. Lire des magazines et papoter à longueur de journée n'est pas le lot de toutes les femmes. En outre, elles assument la majeure partie des tâches domestiques.

— C'est exactement ce que je disais, rétorqua Max, volontairement provocateur. Les femmes ont un penchant naturel à s'occuper de leur maison, la préparation des repas n'en est qu'un exemple. N'êtes-vous pas d'accord, juge ?

— Si, si, acquiesça le juge en portant sa cuillère à sa bouche d'un air très concentré. Excellent, ce potage, lady Malvern. Mes compliments à votre cuisinière.

— Peut-être pourriez-vous nous expliquer pourquoi les plus grands chefs sont des hommes, dit vivement Chastity en voyant que Laura Della Luca s'apprêtait à parler. Surtout en France. Vous connaissez la France, *signorina* ?

— Bien sûr ! Paris est ma seconde patrie.

— Je croyais que c'était Uffizi, marmonna Prudence.

La *signorina* ne l'entendit pas, tout occupée qu'elle était à disserter sur les trésors du Louvre dont elle semblait tirer une fierté personnelle.

Le dîner se poursuivit ainsi, Laura Della Luca monopolisant la conversation, et donnant son opinion à tout propos, sans se soucier de celle des autres. Chastity elle-même déclara forfait.

Enfin, Prudence croisa le regard de Gideon et repoussa sa chaise.

— Si nous nous retirions, mesdames ?

Les messieurs se levèrent, et Prudence guida ses invitées vers le salon où le café les attendait.

— J'ai appris que vous aviez acheté une maison à Mayfair, *contessa*, dit Prudence en s'emparant de la cafetière.

— À Park Lane, en effet. Une charmante demeure.

— Pas aussi vaste que notre villa de *Firenze*, précisa sa fille.

— Elle est bien suffisante pour nous, répliqua la mère en prenant la tasse que lui offrait un domestique. Avec un ravissant jardin.

— Et vous êtes juste en face de Hyde Park, intervint Constance.

Elle jeta un coup d'œil à Chastity qui semblait perdue dans ses pensées.

— Nous aimions nous y promener à cheval quand nous étions enfants. Tu te souviens, Chastity ?

Celle-ci tressaillit.

— Pardon ?

— Hyde Park. Nous aimions y monter à cheval.

— Oui, oh, oui. J'aime toujours cela, d'ailleurs, mais nous n'en avons plus beaucoup l'occasion. Nos chevaux sont à la campagne, et je n'apprécie guère ceux que l'on loue.

— Jamais je ne monterais un cheval de location, déclara la *signorina*.

— Ma belle-fille monte souvent là-bas, glissa Prudence.

— Je ne supporte que les meilleurs chevaux, continuait Laura, ignorant son hôtesse. J'avais une superbe pouliche, à la maison, n'est-ce pas, *mama* ?

Sa mère acquiesça, et Laura continua à discourir sur les joies et les soucis que procurait un pur-sang arabe, tout en laissant entendre à ses compagnes que personne d'autre qu'elle ne pouvait avoir expérimenté lesdits joies et soucis.

Elle était si insupportable qu'elle ne méritait même pas que l'on fît l'effort de la remettre à sa place, songea Prudence, dégoûtée.

— Avez-vous l'intention d'être présentée à la cour? *signorina*, demanda soudain Chastity. C'est indispensable, si vous souhaitez participer à la Saison.

— Bien sûr ! riposta la jeune femme. Sinon, pourquoi venir à Londres ? Après Noël, *mama* me présentera. Elle-même a été présentée à la reine Victoria, naturellement.

— Naturellement, renchérit Chastity avec un vague sourire, l'air ailleurs.

Si Laura Della Luca avait prévu de participer à la Saison, c'était donc qu'elle cherchait un époux. Elle n'était plus de première jeunesse, et Chastity ne put s'empêcher de se demander jusqu'à quel point elle avait envie de se marier...

3

— Quelle plaie ! s'exclama Prudence quand la porte se fut refermée sur le dernier invité. Même toi, Chastity, tu n'as pas réussi à trouver une seule qualité à la *signorina Della Luca*, ajouta-t-elle en imitant l'accent maniéré de l'Italienne.

— Oh, je ne sais pas ! En cherchant bien…

Constance lui décocha un regard acéré.

— Tu as été distraite toute la soirée, Chastity. Tu n'as pratiquement pas prononcé un mot depuis que nous avons quitté la salle à manger.

Chastity se contenta de sourire en prenant un chocolat dans la bonbonnière qui se trouvait sur le guéridon tout proche.

— Cognac, Constance ? demanda Gideon qui connaissait les goûts de sa belle-sœur.

— Volontiers.

— Prudence, une liqueur ?

— Du Grand Marnier, s'il vous plaît.

— Vous aussi, Chastity ?

— Plutôt de la Bénédictine. Cela se marie mieux avec le chocolat.

Gideon sourit. Le faible de Chastity pour les sucreries était un sujet de plaisanterie dans la famille.

Prudence prit son verre à liqueur.

— Vous ne deviez pas parler à Max, Gideon ? De Noël, je crois ?

— Ah, ah ! J'ai l'impression que l'on nous congédie, Gideon ! s'esclaffa Max.

— Comme d'habitude, soupira Gideon en s'extirpant de son fauteuil près de la cheminée. Chassé de mon propre salon, jeté dans le froid !

— Il ne fait pas froid dans la bibliothèque, fit remarquer Prudence en ôtant ses lunettes pour les nettoyer. Emportez la carafe de cognac et offrez-vous donc un bon cigare.

— À vos ordres ! dit Gideon en s'exécutant. Venez, Max, mon compagnon d'exil.

Les deux hommes sortirent, abandonnant le salon aux trois sœurs hilares.

— Bien, fit Prudence en prenant place auprès de Chastity. À présent, raconte-nous ce que tu mijotes.

Sa sœur s'autorisa un autre chocolat, qu'elle accompagna d'une gorgée de Bénédictine.

— Ces moines avaient vraiment du génie, commenta-t-elle.

— Allez, Chastity !

Constance mit la bonbonnière en argent hors de portée de sa sœur.

— Oh, quelle injustice ! protesta Chastity.

— Les qualités, en cherchant bien ? lui rappela Prudence.

— Ah, oui… Eh bien, figurez-vous que j'ai eu une idée. Deux, à vrai dire. Je ne me défends pas mal, ces derniers temps, observa-t-elle d'un air satisfait. Notre amie Laura est en effet une plaie, mais cet aspect de sa personnalité pourrait paraître secondaire aux yeux de certains, dès lors qu'il y aurait des compensations.

Constance haussa les sourcils.

— Continue.

— Croyez-vous qu'elle cherche un mari ? Pour ma part, je ne vois pas comment justifier autrement qu'elle se lance dans les embarras et les dépenses d'une présentation à la cour. Surtout à son âge.

Ses sœurs acquiescèrent.

— Quel âge a-t-elle, à votre avis ? interrogea Prudence. Elle approche les trente ans ?

— Sans vouloir être méchante, dit Constance avec une parfaite mauvaise foi, je dirais plutôt trente-cinq. Vous avez remarqué les rides au coin de ses yeux et autour de sa bouche ?

— Elles ne sont peut-être que le résultat de son horrible caractère, objecta judicieusement Chastity. Les gens qui froncent les sourcils et font la moue vieillissent prématurément.

— Donc, supposons qu'elle soit sur le marché du mariage, reprit Prudence. Qu'as-tu en tête, Chastity ?

— Elle a sûrement de l'argent. Sa mère en a, en tout cas, et, pour autant que nous sachions, elle est fille unique. Les maisons à Mayfair ne sont pas bon marché. Une présentation à la cour non plus.

— Sans parler des pur-sang arabes et des villas à *Firenze* ! renchérit Constance. Je crois deviner où tu veux en venir, Chastity.

Cette dernière sourit.

— À un ambitieux médecin qui se moque comme d'une guigne des qualités de sa future épouse...

Ses sœurs demeurèrent songeuses.

— Tu crois que Laura se satisfera d'un médecin ambitieux mais débutant ? risqua finalement Prudence.

— J'imagine qu'elle verra là l'occasion de lui infliger des sermons sur la meilleure façon d'arriver au pinacle. Je la vois déjà, présidant des dîners, pérorant sur les merveilles du monde entier, ennuyant ses invités au point de les mettre en état de totale soumission.

Elle se pencha pour récupérer la bonbonnière avant d'ajouter, pensive :

— Elle ne se soucie pas d'autrui. Je suis sûre qu'elle adorerait rassembler un troupeau de patients, consentants ou non, pour les livrer, portefeuille grand ouvert, à son époux. Cela pourrait marcher entre eux.

— Ton Dr Farrell se soucie-t-il aussi peu d'autrui qu'elle ? interrogea Prudence, qui échangea un coup d'œil avec Constance.

— Je ne sais pas, avoua Chastity. Mais il avait un ton si méprisant lorsqu'il parlait de ses patients éventuels… À mon avis, ils se valent. Et je ne condamnerais certainement pas une femme sans défense à épouser un homme aussi dépourvu de sentiments.

— Parfait, conclut Constance. Il ne nous reste plus qu'à organiser une rencontre et voir ce qui se passe. À eux de décider s'ils se conviennent ou pas.

— Le prochain thé chez toi, Constance ? proposa Prudence.

— Non, le mien, dit vivement Chastity. Mercredi prochain.

— Tu as une raison particulière ?

— Eh bien, je vous l'ai dit, j'ai deux idées.

Chastity souriait, à présent. L'expression renfrognée qu'elle arborait dès qu'il était question du Dr Farrell avait disparu.

— Que pensez-vous de père avec la *contessa* ?

— Plaisant, fit Constance qui se rembrunit aussitôt. Mais tu te rends compte que cela ferait de Laura notre belle-sœur ? On ne peut infliger à père un tel poison sous son toit.

— Je suis d'accord, reconnut Chastity. À moins que nous ne la mariions d'abord. Auquel cas, nous ne la verrions qu'aux fêtes de famille obligatoires.

— Et le projet de remariage de sa mère ne peut que la pousser davantage encore vers l'autel, observa Prudence.

— Précisément, renchérit Chastity.

— Donc, tu les invites toutes les deux mercredi prochain, nous nous débrouillons pour que père soit présent, et nous envoyons les instructions habituelles à Farrell, résuma Constance. Des fleurs pour toutes les femmes présentes, et une blanche pour Laura.

— Des œillets, décréta Prudence, toujours pratique. Ce sont les seules fleurs que l'on trouve facilement à cette époque de l'année.

— C'est décidé ! approuva Constance. Nous avons bien travaillé, ce soir.

Un coup léger frappé à la porte annonça le retour de Max et de Gideon auxquels le petit sursaut coupable des trois sœurs n'échappa pas.

— Quels misérables destins êtes-vous encore en train de manipuler ? s'enquit Max.

— Vous savez parfaitement que nous nous contentons d'offrir notre aide, répondit dignement Constance en se levant. Dans l'intérêt de nos clients.

— Allez raconter cela aux malheureux qui ont vu leur vie chamboulée à leur insu, rétorqua Gideon.

— Citez-moi un seul exemple de couples qui ne soient pas enchantés de nos services ! se défendit son épouse.

Gideon leva les mains en signe de reddition.

— Je n'en connais pas la moitié, alors comment pourrais-je me prononcer ?

— Laissez-nous nous occuper de nos affaires comme nous vous laissons vous occuper des vôtres, suggéra Prudence.

— Vous exprimez tout de même vos opinions, lui rappela Gideon. Un époux peut-il jouir du même privilège ?

— Si vous êtes prête, Constance, je pense qu'il est temps de prendre congé, dit Max.

— Et moi, renchérit Chastity en bondissant sur ses pieds, je pense qu'il est temps d'aller dormir.

— Regardez ce que vous avez fait ! s'exclama Prudence en se retenant de rire. Vous chassez nos invités par votre humeur querelleuse.

— Pas du tout ! protesta Gideon. Ils partaient, de toute façon. Permettez-moi de vous raccompagner, ajouta-t-il à l'intention de Constance et de Max.

— Au fait, qu'a donné votre discussion au sujet de Noël ? demanda la jeune femme alors qu'ils traversaient le hall.

— Pour le coup, cela ne vous regarde absolument pas, répondit Max.

— Une surprise ? intervint Chastity, les yeux brillants. J'adore les surprises, surtout à Noël.

— Alors, j'espère que vous ne serez pas déçue.

Tout le monde s'embrassa, et les Ensor sortirent dans la nuit froide où leur chauffeur les attendait au volant de leur automobile.

Chastity étouffa un bâillement, et souhaita une bonne nuit à son beau-frère.

— Je monte m'assurer que tu as tout ce qu'il te faut, décida Prudence en prenant le bras de sa sœur. Vous en aurez pour longtemps, Gideon ?

— J'éteins les lumières et j'arrive. J'ai congédié les domestiques il y a une heure.

Les deux jeunes femmes montèrent à l'étage. Une fois dans la chambre, Prudence la parcourut d'un œil critique.

— Je crois que ça va, dit-elle en retapant un oreiller. Il y a du lait, du chocolat, ainsi qu'un réchaud à alcool, au cas où.

C'était une allusion au rituel qui réunissait autrefois les sœurs dans leur boudoir, pour commenter les événements de la soirée.

Chastity secoua la tête en souriant.

— Pas de chocolat après la Bénédictine. Tout est parfait, Prudence. Va vite te coucher, et à demain matin.

Prudence hésita, la main sur le bouton de la porte.

— Ce Douglas Farrell, tu le détestes tellement... Crois-tu que tu seras capable de le rencontrer face à face, d'agir comme avec n'importe lequel de nos clients sans trahir ton antipathie ?

Chastity dénouait déjà le ruban topaze.

— Pourquoi pas ? Nous ne nous verrons qu'en public. Il ne saura absolument pas que nous sommes

L'Intermédiaire, et même s'il devine que je ne l'apprécie guère, ça n'a pas d'importance. Beaucoup de gens ne s'aiment pas et parviennent cependant à afficher une façade polie. De toute façon, je me sens tout à fait capable de jouer le jeu. Il n'y a aucune raison pour que je me retrouve seule avec lui, et lorsque nous serons en compagnie, je m'arrangerai pour que la conversation roule sur des sujets anodins.

— Sans doute, répondit Prudence d'un ton peu convaincu. Bonne nuit.

Elle sortit, et Chastity fixa un instant la porte close. Elle comprenait l'étonnement de sa sœur. Elle-même était surprise par la virulence de son animosité envers un homme qu'elle n'avait vu qu'une fois. Peut-être, lorsqu'elle le connaîtrait mieux, trouverait-elle un élément qui atténuerait ce sentiment. Les premières impressions n'étaient pas toujours les bonnes. Mais elle avait beau faire, elle ne parvenait pas à s'en convaincre.

Après avoir enfilé sa chemise de nuit, elle se coucha et demeura appuyée aux oreillers à contempler le reflet dansant des flammes au plafond. Au bout d'un moment, sentant que le sommeil ne venait pas, elle ralluma sa lampe de chevet.

Il y avait dans la chambre un petit secrétaire muni d'une écritoire. Elle s'y installa afin de rédiger la lettre de L'Intermédiaire destinée au Dr Farrell. Elle lui expliquait qu'il devait se présenter au 10 Manchester Square le mercredi suivant à 15 heures. La maîtresse de maison, l'Honorable Chastity Duncan, y recevait pour le thé. Il remettrait sa carte au majordome en expliquant qu'il désirait parler à lord Buckingham, dont on lui avait dit qu'il se trouverait là.

Chastity s'appuya au dossier de sa chaise et se tapota les dents du bout de son porte-plume. Bien entendu, il n'existait aucun lord Buckingham. Ce personnage fictif n'était qu'une excuse utilisée par L'Intermédiaire pour permettre à ses clients de se rencontrer.

Elle revint à sa lettre. Elle expliquait que Mlle Duncan ne saurait pas qui il était, mais qu'en tant qu'ami de lord Buckingham, il serait accueilli chaleureusement. Une dame susceptible de l'intéresser porterait un œillet blanc, poursuivait-elle. Si, après l'avoir observée, il souhaitait lui être présenté, son hôtesse s'en acquitterait sans poser de questions.

Chastity posa sa plume et se relut. C'était un message qu'elle avait envoyé maintes fois, aussi n'y releva-t-elle aucune erreur. Elle signa L'Intermédiaire et glissa la lettre dans une enveloppe qu'elle adressa au Dr Douglas Farrell, aux bons soins de Mme Beedle, comme il en avait manifesté le désir dans sa première lettre.

Mme Beedle faisait office de poste restante pour de nombreux clients, en dehors du *Mayfair Lady* et de L'Intermédiaire, mais Chastity s'étonnait qu'un médecin eût besoin d'une poste restante. N'avait-il pas d'adresse propre ? Cette question l'intriguait autant que le fait qu'un homme si ambitieux fréquentât un quartier aussi peu élégant.

Elle fronça les sourcils en songeant au dispensaire qui se trouvait près de l'église St. Mary. Chastity n'avait jamais mis les pieds dans cette partie de Londres, mais elle n'ignorait pas que sur Earl's Court, Warwick Road et Cromwell Road il n'y avait pratiquement que des taudis. Il ne devait certainement pas gagner grand-chose dans ce genre de quartiers, d'où son problème.

Mais pourquoi un homme qui était ouvertement en quête d'une épouse riche et d'une clientèle opulente perdait-il son temps à soigner les miséreux dans les bas-fonds ?

Peut-être n'avait-il pas le choix, décida-t-elle. Peut-être était-il si mauvais praticien que seuls les pauvres faisaient appel à ses services.

À en juger par son attitude lors de leur entretien, il aurait du mal à apprivoiser les gens de la haute société, qui attendaient de leur praticien un mélange d'obséquiosité et d'autorité. Il en était sans doute conscient, voilà pourquoi il avait besoin d'une épouse mondaine, capable d'arrondir les angles. Ou bien, comme dans le cas de la *signorina* Della Luca, d'une femme qui les bousculerait et les traînerait jusqu'à son cabinet tels des moutons qu'on mène à l'abattoir.

Chastity bâilla, quelque peu contrariée de se découvrir aussi médisante. Elle ne se reconnaissait pas.

Après s'être promis de demander à un domestique de poster sa lettre à la première heure, elle se remit au lit et s'endormit enfin.

Malgré les quelques boulets qui rougeoyaient dans l'âtre, il faisait froid dans la minuscule chambre. La femme allongée sur sa paillasse endurait stoïquement ce qu'elle avait déjà vécu six fois.

Douglas Farrell se redressa après l'avoir examinée.

— Approche la lumière, Ellie, dit-il doucement.

La petite, qui ne devait guère avoir plus de huit ans, obéit. Elle tint la bougie bien haut tout en détournant la tête afin de ne pas voir la douleur qui déformait les traits de sa mère.

— As-tu fait bouillir de l'eau ? reprit Douglas en palpant doucement le ventre distendu de la pauvre femme.

— Charlie s'en occupe, répondit l'enfant. M'man va bien, docteur ?

— Ta mère sait ce qu'elle fait, Ellie.

La future mère arqua le dos, et le médecin s'affaira entre ses cuisses ensanglantées.

— Tiens bien la bougie, insista-t-il.

Pour la première fois, la femme laissa échapper un cri tandis qu'un minuscule bébé glissait dans les mains du médecin. Il nettoya vivement ses narines, et le nouveau-né se mit à hurler. Son corps prit une jolie teinte rose.

— C'est un garçon, madame Jones, annonça Douglas tout en coupant le cordon. Il n'est pas gros, mais il semble robuste.

Il posa le bébé sur le sein de sa mère, qui, malgré son épuisement, entreprit aussitôt de le nourrir.

— J'espère que j'aurai du lait, cette fois, murmura-t-elle.

Douglas se lava les mains dans une cuvette d'eau froide. L'eau chaude était réservée à la mère et à l'enfant. La cheminée était trop petite pour qu'on pût y mettre à chauffer plusieurs casseroles.

— Je vais envoyer la sage-femme, dit-il.

— Pas la peine de la déranger, docteur, on va se débrouiller. Ellie aidera à nettoyer.

Douglas n'insista pas. Il savait qu'elle n'avait pas de quoi payer les services d'une sage-femme, en outre, la fillette commençait à savoir comment s'y prendre. Il tâta le front de sa patiente avant de dire doucement à Ellie :

— Au moindre signe de fièvre, tu m'appelles immédiatement. Entendu ?

— Oui, docteur ! répondit l'enfant en hochant vigoureusement la tête.

Il lui fourra une pièce dans la main.

— Va acheter des bougies, un seau de charbon et du lait pour ta maman. Mais ne montre pas cet argent à ton père.

Elle acquiesça solennellement, et referma le poing sur son trésor.

Après lui avoir tapoté affectueusement la tête, Douglas se courba en avant pour franchir la porte qui séparait la chambre de la pièce principale. Celle-ci n'était guère plus confortable : ni chauffage, ni lumière, ni meubles. Des piles de chiffons à même le sol servaient de lits, il y avait une chaise bancale près de la cheminée où une casserole chauffait sur un trépied au-dessus de quelques morceaux de charbon. Un garçon d'environ cinq ans la surveillait.

— Où est ton papa, Charlie ?
— Au pub, dit le garçon qui fixait la casserole comme s'il pouvait obliger l'eau à bouillir.
— Cours lui annoncer que tu as un petit frère, fit Douglas.
— Il sera saoul, répondit l'enfant avec indifférence.
— Demande-lui de rentrer à la maison. Dis-lui que c'est *moi* qui l'ordonne.
Il y avait une ombre de sévérité dans sa voix, et Charlie bondit sur ses pieds.
— Il va m'en coller une !
— Pas si tu te sauves. Tu cours plus vite que lui quand il a bu. Je t'ai déjà vu.
Un sourire éclaira le petit visage sale.
— Ouais, ça c'est vrai, docteur. M'man va bien ?
— Oui. Le bébé aussi. Allez, file chercher ton père.
Le petit partit en courant, pieds nus malgré le froid. Douglas retourna dans la chambre avec la casserole d'eau chaude, donna ses instructions à Ellie, puis sortit à son tour en remontant le col de son manteau.

Il attendit de voir Daniel Jones quitter le pub d'un pas vacillant, son fils caracolant quelques mètres devant lui, puis il s'éloigna. Daniel n'était pas un mauvais bougre quand il était sobre, et même ivre il avait tendance à se réfugier dans une sentimentalité geignarde plutôt que dans la violence. Ne se sentant absolument pas responsable du bien-être matériel de sa progéniture, il n'avait pas mal accueilli la nouvelle grossesse de sa femme.

Avant de regagner le dispensaire, Douglas s'arrêta chez Mme Beedle. Celle-ci l'accueillit avec son amabilité coutumière.
— Un peu frisquet, aujourd'hui, n'est-ce pas, docteur ? Vous avez eu beaucoup de travail ?
— Je viens de mettre un bébé au monde. Un beau petit garçon.
— Oh, bravo ! Le facteur a déposé deux lettres pour vous, ce matin.

Elle attrapa les enveloppes sur une étagère et les lui tendit.

Il la remercia, lui souhaita une bonne fin de journée et sortit. Une des lettres venait de sa mère ; l'autre était de toute évidence la réponse de L'Intermédiaire.

Il les fourra dans sa poche et se rendit d'un pas vif au dispensaire. Il était situé au rez-de-chaussée d'un petit bâtiment et, comme d'habitude, la salle d'attente était bondée. Il salua chaque patient par son nom, remit du charbon dans le poêle, et alluma les bougies. Puis il appela une femme qui avait un bébé au sein et un autre accroché à sa jupe.

— Entrez, madame Good. Comment va Timmy ?

— Oh, il a une belle éruption ! répondit-elle en se retournant pour gifler l'enfant qui se grattait. Arrête, tu m'entends ?

Elle soupira en voyant l'enfant se frotter la joue.

— Il arrête pas de se gratter, docteur, se lamenta-t-elle. Je sais pas quoi faire.

Douglas s'assit derrière la table de bois qui lui servait de bureau.

— Montre-moi, Timmy.

Il examina les boutons d'eczéma et prit un tube de crème sur une étagère.

— Mettez-lui ce baume trois fois par jour. Cela devrait disparaître rapidement, mais ramenez-le-moi quand même dans une semaine.

— Merci, docteur, dit la femme en glissant le tube dans la poche de son tablier.

Elle en retira une pièce de cuivre.

— Combien je vous dois, docteur ?

Il s'agissait d'un penny. De quoi acheter une miche de pain ou un litre de lait. Mais en aucun cas la crème de soin. Toutefois, ses patients avaient leur fierté. C'était même souvent tout ce qu'il leur restait.

— Un penny, madame Good, fit-il en souriant.

Elle posa la pièce sur la table, avec le sentiment du devoir accompli.

— Merci, docteur, répéta-t-elle. Allez, viens, Timmy. Et arrête de te gratter.

Douglas s'appuya au dossier de son fauteuil et se passa la main dans les cheveux. Il regarda le penny, puis il le lança dans une boîte de fer-blanc où il en rejoignit quelques autres avec un petit son métallique.

Un bébé vagissait dans la salle d'attente. Il se leva pour appeler le patient suivant.

La soirée fut, comme d'ordinaire, longue et frustrante. Il ne pouvait aider tout le monde. Tant de ses patients souffraient surtout de malnutrition, de conditions de vie malsaines ! Même si la médecine pouvait y remédier, il ne parvenait pas à trouver suffisamment de médicaments gratuits pour les soigner tous.

À bout de fatigue, il quitta enfin son cabinet pour rentrer chez lui.

Dans le garni qu'il habitait sur Cromwell Road, il fut accueilli dès l'entrée par l'habituelle odeur de chou et de poisson frit.

La propriétaire passa le nez par la porte de la cuisine.

— Bonsoir, docteur. Vous êtes en retard. J'espère que le poisson n'est pas complètement desséché.

— Moi aussi, madame Harris, moi aussi, murmura Douglas en se dirigeant vers l'escalier. J'arrive dans une minute.

— Tout est prêt pour vous au salon. C'est un beau morceau de brème, vous verrez.

— C'était, rectifia-t-il en grimpant les marches recouvertes de linoléum.

— Vous voulez que j'envoie notre Colin au *Red Lion* pour vous chercher une pinte de bière, docteur ? proposa la brave dame.

Douglas songea au poisson sec qu'accompagneraient les choux aqueux et la purée de pommes de terre, le tout arrosé d'eau, et il fouilla dans sa poche. Il redescendit donner une pièce à sa logeuse.

— Une pinte, oui, volontiers, madame Harris.

— C'est comme si c'était fait, docteur.

Elle retourna à la cuisine et appela son fils.

Une fois dans sa chambre, Douglas se débarrassa de son pardessus. La salle de bains, généralement occupée par le locataire du n° 2, était libre, et il en profita pour se laver les mains, le visage, et se peigner, puis il alla dîner.

Tout en mâchant consciencieusement le poisson, aussi caoutchouteux qu'il le redoutait, il décacheta la lettre de sa mère.

Entre les pages pliées avec soin était dissimulé un billet de cent livres ainsi qu'un petit mot supplémentaire : *Je suis sûre que tu sauras trouver une bonne cause à laquelle consacrer cet argent. Fergus dit que cela t'est dû par le fidéicommis.*

Douglas glissa le billet dans sa poche. Fergus était le banquier de la famille, et il n'avait pas l'habitude de distribuer des billets de cent livres à ses clients, même si le fidéicommis en question était substantiel, ce qui n'était pas le cas, en l'occurrence. Il avait été établi par le père de Douglas pour assurer les études de son fils, mais Douglas se doutait qu'il ne devait pas en rester grand-chose. Il n'y avait guère de menue monnaie dans les finances des Farrell. Sa mère ne manquait de rien, ses sœurs étaient mariées à des hommes aux revenus convenables, mais elles avaient des enfants. Il était prévu que Douglas subvienne à ses besoins et à ceux d'une épouse en reprenant la clientèle de son père.

Il pianota sur la nappe douteuse tandis que le souvenir de Marianne lui traversait une fois de plus l'esprit. En renonçant à une riche clientèle au profit d'un dispensaire des quartiers pauvres qui lui coûtait de l'argent, il avait perdu Marianne, jeune fille de bonne famille, et s'était pratiquement condamné à la misère. Il s'efforçait de cacher son dénuement à sa mère, mais à en juger par le billet, il n'y parvenait pas. Et elle s'était arrangée pour présenter ce cadeau de telle façon qu'il ne puisse le refuser.

Il s'attaqua enfin à la lettre. Cinq pages d'une petite écriture fine où il était question de ses sœurs et de leur progéniture, des caprices de leurs voisins, que leur mère n'appréciait guère, le tout ponctué de conseils à son plus jeune enfant qui se trouvait aussi être son seul fils.

Douglas but une gorgée de bière en riant doucement. Que dirait sa mère si elle le voyait dans cette misérable pension de famille, en train de manger du poisson froid et trop cuit, à la fin d'une interminable journée de travail ?

À l'heure qu'il était, elle se trouvait probablement dans l'élégant manoir de Prince's Street à Édimbourg, en train de préparer avec la gouvernante les menus du lendemain. À moins qu'elle ne jouât au bridge avec ses amies ou qu'elle n'enseignât à l'une de ses filles l'art d'élever les enfants et de diriger une maisonnée.

Il aimait sa mère, naturellement. Mais lady Farrell était une grande dame du temps jadis, une dictatoriale victorienne aux principes rigides. Elle avait donné sept enfants à son médecin mondain d'époux avant que celui-ci ne meure, à quarante ans. Le dernier était le garçon tant espéré. Veuve, elle avait été contrainte d'assumer les rôles de père et de mère, ce dont elle s'était acquittée avec plaisir et compétence. Ses enfants la craignaient tout en la respectant. Seul Douglas était arrivé à briser les chaînes maternelles pour mener sa propre vie. Encore cela avait-il nécessité une bonne dose de mensonges.

Il replia la lettre et la remit dans l'enveloppe. Il allait devoir répondre très vite, et se montrer prudent, car il fallait que sa mère continue à ignorer ses conditions de vie et de travail. Si elle apprenait la vérité, elle en ferait au moins une crise d'apoplexie ! Il avait ses propres théories quant à l'état du cœur de sa mère, mais qu'il croie ou non que c'était une arme parmi l'arsenal dont elle disposait, ses effets n'en étaient pas moins réels.

Il secoua la tête, songeur. Lady Farrell n'avait jamais compris pourquoi il avait abandonné la clientèle lucrative qui avait valu à son père le titre de chevalier, et hissé la famille au rang des grands notables d'Édimbourg. Elle avait fait de son mieux pour accepter la rupture de ses fiançailles avec Marianne, mais dès qu'elle avait appris qu'il avait l'intention de s'installer à Londres, elle s'était alitée pendant une semaine, s'assurant le concours de ses filles pour tenter de le faire changer d'avis. Il avait résisté avec courage et, à en croire ses sœurs, avait fait preuve d'un manque total de compassion. Il savait que c'était faux, de même qu'il savait que jamais elles ne comprendraient pourquoi il avait agi ainsi.

À ce sujet... Il prit l'autre enveloppe qu'il décacheta avec son couteau. Il en relut deux fois le contenu. C'était une lettre très directe, très pratique. Il doutait qu'elle ait été rédigée par la femme voilée de la National Gallery. Il n'y avait pas trace de condescendance ni de jugement moral, juste une liste d'instructions, comme il convenait pour traiter une affaire. Les sentiments personnels n'avaient rien à faire dans des transactions professionnelles, et Douglas fut soulagé de constater que la personne qui dirigeait L'Intermédiaire l'avait compris. Il aurait fallu éduquer ses représentantes, songea-t-il. Peut-être devrait-il écrire au *Mayfair Lady* pour manifester son mécontentement sur la façon dont il avait été traité. La personne qu'il avait rencontrée ne faisait certainement pas partie de la direction du périodique.

Il relut la lettre, puis laissa son regard errer sur les rideaux jaunis aux fenêtres, les têtières graisseuses des fauteuils, la nappe tachée. Le jeu avait commencé, il était temps de bouger. Un homme qui fréquentait les thés de l'Honorable Mlle Chastity Duncan à Manchester Square ne pouvait continuer d'habiter le meublé de Mme Harris sur Cromwell Road.

Comme il se levait, il se rappela le billet de cent livres. Il servirait à une bonne cause, en effet, une cause à laquelle même lady Farrell ne trouverait rien à redire.

4

Le mercredi, au petit-déjeuner, Chastity écarta doucement le journal de son père pour déposer un baiser sur sa joue.

— Bonjour, père.

— Bonjour, chérie, dit-il en repliant son quotidien.

— J'ai une faveur à vous demander, reprit-elle. Une très grosse faveur, alors réfléchissez bien avant de me répondre.

Lord Duncan l'observa d'un air méfiant.

— Je ne comprends pas…

— C'est normal, je ne vous ai pas encore expliqué de quoi il s'agissait, répliqua-t-elle avec un sourire. Pourriez-vous me passer la marmelade, s'il vous plaît ?

Il poussa le confiturier vers elle et considéra avec dégoût ses œufs brouillés déjà froids.

— Vous ne devez pas les gâcher, dit sévèrement Chastity. Nous ne pouvons nous offrir qu'une douzaine d'œufs par semaine, or il y en a au moins deux, là-dedans !

Son père lui lança un regard étonné, puis surprit son sourire taquin.

— Il n'y a pas de quoi plaisanter ! déclara-t-il en reprenant sa fourchette.

Cependant, Chastity avait vu une petite lumière amusée danser dans ses yeux, et cela lui donna du courage.

— Si tes sœurs et toi m'aviez mis au courant dès le départ, se plaignit-il pour la centième fois, nous ne serions pas dans cette situation absurde.

— Notre situation n'a rien d'absurde, père, protesta Chastity en beurrant un toast. Nous avons assez d'argent pour vivre convenablement, surtout depuis que Constance et Prudence ne vivent plus à la maison.

Elle poussa un soupir à fendre l'âme.

— Vous n'avez pas idée de ce qu'elles coûtaient à entretenir !

— J'aimerais que tu t'abstiennes de dire des sottises au petit-déjeuner, grommela lord Duncan en se replongeant dans la lecture de son journal.

Chastity sourit intérieurement et attendit en grignotant son toast. Ce ne fut pas long. Son père jeta soudain un coup d'œil par-dessus son *Times*.

— Tu parlais d'une faveur ?

— Oui. Nous sommes mercredi.

Il vérifia sur la première page du quotidien.

— En effet. Et alors ?

— C'est le jour où je reçois. Nous avons toujours tenu nos thés le mercredi. Mère aussi.

Il semblait déconcerté.

— Je me souviens, je ne suis pas gâteux.

— Non, bien sûr. J'aimerais simplement que vous y assistiez cet après-midi. Constance et Prudence seront là, naturellement.

Il secoua la tête.

— Tu sais très bien que je ne goûte guère ce genre de réunions, Chastity.

— C'est pourquoi j'évoquais une grande faveur, fit-elle en lui resservant du café. J'ai besoin de votre aide. Il s'agit d'une veuve, une dame qui vient d'Italie. Elle ne connaît personne à Londres et elle est… comment dire… elle est plus proche de votre âge que du nôtre. Vous ne resteriez que dix minutes, le temps de boire une tasse de thé avec elle.

— *Du thé!* explosa lord Duncan. Tu espères me voir boire du thé avec une étrangère par un bel après-midi ?

— D'abord, ce n'est pas une étrangère, rectifia Chastity. Elle est aussi anglaise que vous et moi, mais elle a épousé un Italien. Et si vous n'aimez pas le thé, il y aura du sherry, ou du whisky. De toute façon, qu'aviez-vous prévu d'autre pour ce bel après-midi ?

Il y avait du défi dans les yeux noisette et un brin d'ironie dans le ton.

— Jacasser dans un salon plein de femmes insipides ne correspond pas à l'idée que je me fais d'une agréable journée, rétorqua son père qui tourna sèchement une page de son journal.

Le menton dans la main, Chastity se contenta de le regarder tranquillement. Au bout d'une minute, il réapparut de derrière le *Times* et soupira.

— Pas plus de dix minutes.

— Merci, père. Vous êtes un amour ! Je vous promets que ça ne sera pas si terrible que cela. D'autant que c'est une femme charmante, juste un peu inquiète de se retrouver à Londres. Si vous pouviez la mettre à l'aise...

— Demande bien à Jenkins de sortir la carafe de whisky.

Lord Duncan revint une fois de plus à sa lecture.

— Bien sûr, promit Chastity en se levant. Vous avez terminé ? Madge peut débarrasser ?

— C'est le nom de la nouvelle soubrette ? Il me semblait bien que je ne la connaissais pas.

— C'est l'une des nièces de Mme Hudson. Une gentille fille. Elle nous accompagnera à Romsey pour Noël.

— Ah, oui, Noël. Une petite réception, je suppose ?

— Pas précisément. Pour l'instant, il y a seulement la famille, mais il est possible que nous invitions quelques esseulés d'ici là.

— Cela coûte cher, les réceptions de Noël !

— Je pensais mettre le Stubbs en gage, répliqua Chastity.

Elle faisait référence au tableau qui masquait le coffre-fort dans la bibliothèque. Elle s'éclipsa avant que son père ait le temps de réagir à sa plaisanterie.

Jenkins traversait le hall, un paquet de lettres à la main.

— Le facteur est passé, Jenkins ? Quelque chose d'intéressant ?

Le majordome eut un sursaut d'indignation.

— Je l'ignore, mademoiselle Chastity. Je n'ai pas regardé.

Chastity le débarrassa.

— Vous savez parfaitement, Jenkins, que rien ne vous échappe, et que nous n'avons pas de secret pour vous.

— Je n'ai pas pour habitude d'espionner ! protesta-t-il.

— Bien sûr que non ! fit-elle en l'embrassant sur la joue, ce qui le fit virer au rouge vif. Il faut que j'aille chez le fleuriste acheter des œillets. Nous les arrangerons comme d'habitude avant le thé.

— Très bien, mademoiselle Chastity. Un nouveau client pour L'Intermédiaire, je présume ?

— Exactement. Le monsieur, un certain Dr Farrell, demandera lord Buckingham. L'œillet blanc sera pour une dame qui tient à ce qu'on l'appelle *signorina* Della Luca.

— Une Italienne ?

— Pas du tout, mais elle en affecte les manières, dit Chastity en plissant le nez.

— Je vois...

— À propos, lord Duncan m'a promis de faire une apparition, mais il ne veut pas de thé.

— Je mettrai la carafe de whisky sur la desserte, fit Jenkins avant de retourner vaquer à ses occupations.

Chastity consulta rapidement le courrier en montant l'escalier. Des factures, principalement. Rien d'important, rien qui justifie d'ennuyer son père. Elle les posa sur le secrétaire où Prudence, la mathématicienne de la famille, qui continuait à se charger largement des finances, les verrait cet après-midi. Puis elle alla chercher son manteau et se rendit chez le fleuriste.

Elle en revint les bras chargés d'œillets roses et rouges parmi lesquels se cachait une seule fleur blanche. Ses sœurs descendaient d'un fiacre lorsqu'elle atteignit le porche.

— Nous nous sommes invitées à déjeuner, au cas où père aurait besoin d'encouragements supplémentaires, expliqua Constance. As-tu réussi à le persuader ?

— Il m'a accordé une dizaine de minutes, répondit Chastity en ouvrant la porte. Mais à contrecœur, alors si vous pouviez ajouter vos voix à la mienne, ce serait une bonne chose.

— Il est dans la bibliothèque ?

— Oui, à moins que, par miracle, il ait décidé de se rendre à son club. Lord Duncan est-il à la maison, Jenkins ? demanda-t-elle au majordome.

Celui-ci la déchargea de ses fleurs.

— Il a fait une petite promenade, mais il vient de rentrer. Bonjour, mademoiselle Prudence, mademoiselle Constance. Resterez-vous déjeuner ?

— Si cela ne dérange pas trop Mme Hudson, dit Constance.

— Au contraire, c'est toujours un plaisir de vous avoir toutes les deux. Je vais mettre les fleurs dans l'eau.

— Allons voir père, déclara Constance qui se dirigeait déjà vers la bibliothèque.

Lord Duncan se tenait devant la fenêtre, contemplant le jardin dénudé. Il se retourna à l'arrivée de ses filles.

— Quel spectacle réconfortant, mes chéries ! s'exclama-t-il, s'efforçant visiblement de se montrer joyeux. Si vous êtes venues me tarabuster pour que je paraisse à votre thé, vous pouvez vous en dispenser. J'ai promis à votre sœur d'être là, j'y serai.

— Nous ne venons pas seulement pour vous tarabuster, père, lui reprocha Prudence. Nous voulions prendre de vos nouvelles.

— Je vais plutôt bien. Et Gideon ?

— Il est occupé à défendre une canaille, répondit Prudence en riant.

— Quant à Max, il écrit un livre blanc sur la nécessité de macadamiser les routes de province pour que les automobiles puissent y circuler plus aisément, dit Constance. Il demande si vous aimeriez vous rendre à Romsey en voiture avec lui, pour Noël. Nous prendrons le train.

— J'y réfléchirai. Ces engins ne sont pas fiables.

Depuis sa désastreuse expérience, quelques mois auparavant, il avait développé une solide aversion pour les transports motorisés.

— La Darracq de Max est tout à fait sûre.

— La Rover de Gideon aussi, renchérit Prudence. Mais il aura avec lui Sarah, Mary, nos bagages et les cadeaux.

Elle eut un rire léger.

— Les cadeaux et les affaires de Sarah rempliraient un wagon entier ! ajouta-t-elle.

— J'y réfléchirai, répéta lord Duncan. Si nous passions à table ?

Les trois sœurs parvinrent à distraire leur père tout au long du repas. Elles passaient leur temps à lui rappeler l'existence du monde extérieur dans l'espoir que, tôt ou tard, il finirait par le rejoindre.

Il sortit de table, l'air assez satisfait.

— Je crois que je vais aller boire un verre de porto dans la bibliothèque, annonça-t-il. Je vous laisse à vos papotages.

— N'oubliez pas le thé ! lui rappela Prudence. Jenkins viendra vous avertir quand la *contessa* Delle Luca sera là.

— Très bien, soupira-t-il. J'espère que cette dame est capable de soutenir une conversation à peu près intelligente.

— Vous la trouverez très plaisante, assura Chastity. Et fort cultivée.

Lord Duncan s'éloigna en secouant la tête.

— Tu te changes, Chastity ? s'enquit Prudence en examinant la blouse marine toute simple et la jupe grise de sa cadette.

— Sans doute, puisque vous êtes toutes deux sur votre trente et un.

— Élégantes, oui, protesta Constance. Mais pas sur notre trente et un. Ce serait tellement vulgaire, Chastity !

Elle lissa sa robe de soie rayée bleu et blanc en feignant d'être peinée.

Chastity éclata de rire.

— D'accord, vous êtes toutes deux très élégantes, alors j'ai intérêt à faire un effort de toilette.

Elle regagna sa chambre, laissant ses sœurs disposer les fleurs sur un guéridon dans le hall. Jenkins se chargerait de remettre un œillet à chaque dame avant de l'annoncer, l'unique fleur blanche étant bien sûr destinée à la *signorina*.

Chastity étudiait le contenu de sa penderie lorsqu'elle se demanda soudain si Douglas Farrell se préparait aussi pour cette réception. Il ne lui avait pas semblé accorder beaucoup d'importance à son apparence, et comme il avait sans doute peu d'argent, sa garde-robe devait être limitée. Cependant, il porterait sans doute un costume convenable. Pas question de séduire une femme riche sans la tenue adéquate. À moins qu'il n'ait l'intention d'annoncer d'emblée à la personne en question qu'il ne s'intéressait qu'à sa fortune, il devait se préparer à passer pour ce qu'il n'était pas.

Elle choisit une blouse en crêpe de Chine écru au corsage bouillonné. C'était l'une de ses préférées, de même que la jupe de popeline fauve qu'elle avait sélectionnée. Ainsi vêtue, elle se sentait sûre d'elle. Des bottines à boutons et une large ceinture noire complétaient sa tenue. Les mains sur la taille, elle constata avec satisfaction qu'elle avait fondu, ces dernières semaines.

Elle s'assit devant son miroir. Ses sœurs avaient des chevelures qui ondulaient gracieusement et leur permettaient toutes sortes de coiffures, alors que la sienne était une masse inextricable de boucles impossibles à discipliner. Les cheveux de Prudence et de Constance étaient d'un auburn teinté de subtils reflets, roux pour l'une, cannelle pour l'autre, tandis que ceux de Chastity tiraient franchement sur le rouge. Enfin, se consola-t-elle, heureusement que ce n'était pas orange ! Elle rassembla ses cheveux en chignon, le fixa avec de solides épingles, avant de libérer quelques boucles autour du visage.

Enfin prête, elle s'examina d'un œil critique, et décida qu'elle ne pourrait en faire davantage.

— Chastity ? Il est presque 15 heures !

Prudence passait le nez par l'entrebâillement de la porte.

— Oh, j'adore cette blouse ! s'écria-t-elle. Surtout le col de dentelle.

— Moi aussi. Pourrais-tu attacher mon poignet droit ? Les boutons sont si minuscules que je n'y arrive pas.

Prudence glissa les petites perles dans les brides de soie.

— Je me demande si notre Farrell arrivera de bonne heure et impatient, ou s'il va se présenter nonchalamment à la fin de l'après-midi.

— Je n'en sais rien, dit Chastity. J'espère qu'il ne sera pas là avant sa proie, sinon il faudra que nous lui fassions la conversation… Allons-y, à présent.

Prudence lui emboîta le pas, songeuse. Elle avait hâte de rencontrer cet ogre qui provoquait d'aussi étranges réactions chez sa petite sœur d'humeur habituellement si égale.

Douglas Farrell n'était pas pressé de se présenter au 10 Manchester Square. Il fit deux fois le tour du jardin public, observant les voitures qui s'arrêtaient devant la maison en essayant de deviner quelle visiteuse lui était désignée.

Elles arrivaient par deux ou trois, de tous âges, des grandes, des petites, des rondes, des maigres, certaines accompagnées d'un chevalier servant, d'autres seules. La réception du mercredi au 10 Manchester Square semblait être un événement d'importance.

Il songea à Mlle Chastity Duncan. Sans doute une vieille fille, et riche, à en juger par l'imposante demeure. À moins qu'elle ne fût une parente pauvre qui jouait le rôle de compagne auprès d'une tante âgée, promenant des petits chiens trop nourris et écoutant les sempiternelles jérémiades de sa bienfaitrice.

Il avait rencontré beaucoup de femmes dans cette situation parmi les patientes de son père à Édimbourg, et une fois qu'il serait installé à Harley Street, il ferait la connaissance de celles qui vivaient à Londres.

Toutefois, il semblait inhabituel qu'une femme occupant cette position subalterne, à peine plus qu'une domestique, en somme, reçoive régulièrement. Offrir des petits-fours, oui, servir le thé, oui, mais hôtesse, c'était peu probable.

Bon, ce n'était pas en arpentant le square qu'il allait en découvrir plus. Il consulta sa montre gousset. 15 h 30. Il était temps d'aller affronter son destin.

Il gravit les marches et actionna le heurtoir rutilant en forme de tête de lion. Un majordome aux cheveux blancs l'accueillit solennellement.

— Bonjour, monsieur.

Douglas lui tendit sa carte de visite.

— Docteur Farrell, dit-il. Je souhaiterais parler à lord Buckingham, qui, si j'ai bien compris, doit se trouver chez Mlle Duncan cet après-midi.

— Oui, bien sûr. Sa Seigneurie n'est pas encore arrivée, mais si vous voulez vous donner la peine d'entrer, je vais avertir Mlle Duncan.

Jenkins l'examina si discrètement que Douglas ne s'en aperçut pas. Le majordome ne trouva rien à redire à l'apparence du visiteur ni à son comportement. Il portait une redingote noire, un gilet gris, une cravate noire et un pantalon rayé.

— Puis-je prendre votre chapeau, monsieur ?

Douglas lui remit son chapeau melon et sa canne que Jenkins posa sur une table avec d'autres. La carte de visite à la main, il pria le visiteur de le suivre.

Si Douglas n'avait pas fait attention à l'examen attentif dont il avait été l'objet, c'était principalement parce qu'il était occupé à étudier le décor. L'élégance fanée des vieilles fortunes, décida-t-il. Tapis d'Aubusson un peu usés mais encore charmants, une table Sheraton, deux fauteuils Chippendale. Un déploiement d'œillets dans des vases soliflores l'intrigua jusqu'à ce qu'on l'introduise au salon où il constata que toutes les femmes portaient une fleur au revers.

— Dr Douglas Farrell, mademoiselle Duncan, annonça Jenkins.

Chastity se détourna vivement de la desserte où elle servait du thé. Sa première pensée, fort importune, fut que Douglas Farrell était extrêmement séduisant. Comment avait-elle pu ne pas le remarquer la première fois ? Si, elle l'avait remarqué la toute première fois, chez Mme Beedle. Mais lorsqu'ils s'étaient vraiment rencontrés, elle ne lui avait rien trouvé d'attirant.

Elle s'approcha, la main tendue, un sourire un peu interrogateur aux lèvres.

— Docteur Farrell... Je ne crois pas que nous nous connaissions.

Pas une vieille fille ! Pas non plus une parente pauvre !

Il lui serra la main.

— En effet. Pardonnez-moi de vous importuner.

Baissant les yeux, Chastity découvrit avec étonnement que sa main disparaissait complètement dans la large paume. La poignée de main était ferme, chaleureuse, une fraction de seconde plus longue que nécessaire.

— On m'a dit que je trouverais lord Buckingham ici, poursuivait-il. J'ai besoin de lui parler, et je le rate chaque fois que je vais à mon club.

Il sourit et lui lâcha enfin la main.

Ses yeux noirs pétillaient d'humour. Son sourire creusait une fossette dans son menton, et elle s'aperçut que c'était la première fois qu'elle le voyait sourire.

— D'ordinaire, lord Buckingham nous rend visite le mercredi, dit-elle d'un ton neutre, mais il n'est pas encore arrivé. Laissez-moi vous offrir une tasse de thé.

Elle retourna vers la desserte.

— Docteur Farrell, je suis la sœur de Mlle Duncan, Constance Ensor, et voici mon autre sœur, lady Malvern.

Tournant la tête, Douglas se trouva face à une grande jeune femme élégante qui, de même que la personne plus anguleuse qui l'accompagnait, ressemblait nettement à Mlle Duncan. Les cheveux moins flamboyants, les yeux plus verts, mais un air de famille, incontestablement.

Il les salua, leur expliqua qu'il était là pour voir lord Buckingham, et elles acceptèrent cette explication avec autant de simplicité que leur sœur qui revenait avec une tasse de thé.

— Un sandwich, docteur Farrell ? Ou une tranche de cake ?

— Rien, merci. Je suis vraiment navré de vous déranger.

— C'est mon jour de réception, répliqua Chastity avec un sourire froid. Ma porte est grande ouverte. Mais peut-être n'êtes-vous pas de Londres.

— Non, d'Édimbourg.

— Ah. Les traditions doivent être différentes, là-bas.

Il n'avait tout de même pas dit qu'il venait de l'autre bout du monde ! Agacé, Douglas sentait des petites pointes d'hostilité chez l'Honorable Mlle Duncan. Mais, au nom du ciel, pourquoi ?

— La *contessa* Della Luca, Mlle Della Luca, annonçait Jenkins.

— Excusez-moi, murmura Chastity en s'éloignant d'un pas vif. *Contessa, signorina,* je suis ravie que vous ayez pu venir ! Prenez une tasse de thé et permettez-moi de vous présenter à quelques amis. Connaissez-vous lady Bainbridge ?

Elle conduisit les deux femmes vers un groupe de dames assises en cercle, leur tasse en équilibre sur les genoux.

— Bien entendu, vous connaissez mes sœurs, Constance et Prudence. Et voici lady Winthrop, ainsi que sa fille Hester. Hester se marie dans deux semaines.

Un chœur de salutations aimables les accueillit, et Laura s'assit près d'Hester qu'elle fixa de ses yeux légèrement globuleux.

— Où passerez-vous votre lune de miel, mademoiselle Winthrop ? Je ne saurais trop vous conseiller l'Italie. Une éducation n'est complète que si l'on a visité *Roma* et *Firenze*.

— N'y fait-il pas un peu froid, à Noël ? risqua Hester, intimidée par le ton autoritaire de son interlocutrice.

— Non, pas du tout ! *Firenze* est au sud, répliqua Laura sans se soucier des réalités de la géographie.

— Naples ou Sorrente me semblent plus méridionales, intervint Prudence, l'œil brillant.

— Oh, il n'y a rien à voir de ce côté-là, rétorqua Laura.

— Pompéi, murmura Chastity. Il me semblait que Pompéi valait la peine d'être visité.

— Ça le serait encore plus si les femmes étaient autorisées à admirer les fresques érotiques, observa Constance. Lorsque nous y sommes allées avec notre mère, il y a quelques années, nous n'en avons pas eu le droit, alors que les hommes étaient accueillis à bras ouverts et avec des clins d'œil coquins.

— Je ne pense pas que ce soit un spectacle convenable pour un œil féminin, déclara Laura, péremptoire. Cela me dégoûterait !

— J'estime que le *David* de Michel-Ange devrait porter un pagne, renchérit Chastity d'unc voix suave en lui tendant une tasse de thé. J'étais horriblement gênée.

Elle se tourna vers Douglas, qui s'était approché du groupe et fixait l'œillet blanc épinglé à la robe de Mlle Della Luca.

— Qu'en pensez-vous, docteur Farrell ? reprit-elle. Les femmes devraient-elles être autorisées à contempler l'anatomie masculine en tant qu'œuvre d'art ?

Il avait la désagréable certitude d'être tombé dans un piège. S'il n'était pas d'accord avec la dame à l'œillet blanc, il risquait de ruiner ses chances auprès d'elle, mais s'il était de son avis, il se ridiculiserait aux yeux du redoutable trio de sœurs. Il ne s'était pas laissé berner par le ton mielleux de Mlle Duncan, si évidemment chargé d'ironie qu'il fallait être stupide pour ne pas l'avoir discerné.

Il opta pour la diplomatie.

— C'est une question de goût personnel, mademoiselle Duncan. Si je ne me trompe, vous connaissez bien l'Italie, mademoiselle Della Luca.

— C'est ma patrie, *dottore*. La patrie de mon cœur.

La demoiselle se lança avec fougue dans son sujet favori, et les trois sœurs s'éloignèrent en soupirant de soulagement.

— Ça s'est plutôt bien passé, chuchota Constance. Il ne manque plus que père.

Son souhait fut exaucé dans la minute. Tiré à quatre épingles, son épaisse chevelure blanche dégageant son front haut, lord Duncan pénétra dans le salon, le sourire aux lèvres.

Il salua les invités de sa fille avec une irréprochable courtoisie, baisa la main des dames, ou leur joue en fonction de leur degré d'intimité, tapa sur l'épaule des hommes, avec qui il échangea quelque remarque joviale.

Ses filles avaient du mal à faire le lien entre ce personnage si mondain et le reclus qu'il était devenu ces derniers temps.

— Cela doit être comme la bicyclette, murmura Chastity. Ça ne s'oublie pas.

Elle avança vers lui.

— J'aimerais vous présenter à la *contessa* Della Luca, père.

— Avec plaisir, ma chérie, répondit-il avant de s'incliner devant la dame. De nouveaux visages sont toujours les bienvenus, madame. J'espère que vous trouvez dans Londres quelques compensations au mauvais temps.

— La ville est délicieuse, répondit la *contessa* avec conviction. Dites-moi, je me pose des questions au sujet de ce tableau, au-dessus du chiffonnier. Je ne cesse de le contempler depuis mon arrivée. Ne serait-ce pas un Fragonard, par hasard ?

Lord Duncan s'illumina.

— Bien vu, madame. C'en est un, en effet, malgré son style inhabituel. Peu de gens le reconnaissent. Venez le regarder de plus près, ajouta-t-il en lui offrant son bras. J'en ai un autre de la même veine dans la bibliothèque. Ma défunte épouse aimait beaucoup la peinture.

Ils sortirent ensemble.

— Exercez-vous à Londres, *dottore* ? s'enquit Laura en se concentrant sur l'homme assis à côté d'elle sur une chaise dorée.

Chastity s'inquiéta soudain pour le siège délicat qui semblait trop fragile pour la carrure de son occupant. Elle remarqua cependant combien ses gestes étaient précis, ses longs doigts élégants sur la fine porcelaine de la tasse. C'était un médecin, se rappela-t-elle. Il devait lui arriver de pratiquer des interventions chirurgicales, cela n'avait donc rien de surprenant que ses mains soient si assurées.

— À Harley Street, mademoiselle Della Luca, répondit-il.

— Oh ! Et vous avez une spécialité, *dottore* ?

Elle se pencha en avant, ses mains gantées croisées sur sa jupe de taffetas, faisant rouler les mots italiens dans sa bouche avec délectation.

— Je traite toutes les affections, dit-il, mais je suis spécialisé en cardiologie.

— Merveilleux ! roucoula-t-elle. Et tellement important ! Vous avez une excellente clientèle, naturellement.

— Récente, répliqua-t-il avec une modestie affectée.

Une fois de plus, son regard fut attiré par Mlle Duncan, qui s'entretenait avec lady Winthrop. Il fit un effort pour reporter son attention sur la dame à l'œillet blanc et lui adressa le chaleureux sourire qu'il réservait en général à ses patients.

— Je suis arrivé récemment à Londres, après avoir quitté mon florissant cabinet d'Édimbourg. J'espère bien connaître le même succès à Harley Street, naturellement.

— Je suis certaine que vous réussirez. La profession d'Hippocrate est tellement noble ! Je vous félicite, *dottore*. Qu'y a-t-il de plus beau que d'aider son prochain ! Si essentiel pour ceux d'entre nous qui ont la chance d'être fortunés.

Douglas acquiesça, mais son sourire était un peu crispé. C'était exactement ce qu'il pensait, alors pourquoi cette façon de l'exprimer l'exaspérait-il ? Il se rappela soudain que cela n'avait aucune importance. Il avait renoncé à attendre d'une épouse qu'elle allie richesse et position sociale à une véritable compréhension de sa vocation. Une femme fortunée capable au moins de dire des choses justes, même si ce n'était qu'une attitude, lui conviendrait parfaitement. Son sourire se réchauffa.

La dame ne manquait pas d'atouts. Il n'aurait pas à passer trop de temps à bavarder avec elle. Elle avait certainement les relations indispensables, et il avait le sentiment qu'elle saurait se montrer fort persuasive quand il s'agirait de faire progresser la carrière de son mari, et par là même sa propre position sociale.

Au bout d'une demi-heure, il se leva pour prendre congé.

— J'espère que vous me permettrez de vous rendre visite, mademoiselle Della Luca.

— Mais oui, bien sûr ! Maman et moi en serons ravies. 26 Park Lane. Une demeure charmante. Pas aussi luxueuse que notre villa de *Firenze*, certes, mais très agréable. Elle donne sur Hyde Park, voyez-vous.

Elle laissait languissamment sa main dans celle de Douglas.

— Mais que cela ne prive surtout pas vos patients de vos talents, *dottore*. Ils ont plus besoin de vous que nous, ajouta-t-elle avec un petit rire timide.

— Je ne travaille pas vingt-quatre heures sur vingt-quatre, mentit-il en portant sa main à ses lèvres.

Il était fort habile, dut admettre Chastity qui observait la petite comédie avec un mépris bien dissimulé. Toutefois, il semblait vouloir aller plus loin, et la *signorina* n'y paraissait pas opposée, loin de là. Sa mère n'était toujours pas revenue au salon. Sans doute lord Duncan lui montrait-il les œuvres d'art disséminées dans toute la maison.

L'un dans l'autre, on pouvait considérer que cet après-midi était un succès pour L'Intermédiaire.

— Je dois vous faire mes adieux, mademoiselle Duncan.

Elle leva les yeux en entendant la voix musicale du médecin.

— Oh, mais vous n'avez pas vu lord Buckingham ! Il devrait arriver d'ici une demi-heure.

— Hélas, mes patients m'attendent ! répliqua-t-il.

— Quel dommage ! Voulez-vous que je lui fasse part de votre visite ? Que je lui donne une adresse où il puisse vous joindre ? insista-t-elle, ravie de lui jouer un mauvais tour.

Comment allait-il s'en sortir ? Il croyait que ce lord Buckingham existait réellement, et que son hôtesse le connaissait bien...

— Ne prenez pas cette peine, je vous en prie. Je le retrouverai sans doute ce soir à mon club.

— Le *White's* ?

— Non. Le *Crocker's*. Un club où l'on joue, mademoiselle Duncan. Lord Buckingham et moi avons un faible pour le vingt-et-un.

Chastity salua en silence l'habileté de la repartie.

— Bonne fin de journée, docteur Farrell. Et bonne chance pour votre nouveau cabinet.

— Merci.

Il s'inclina sur sa main et se dirigea vers la porte.

Sur le trottoir, il leva les yeux vers la noble demeure. *Signorina* Della Luca... Riche, et plutôt consentante, apparemment. Cela dit, pousser son avantage ne l'empêchait pas de regarder ailleurs.

L'Honorable Chastity Duncan ? Sans doute assez fortunée, à en juger par son cadre de vie. Aristocratique, sans aucun doute. Bien placée socialement parlant. Et autrement plus intéressante que la personne présentée par L'Intermédiaire. Restait à découvrir la cause de son étrange mais évidente hostilité. C'était la première fois qu'ils se rencontraient, alors qu'avait-il bien pu dire ou faire pour lui déplaire ?

Eh bien, il avait toujours aimé les défis. Avec un hochement de tête, Douglas Farrell fit un moulinet avec sa canne avant de s'éloigner en direction de Harley Street et du cabinet qu'il venait de louer.

5

— J'ai plutôt apprécié ton Dr Farrell, Chastity, commenta Constance après le départ des derniers invités.

La pendule venait de sonner 17 heures, heure à laquelle il était convenable de se retirer.

— Ce n'est pas *mon* Dr Farrell, protesta Chastity, qui ramassait les assiettes dispersées un peu partout. J'espère bien qu'il va devenir celui de Laura Della Luca.

— Il est séduisant, observa Prudence en tendant une pile de soucoupes à la domestique. Tu crois qu'il a fait de la boxe à l'université ? Cela ne m'étonnerait guère, vu sa carrure athlétique.

— Et son nez cassé, renchérit Constance. Il a une présence très physique.

Elle glissa un regard à sa jeune sœur et la vit s'empourprer imperceptiblement.

— Tu n'es pas de cet avis, Chastity ?

Celle-ci haussa les épaules.

— Il est énorme, c'est tout.

— *Énorme !* s'exclama Prudence. On dirait que tu parles d'un gros ours brun, ou d'une armoire à glace. Il est seulement grand, fort et musclé.

— Quelle importance ? répliqua Chastity en secouant les coussins du canapé avec vigueur. Nous avons fait notre travail. La véritable question est : devons-nous nous en mêler encore ou les laisser se débrouiller ?

— Il est trop tôt pour les livrer à eux-mêmes, déclara Prudence. N'importe quoi – ou n'importe qui –

pourrait les détourner l'un de l'autre. Il faudrait que Constance organise un dîner.

— À moins que père ne décide d'en donner un en l'honneur de la *contessa*, suggéra Constance. Voilà bien longtemps que je ne l'avais pas vu aussi animé.

— Les dix minutes se sont effectivement transformées en une bonne heure, acquiesça Chastity, soulagée d'abandonner le sujet Douglas Farrell. Mais je ne comprends pas comment une femme aussi agréable peut avoir une fille aussi assommante.

— La *contessa* la traîne partout, alors si nous voulons aller au bout de notre plan, nous ferions aussi bien de nous habituer à elle, dit Prudence.

— Quoi qu'il en soit, plus vite nous débarrasserons la mère de la fille, mieux ce sera. Si père est obligé de passer trop de temps avec Laura, il se détournera vite de la *contessa*.

Chastity secoua la tête.

— Très franchement, je ne sais pas comment je supporterais de l'avoir comme belle-sœur, mariée ou pas. Vous ne croyez pas que nous sommes allées un peu trop loin, cette fois ?

— Ô cœur faible ! plaisanta Constance en s'emparant de son sac à main. Nous n'avons encore jamais déclaré forfait. Nous trouverons bien le moyen de mater cette insupportable personne. Nous sommes trois contre une, après tout.

Chastity ne semblait pas convaincue.

— Je sais, mais c'est la première fois que nous impliquons père. Il ne s'agit pas de deux inconnus. Nous ne pouvons prendre le risque qu'il souffre.

— Non, bien sûr que non ! la rassura Prudence. Du reste, c'était ton idée, souviens-toi. Une idée brillante, et qui réussira, ne t'inquiète pas.

Chastity demeurait dubitative, mais elle parvint à sourire.

— Tu as sûrement raison. Je vais suggérer l'idée d'un dîner à père, histoire de voir comment il réagit.

Naturellement, il commencera par répondre que nous n'avons pas les moyens.

— Puis il s'inquiétera de l'état de sa cave et voudra savoir s'il a des vins dignes d'eux à offrir à ses invités, ajouta Prudence en riant. Nous ne pouvons pas t'abandonner, Chastity. Il faut que nous abordions le sujet ensemble. Pourquoi ne viendrions-nous pas dîner demain soir ? Tu es libre, Constance ?

— Demain, oui. Mais, à présent, je dois partir. Nous allons au théâtre, ce soir, et auparavant, nous dînons avec des amis. Max a horreur d'être en retard.

— Et toi, fais-tu quelque chose, ce soir, Chastity ? s'enquit Prudence qui rassemblait ses affaires.

— Roddie Brigham a réuni quelques amis pour un concert à l'*Albert Hall*. Un violoniste italien, je crois. Enrico Toselli. Nous souperons ensuite à Covent Garden.

— Bonne soirée en perspective, dit Prudence.

— Pourtant tu ne sembles pas très enthousiaste, Chastity, fit remarquer Constance.

La jeune fille secoua la tête.

— Bien sûr que si. Je suis seulement un peu lasse, sans doute à cause de l'après-midi passé à bavarder. Je serai fraîche comme une rose après un bon bain.

— Parfait. Nous te laissons. Dîner ici demain soir ?

— Oui, je suis ravie.

— Nous allons prévenir père en partant. Bonne soirée, Chastity !

— À vous aussi.

Ses sœurs parties, Chastity se dirigea vers la porte-fenêtre qui ouvrait sur la terrasse, à l'arrière de la maison. Le jardin était plongé dans la pénombre. Elle ouvrit et sortit dans le vent coupant qui s'insinua sous sa blouse, colla sa jupe à ses jambes. Elle n'y prit pas garde.

Que lui arrivait-il ? Elle avait mal au cœur, elle était troublée, nerveuse, frustrée. Normalement, elle aurait dû se réjouir de la soirée à venir. Elle aimait bien

Roddie, ainsi que les amis qu'il avait invités. Mais, pour l'instant, le projet lui paraissait aussi excitant qu'un bol de porridge tiède !

Une rafale de vent particulièrement agressive l'obligea à rentrer. Elle ferma la porte-fenêtre, tira les rideaux. Madge avait déjà allumé et elle préparait un feu dans la cheminée. Un instant, Chastity envisagea d'envoyer un mot d'excuse à Roddie, et de passer la soirée seule, lovée devant la cheminée avec un livre.

C'était pathétique ! Si elle était déprimée, le seul moyen de s'en sortir, c'était de se secouer, justement. Et puis, elle ne voyait aucune raison à sa mélancolie. Peut-être ne s'était-elle pas encore habituée au départ de ses sœurs. Oui, c'était une explication plausible. Un peu ragaillardie, elle se servit un verre de sherry qu'elle emporta à l'étage pour le déguster en prenant son bain.

Quelques minutes plus tard, elle se glissait dans l'eau délicieusement chaude, une serviette en turban sur la tête, et fermait les yeux. Elle ne tarda pas à les rouvrir lorsqu'elle s'aperçut que l'image de Douglas Farrell occupait toute la place. L'esprit vous jouait parfois de drôles de tours ! se dit-elle en sortant du bain, irritée.

Elle ouvrit sa penderie et choisit sa robe la plus spectaculaire, une création de soie rouge sombre à manches ballon en velours de la même couleur, avec un profond décolleté qui découvrait les épaules.

Elle tressa ses cheveux avant de les attacher en chignon qu'elle orna d'un peigne en argent et diamants.

Tandis qu'elle enfilait ses longs gants blancs, elle se soumit à un examen critique devant la psyché. Rien à redire.

Le marteau de la porte retentit alors qu'elle quittait sa chambre. Roddie lui avait dit qu'il passerait la prendre juste avant 19 heures. Ils rejoindraient ses amis dans un café pour boire une coupe de champagne avant de se rendre au concert.

Elle se trouvait sur le palier, son manteau du soir sur le bras, lorsqu'elle reconnut l'inimitable accent écossais. Douglas Farrell s'entretenait avec Jenkins. Impulsivement, elle fit demi-tour pour rentrer dans sa chambre, puis elle se ressaisit. Quelle idée stupide ! Elle descendit calmement.

— Docteur Farrell, quelle surprise !

— Le Dr Farrell a égaré son porte-cartes de visite, mademoiselle Chastity, expliqua Jenkins. Il se demande s'il ne l'a pas oublié ici, cet après-midi.

Contournant adroitement le majordome, Douglas s'approcha, un sourire engageant aux lèvres.

— Pardonnez-moi de vous déranger, mademoiselle Duncan. Cela semble être une de mes spécialités ! Vous sortiez, je vois. Je m'en voudrais de vous retarder.

Il n'essayait même pas de dissimuler son admiration. Elle était époustouflante ! Il l'avait déjà trouvée fort séduisante cet après-midi, mais ce soir, elle était à couper le souffle. Une vision de rêve en rouge.

Chastity ne put ignorer la lueur qui s'était allumée dans ses yeux de jais, ni le changement dans son sourire, qui de strictement mondain était devenu chaleureusement sincère. Elle en conçut un plaisir tout féminin. Bien qu'elle détestât cet individu, elle était suffisamment femme pour se réjouir de l'effet qu'elle produisait sur lui. Toutefois, lorsqu'elle prit la parole, ce fut d'une voix fraîche, ni accueillante ni hostile.

— Je n'ai rien vu de semblable, je le crains. Madge n'a pas trouvé l'objet quand elle a rangé le salon ?

— Non, mademoiselle Chastity.

— Je suis navrée, docteur Farrell. Vous avez dû oublier votre porte-cartes ailleurs.

— Sans doute, dit-il à l'instant où l'on frappait de nouveau à la porte.

Jenkins ouvrit.

— Bonsoir, monseigneur.

Le majordome s'effaça afin de laisser entrer le vicomte Brigham.

— Bonsoir, Jenkins... Chastity. Êtes-vous prête ? Seigneur, vous êtes magnifique ! s'exclama Roddie.

Il se tourna avec un sourire vers Douglas, révélant la tenue de soirée sous sa cape.

— Brigham, fit-il en tendant la main.

— Douglas Farrell. J'ai égaré quelque chose cet après-midi, et je me demandais si c'était ici, lorsque j'ai assisté au thé de Mlle Duncan. Je suis donc passé, à tout hasard.

— Je vois. Je perds moi-même quantité de choses. La moitié de mes affaires sont disséminées à travers la ville, ajouta-t-il en riant. Si vous voulez bien, Chastity, il faut y aller. Les autres doivent être déjà au *Blue Moon*.

— Je suis prête, répondit-elle en tendant la main à Douglas. Bonsoir, docteur Farrell. J'espère que vous retrouverez votre porte-cartes. Ne m'attendez pas, Jenkins, j'ai ma clé.

Sur ce, elle sortit au bras du vicomte.

Douglas la suivit des yeux. Il y avait le long du trottoir une calèche fermée menée par une paire de splendides alezans. Ils avaient dû coûter à eux seuls plusieurs milliers de guinées, de quoi équiper une salle d'hôpital !

Il s'aperçut soudain que Jenkins patientait près de la porte, le regard lointain, et il se reprit en hâte.

— Qu'est-ce que le *Blue Moon* ? demanda-t-il au majordome.

— Un café, monsieur. Plutôt à la mode... situé sur Brompton Road. Un endroit où les jeunes gens aiment se retrouver pour prendre un verre avant le spectacle. Le vicomte et ses amis se rendent ensuite à l'*Albert Hall*, je crois.

— Ah... Merci.

Il sortit et s'éloigna à grandes enjambées. Sa visite à Chastity était le résultat d'un coup de tête, ce qui en soi ne lui ressemblait pas, car il n'agissait jamais sur une impulsion. Mais il avait pensé qu'une visite surprise à Mlle Duncan pourrait avoir des rebondissements intéressants. Peut-être aurait-elle accepté une invitation impromptue à dîner, ou l'aurait au moins invité à boire un verre.

Il héla un fiacre. Le cocher se pencha vers lui.

— Pour aller où ?

Stupéfait, Douglas s'entendit répondre :

— À l'*Albert Hall*, s'il vous plaît.

Une fois à l'intérieur, il se demanda ce qui lui avait pris. Certes, il était possible qu'il reste encore des places pour le concert. Et que Mlle Duncan et lui se retrouvent à la même manifestation n'avait rien d'extraordinaire. Mais tout de même, cette poursuite spontanée avait quelque chose d'extravagant dans son impulsivité !

— Je n'ai pas pris l'automobile, ce soir, parce que je craignais que vous n'ayez froid. Le vent est glacial, observa Roddie alors que la calèche les emportait vers le *Blue Moon*.

— En effet, acquiesça distraitement Chastity en glissant ses mains gantées sous le plaid.

— Je n'ai entendu que des louanges sur ce violoniste.

— En effet, je suis impatiente de l'écouter.

— Et moi, je suis impatient de manger des huîtres, déclara Roddie en se frottant les mains. Parfait pour une aussi belle soirée !

Chastity ne répondit pas, et il la scruta dans la pénombre.

— Vous semblez songeuse, Chastity.

— Oh, vraiment ? fit-elle en souriant. Ce doit être le froid qui m'engourdit le cerveau.

Il lui prit la main sous la couverture.

— Nous allons remédier à cela, je vous le promets. Une bonne soupe à l'oignon vous réchauffera, ma douce !

Chastity ne se dégagea pas. Roddie la courtisait gentiment depuis si longtemps qu'ils en avaient tous les deux pris l'habitude. Il lui demandait assez régulièrement de l'épouser, mais elle était convaincue qu'il serait choqué si elle acceptait. Leur relation était aussi agréable et confortable qu'une bonne paire de pantoufles – ce qu'elle ne lui avait évidemment jamais dit !

L'ennui, c'était que ce soir, elle n'avait pas envie de pantoufles mais de bottines incroyablement hautes, et très, très féminines...

Douglas quitta la caisse de l'*Albert Hall* en possession d'un billet pour une place debout. La perspective de ne pas s'asseoir ne le dérangeait guère, et il s'en était tiré pour un shilling. Mélomane, il appréciait particulièrement le violon, donc, quelles que soient les raisons qui l'avaient poussé à venir ici, il avait toutes les chances de passer une bonne soirée.

Il trouva un pub qui servait des tourtes à la viande ainsi que de la bière, puis retourna au théâtre peu avant 20 h 30.

Il se fondit dans la foule, ce qui n'était guère aisé pour un homme de sa stature, et regarda autour de lui. Il n'eut aucun mal à repérer Chastity, au milieu d'un groupe de jeunes gens élégants qui bavardaient en montant les marches devant lui. Il les suivit à distance respectable pour prendre sa modeste place derrière la dernière rangée de sièges.

L'orchestre attaqua les premiers accords, et il s'appuya au mur, les bras croisés, pour se perdre dans la musique.

Dans son fauteuil d'orchestre, Chastity grignotait les pralines que lui avait offertes Roddie. Elle se sentait beaucoup mieux, grâces en soient rendues à l'excellente soupe à l'oignon et au champagne millésimé qu'elle avait dégustés au *Blue Moon*.

La musique était sublime, et elle avait complètement surmonté sa mélancolie du début de soirée quand les musiciens se turent. Comme toujours, les applaudissements furent élégamment discrets mais néanmoins sincères.

— C'était merveilleux ! s'écria Chastity. Merci infiniment, Roddie.

— Tant mieux, je suis content que cela vous ait plu. Personnellement, je préfère les chansons, mais un peu de culture ne nuit pas, n'est-ce pas ?

— Oh, Roddie, vous êtes désespérant ! Vous n'êtes pas du tout le béotien que vous prétendez être, le gronda-t-elle en riant.

Ils quittèrent la travée en échangeant des commentaires avec leurs amis. Après quoi les dames gagnèrent le vestiaire afin de se refaire une beauté et de récupérer leurs manteaux.

Alors qu'elle retournait dans le hall, Chastity se pétrifia : Douglas Farrell bavardait tranquillement avec Roddie et ses compagnons.

— Ce Toselli est absolument fantastique, vous ne trouvez pas, mademoiselle Duncan ? lui dit-il, comme elle s'approchait du groupe. C'est un privilège que de l'avoir entendu.

— Oui, souffla-t-elle.

La suivait-il ? Non, c'était une idée absurde.

— Quelle coïncidence de vous rencontrer ici ce soir, reprit-elle. Peut-être pensiez-vous y retrouver votre porte-cartes ?

Il plissa les yeux. Impossible d'ignorer le ton sarcastique ni le défi dans le regard noisette. D'ailleurs, il ne pouvait l'en blâmer. Ses apparitions répétées étaient plus que louches ! Et il ne se comprenait pas lui-même. Il eut un sourire suave.

— Certainement pas, mademoiselle Duncan. Et je ne considère pas que ce soit une coïncidence. Toselli donnait un seul concert. Quel amoureux du violon aurait manqué cet événement ?

— Et vous êtes un amoureux du violon, naturellement.

— Passionné !

— Ah !

Elle se tourna ostensiblement vers l'une de ses compagnes.

— Avez-vous remarqué la robe que portait Elizabeth Armitage, Elinor ? Une création de Worth, non ?

— Sans aucun doute.

— Dites donc, Farrell, si vous vous joigniez à nous ? Nous allons souper au *Piazza*, et il y aura assez de place pour tout le monde.

Roddie avait lancé l'invitation avec sa jovialité habituelle, et Chastity grinça des dents. Elle n'y pouvait, hélas, rien et, le dos résolument tourné, elle entendit Douglas accepter.

— C'est très aimable à vous, j'en serai enchanté.

— Vous êtes nouveau à Londres, non ? s'enquit Roddie alors qu'ils se dirigeaient vers les portes. Je ne vous avais encore jamais vu.

Douglas lui répondit, et, comme ils s'éloignaient, Chastity attrapa quelques mots au vol. *Édimbourg… médecin… Harley Street…*

— Il est plus que bienvenu parmi nous, chuchota Polly en s'installant dans la calèche de Brigham. Oh, Roddie, il n'y a plus de place pour vous ! s'écria-t-elle alors que le jeune homme faisait mine d'y monter. Elinor vient avec nous. N'est-ce pas, ma chère ?

— Je suppose que vous avez envie de papoter, se résigna Roddie qui aida la troisième jeune femme à s'installer. Nous suivrons dans un fiacre.

— Alors, parlez-nous de ce médecin, Chastity, reprit Polly dès que la calèche se fut ébranlée. Où l'avez-vous rencontré ?

— Il est venu à mon thé, cet après-midi. Il cherchait quelqu'un… Je ne me rappelle plus qui. Je ne sais pas grand-chose de lui, sinon qu'il n'est pas à Londres depuis longtemps et qu'il va ouvrir un cabinet en ville.

— Eh bien, j'irai le consulter, déclara Elinor. Les hommes de haute stature inspirent tellement confiance !

Elle se repoudra le nez.

— Quelqu'un en veut ? demanda-t-elle en proposant à ses compagnes une petite liasse de feuilles imprégnées de poudre couleur pêche.

Chastity secoua la tête. Elle se sentait un peu étourdie, comme si elle était prise dans une tornade. Était-ce vraiment une coïncidence si Douglas Farrell s'était trouvé à l'*Albert Hall* ce soir après avoir fait irruption chez elle sous un prétexte fallacieux ? Pourquoi n'était-il pas plutôt allé voir Laura Della Luca ? Que se passait-il ? Il n'était certainement pas prévu à *ce* souper-ci ! Tout cela était on ne peut plus déconcertant.

De même que de se retrouver à côté de lui à la table ronde du restaurant de Covent Garden. Elle était censée s'asseoir entre Roddie et le frère de Polly, mais Douglas Farrell s'était astucieusement arrangé pour prendre la place de Roddie à sa gauche.

— Quel établissement sympathique, commenta-t-il en dépliant sa serviette.

— Oui. On y sert le genre de plats que mangent les marchands des quatre saisons. De la bonne nourriture cockney.

— Parfait pour ma première expérience nocturne à Londres.

— Vous étiez sans doute trop occupé avec votre nouveau cabinet pour avoir le temps de sortir, j'imagine, répondit-elle, résignée à converser avec son voisin, comme l'exigeait l'étiquette. Comment s'y prend-on, au juste ?

Elle but une gorgée d'eau tout en survolant la carte. En fait, sa réponse l'intéressait. Elle en savait beaucoup plus qu'il ne le supposait, et elle se demanda, amusée, ce qu'il allait bien pouvoir inventer.

— J'ai quelques contacts grâce à mon père, expliqua-t-il. Et, bien sûr, des recommandations de la part de mes anciens patients d'Édimbourg. C'est un début. Quel plat me conseillez-vous ?

— Le poulet rôti est bon, dit-elle avant de se pencher devant son autre voisin. Excusez-moi, Peter. Roddie, n'était-ce pas le civet de lièvre que nous avions adoré, la dernière fois ?

Une discussion animée s'ensuivit sur les mérites comparés du civet de lièvre et du jarret de veau. Personne n'évoqua le poulet rôti, nota Douglas.

Lorsque Chastity se rassit, il murmura :

— Le poulet rôti me semble un peu prosaïque, vu les circonstances.

— Cela dépend des points de vue. Mon beau-frère, qui est excellent cuisinier et un fin gourmet, en choisit systématiquement, ici. Il le trouve parfait : volaille de qualité, cuisson irréprochable.

— Est-ce le mari de lady Malvern ou celui de Mme Ensor ?

— L'époux de Prudence. Gideon Malvern.

Chastity brisa son petit pain et le tartina généreusement de beurre.

— L'avocat.

— Oui, acquiesça-t-elle en se tournant vers le sommelier qui proposait, sur les instructions de Roddie, un choix de vin. Du rouge, s'il vous plaît. Et je prendrai le jarret de veau.

Douglas choisit le même vin. Il essayait de se rappeler où il avait déjà entendu parler de cet avocat. Cela lui revint brusquement, et il fit claquer ses doigts.

— N'est-ce pas sir Gideon qui a défendu le *Mayfair Lady* dans ce procès en diffamation ?

— En effet, répondit Chastity d'un ton léger. Et il a fait du très beau travail.

Douglas promenait l'index sur le bord de son verre.

— Pardonnez-moi, mais votre père n'était-il pas impliqué dans l'affaire, d'une manière ou d'une autre ? Je crois avoir lu cela dans les journaux, ajouta-t-il avec un petit sourire d'excuse.

— Je suis surprise que cette histoire soit arrivée jusqu'à Édimbourg, s'étonna Chastity. En effet, mon père était témoin de la défense. C'est l'une des principales raisons pour lesquelles Gideon a accepté l'affaire... La famille, vous comprenez ?

Le mensonge lui était venu le plus naturellement du monde. Il avait été mis au point dans les semaines qui avaient suivi le procès. L'idée générale était que Prudence et Gideon étaient secrètement fiancés au moment où l'affaire avait été portée à la connaissance du public, et lorsque l'on avait parlé de l'implication possible de lord Duncan, son futur gendre avait tout naturellement décidé de s'en charger.

— Les familles sont parfois utiles, observa Douglas avec un sourire ironique qui intrigua Chastity.

— En effet. Ne disiez-vous pas que votre père avait des relations dans le milieu médical à Londres ?

— Si. C'était un éminent praticien à Édimbourg, et j'ai suivi ses traces. Hélas, il est mort lorsque j'étais très jeune, et ses associés au cabinet m'ont pris sous leur aile. J'ai découvert que le nom de sir Malcolm Farrell ouvrait pas mal de portes.

L'étrange sourire n'avait pas disparu.

— Vous semblez désapprouver.

Il haussa les épaules.

— Je considère qu'une personne doit s'appuyer sur ses seuls mérites pour réussir, aussi va-t-il contre mes convictions de me servir de la réputation de mon père. Mais la fin justifie les moyens.

Il revint au menu, indiquant clairement que le sujet était clos.

Comment pouvait-il concilier l'idée de réussir par ses propres mérites et la perspective de se marier pour de l'argent ? Voilà qui était plutôt cocasse !

— Que me recommanderiez-vous pour commencer... ou plutôt que me conseillerait votre beau-frère ? reprit Douglas, la sortant de ses pensées.

— Le consommé de queue de bœuf, répondit-elle aussitôt. Oh, vous n'aimez pas la queue de bœuf? ajouta-t-elle en voyant son expression.

Les papilles gustatives de Douglas se souvenaient encore de la queue de bœuf bouillie qui était arrivée sur la table de Mme Harris quelques jours plus tôt. À peine mangeable!

— Pas tellement, avoua-t-il.

— Anguille en gelée? suggéra-t-elle. C'est une spécialité de la maison.

— Vous êtes sérieuse?

Il se tourna vers elle et remarqua une petite fossette au coin de sa bouche.

— Non, vous n'êtes pas sérieuse, décida-t-il.

— Mais si, c'est un plat traditionnel, protesta-t-elle. Elles arrivent tout droit de Billingsgate et font le régal des cockneys.

— Mais je ne suis pas un cockney. Je vais m'en tenir à la terrine de harengs. Cela, au moins, je connais.

— Ne viennent-ils pas des Orcades?

— Entre autres.

— Il paraît un peu timoré de ne manger que ce à quoi vous êtes habitué, remarqua-t-elle. J'aurais imaginé que vous souhaitiez vous adapter à votre environnement.

— Très bien, déclara-t-il en refermant la carte. Va pour l'anguille en gelée, mademoiselle Duncan. À condition que vous en mangiez aussi.

Prise à son propre piège, reconnut Chastity à contrecœur. Mais quelque chose dans l'intonation de Douglas l'empêchait de refuser le défi.

— Marché conclu, docteur Farrell.

— Marché conclu, répéta-t-il.

Il tendit la main et elle l'accepta, de nouveau stupéfaite de voir la sienne disparaître complètement dans la grande paume.

— De quoi s'agit-il? demanda Roddie, de l'autre côté de la table.

— D'anguille en gelée, répondit Douglas. Mlle Duncan m'a mis au défi de goûter à un mets local typique, et je l'ai mise au défi d'y goûter avec moi.

Leurs compagnons applaudirent. Le vin coulait à flots et, dans ce restaurant bruyant et bon enfant, les règles strictes de l'étiquette étaient résolument oubliées.

— Cinq guinées sur Chastity, lança quelqu'un. Elle mangera tout jusqu'à la dernière bouchée.

— Je ne crois pas, dit un autre en jaugeant Farrell du regard. Notre bon médecin ici présent peut avaler un plat entier d'anguilles sans même s'en rendre compte. Six guinées sur Farrell.

Les enchères montèrent jusqu'à ce que l'on apporte les deux assiettes d'anguille. Chastity contempla le long ruban tremblotant et réprima un frisson. Douglas, lui, considérait son assiette avec la farouche détermination de César à l'instant de franchir le Rubicon.

Tous les yeux étaient rivés sur les concurrents. Les convives des tables voisines avaient parié, eux aussi, et des serveurs surgis de nulle part s'approchaient dans leurs longs tabliers blancs, sous prétexte d'essuyer des tables qui n'en avaient pas besoin ou d'aligner des couverts qui l'étaient déjà parfaitement.

— Bon, fit Chastity. Ce sont des mets de choix pour ceux qui n'ont pas les moyens de s'offrir du jarret de veau. Qui sommes-nous pour mépriser ce que d'autres apprécient ?

Douglas fut un instant déconcerté par ce commentaire auquel il ne se serait pas attendu dans la bouche d'une créature privilégiée telle que l'Honorable Chastity Duncan. Après une brève hésitation, il attaqua son anguille.

Ils mangèrent stoïquement, lentement, régulièrement... Chastity ne pensait qu'à avaler, sans essayer de mâcher. Les bouchées se succédaient. De temps à autre, elle jetait un bref coup d'œil à son adversaire. Il semblait utiliser la même tactique, mais il avait une plus grande bouche, aussi son assiette se vidait-elle plus vite que la sienne. Lorsqu'il posa triomphalement sa fourchette, il restait encore au moins trois bouchées à Chastity.

Elle tint bon. Elle coupait, avalait, coupait, avalait. Les yeux fermés, elle arriva enfin au dernier morceau, s'empara de son verre de vin et le vida sous les applaudissements.

— Match nul ! proclama Roddie. Nous n'avions pas parié sur le premier qui terminerait.

— Chastity étant infiniment plus petite, Farrell aurait dû avoir un handicap, observa judicieusement l'un des convives.

— Cela n'ayant pas été décidé avant, c'est donc bien un match nul, décréta Roddie.

— Comment vous sentez-vous ? demanda doucement Douglas en constatant que Chastity avait toujours les yeux fermés.

— Que recommandez-vous contre la nausée, docteur ? murmura-t-elle en saisissant de nouveau à l'aveuglette le verre qu'on lui avait rempli.

— Du vin ! répondit-il joyeusement en suivant son exemple. En vérité, ajouta-t-il, ce n'était pas si mauvais. C'est plutôt la consistance...

— Mon beau-frère vous rétorquerait que les deux sont indissociables. Puis-je avoir un autre petit pain, *s'il vous plaît*.

Douglas en prit un dans la corbeille, en beurra un morceau qu'il posa devant elle.

— Cela devrait vous ôter le goût de la bouche.

Il entreprit de beurrer le reste, avec les mêmes gestes précis qui avaient déjà étonné Chastity.

L'intimité du geste lui arracha un tressaillement. Venant de Roddie, elle n'aurait pas été choquée, mais le Dr Farrell était un inconnu. Cela dit, il avait agi avec un tel naturel... il ne s'était visiblement pas posé de questions. En tant que médecin, il prescrivait simplement le remède adéquat. Elle mordit dans le pain avec plaisir.

Douglas lui parut tout à coup très proche d'elle. Les tables étaient certes serrées, et les convives assis au coude à coude, mais elle ne l'avait pas remarqué auparavant. Elle avait tout à coup intensément conscience de sa proximité, et elle se rappela la réflexion de Constance sur sa présence physique.

Il avait posé l'avant-bras sur la nappe, et elle nota que ses muscles tendaient la soie de sa redingote. Elle l'observa discrètement. La ligne de sa mâchoire creusait ses joues, le tout dominé par le nez busqué. Un nez romain, songea-t-elle. Il avait un front que ses sœurs et elle auraient décrit comme « intelligent », large, dégagé. Il y avait dans ses traits irréguliers un certain ascétisme qui détonait un peu avec la force qui se dégageait de lui.

Il se tourna soudain vers elle, le regard légèrement interrogateur, et elle regarda aussitôt ailleurs. L'apparition du serveur chargé de débarrasser les assiettes fit une heureuse diversion.

— Merci infiniment, murmura-t-elle, soulagée de ne plus avoir devant elle la peau et les arêtes de l'anguille.

Elle prit un autre morceau de pain beurré pour en oublier le goût, tout en espérant que Douglas ne s'était pas senti observé.

— J'ai envie de danser ! déclara Elinor. Où pourrions-nous aller ensuite ?

— Au *Marrakech* ? suggéra Roddie.

— Ou au *Cléopâtre*.

Autour des plats de résistance, on discuta des mérites respectifs des deux clubs, mais Chastity ne participa pas aux débats. Elle n'était pas d'humeur à danser, ce soir, cependant, si tout le monde décidait d'y aller, ce ne serait pas facile de se dérober. Roddie, qui l'avait invitée, se sentirait obligé de la raccompagner, ce qui gâcherait sa fin de soirée.

— Votre beau-frère avait raison, pour le poulet, commenta Douglas. Je n'en ai pas mangé d'aussi savoureux depuis les Noëls de mon enfance.

— Vous aviez du poulet pour Noël ? s'étonna Chastity. Chez nous, c'est toujours de l'oie.

Le sujet anodin lui convenait parfaitement.

— Poulet à Noël, panse de brebis farcie au Jour de l'An.

— Retournerez-vous en Écosse pour les fêtes ? demanda-t-elle, histoire de dire quelque chose.

Il secoua la tête.

— Non. Pour que le voyage en vaille la peine, il me faudrait rester au moins quinze jours, or j'ai trop à faire ici.

— Oh, du travail, vous voulez dire ?

— Travail… et emménagement.

— Où habitez-vous, Farrell ? intervint Roddie qui avait entendu la fin de leur conversation.

— À Wimpole Street. C'est à deux pas de Harley Street.

— Vous avez acheté une maison ? s'enquit Edith. Il y en a de magnifiques, dans ce quartier.

— Pour l'instant, je me suis contenté de louer un appartement meublé, avec une gouvernante qui fait office de cuisinière. Idéal pour un célibataire qui travaille, précisa-t-il en riant.

— L'emménagement ne devrait donc pas vous prendre trop de temps, fit remarquer un peu aigrement Chastity qui fit signe au serveur de lui remplir son verre. Pas au point de vous tenir éloigné de votre famille à Noël, en tout cas.

Il la regarda et répliqua avec une ombre de moquerie :

— Vous ne laissez rien passer, n'est-ce pas, mademoiselle Duncan ?

Elle eut la bonne grâce de s'empourprer, tandis que Roddie éclatait de rire.

— Oh, Chastity est bien plus indulgente que ses sœurs ! déclara-t-il. Impossible d'ouvrir la bouche devant elles sans être obligé de se justifier !

— Nous tenons cela de notre mère, expliqua Chastity avec un sourire d'excuse. Elle nous a appris que la précision était essentielle. On devrait toujours énoncer avec exactitude ce que l'on a à dire.

— Ce doit être une femme redoutable, observa Douglas.

— Elle l'était, acquiesça Chastity. Elle est morte il y a quelques années.

— Je suis désolé.

Il effleura légèrement sa main. Il y avait tant de sympathie spontanée dans ces quelques mots, dans la chaleur de ses doigts que Chastity en fut curieusement réconfortée. Elle commençait à se demander si elle ne s'était pas trompée en jugeant durement son probable comportement dans un lit !

Il racontait avec humour sa situation, au profit de toute la table, à présent.

— Je ne suis pas enchanté des meubles que me fournit mon propriétaire, et j'ai des affaires personnelles à ranger. Des livres, principalement. Je suis affreusement maniaque en ce qui concerne le classement de ma bibliothèque. J'en ai au moins pour une semaine !

— Ce doit être une énorme bibliothèque ! s'exclama le frère d'Elinor avec respect. Quand je pense qu'il me faut toute une année pour lire un seul livre.

— Ça, vieux, c'est parce que tu as la concentration d'un moucheron ! plaisanta Roddie, déclenchant l'hilarité. Alors, avons-nous décidé de l'endroit où nous allons danser ?

— J'ai l'impression que vous n'avez guère envie de prolonger la soirée, murmura Douglas à Chastity tandis que le débat reprenait.

— Pourquoi ? Je n'ai rien dit, répondit-elle en fronçant les sourcils.

— Justement.

Il s'adossa à sa chaise tandis que l'on débarrassait la table.

— Chastity, qu'en pensez-vous ? demanda Roddie. Le *Cléopâtre* ou le *Marrakech* ?

— Pour être tout à fait franche, je suis un peu fatiguée, répondit-elle. J'ai passé une excellente soirée, mais cela vous ennuierait-il si je prenais un fiacre pour rentrer à la maison ?

— Non, non, protesta-t-il, il n'en est pas question. Je vous raccompagne, évidemment.

— C'est inutile, Roddie.

— Mais si.

En effet, l'éducation du vicomte Brigham voulait qu'étant allé chercher son invitée chez elle, il devait l'y ramener.

— Si cela convient à Mlle Duncan, je me ferai un plaisir de la raccompagner, intervint Douglas. Je ne suis pas moi-même un passionné de danse.

— Comment, pas de gigues, pas de danses à huit temps, docteur Farrell ? s'étonna Elinor.

Il sourit.

— Les danses écossaises, lady Elinor, font partie d'une catégorie différente. Et j'y excelle. Mais je ne pense pas qu'il y en aura au programme des clubs, ce soir !

— Sans doute pas, en effet, concéda Elinor. Portez-vous le kilt, pour les danses folkloriques, Douglas ? Je peux vous appeler Douglas, n'est-ce pas ?

— J'en serais honoré. Et oui, je porte un kilt dans certaines occasions.

Chastity nota que Douglas Farrell avait l'art de mettre un terme aux conversations qui l'ennuyaient. Il ne se montrait pas grossier, non, il se contentait de répondre avec une précision qui décourageait toute insistance. Il se tourna de nouveau vers elle.

— Voulez-vous m'accorder le plaisir de vous raccompagner, mademoiselle Duncan ? s'enquit-il aimablement.

Que répondre ? Wimpole Street était proche de Manchester Square. Refuser paraîtrait étonnamment discourtois aux yeux de ses amis, et cela priverait Roddie de sa soirée au club.

Chastity sourit et le remercia dans un murmure.

6

Le petit groupe se tenait dans la rue, parmi les détritus du marché de Covent Garden. Roddie hélait des fiacres pour ceux qui ne pouvaient monter dans sa voiture. Il se tourna vers Chastity et Douglas.

— Nous divisons la note du restaurant, Farrell. Si vous me donnez votre carte, je vous enverrai un mot quand j'aurai calculé votre participation à nos agapes.

— Le Dr Farrell a égaré son porte-cartes, dit Chastity avec un sourire doucereux.

— J'ai tout de même une ou deux cartes sur moi, répliqua Douglas avec un sourire tout aussi mielleux.

Il sortit de son portefeuille une carte professionnelle.

— Il y a mes deux adresses, ajouta-t-il.

Le vicomte lui remit la sienne, puis s'ensuivit un échange général de cartes entre Farrell et les autres convives.

— Vous êtes sûre de ne pas vouloir venir au *Marrakech* ? demanda Roddie, un peu déçu, à Chastity. J'avais fort envie de danser avec vous.

— Je suis désolée, Roddie, mais je suis vraiment fatiguée. Et puis, ces affreuses anguilles mènent la sarabande dans mon estomac.

— Quelle horrible image !

— Quelle horrible expérience, renchérit-elle en riant. En dehors de cela, c'était une délicieuse soirée. Je vous remercie.

— Et moi, je vous remercie de m'avoir permis de me joindre à vous, fit Douglas en tendant la main au vicomte. Une très agréable façon de découvrir Londres !

— Ça m'a fait plaisir, vieux, déclara Roddie en lui tapant sur l'épaule. Dites-moi, si ce n'est pas indiscret, c'est sur un ring que vous avez eu le nez cassé ?

Douglas secoua la tête.

— Cela aurait été fort possible, puisque j'étais poids lourd à l'université, où j'ai disputé bon nombre de combats. Mais, en fait, cela s'est produit sur un terrain de rugby.

— C'est un jeu si violent ! s'écria Polly avec un frisson très féminin.

— Parfois, en effet, reconnut Douglas en effleurant la bosse sur son nez.

— Les femmes ne comprennent pas l'utilité du sport pour forger le caractère, observa le frère d'Elinor avec une pointe de mépris. Elles ne supportent que de jouer à la baballe au-dessus d'un filet.

— C'est faux ! s'insurgea Chastity. Les femmes jouent aussi au cricket, au hockey, pas seulement au tennis. Elles font de la bicyclette, pratiquent le golf et l'alpinisme.

— Mais pas ce que l'on appelle des sports de contact, fit remarquer Douglas.

— Si vous voulez dire que nous préférons ne pas nous colleter physiquement avec nos adversaires, vous avez sans doute raison, rétorqua Chastity. Mais se casser les membres, sans parler du nez et de la tête, me paraît une façon particulièrement stupide de gagner quoi que ce soit.

— Combat perdu d'avance, Farrell, je vous avais prévenu, commenta le frère d'Elinor d'un air découragé.

Douglas se contenta de sourire, et décida qu'il valait mieux abandonner le sujet. L'Honorable Mlle Duncan ne retenait pas ses coups quand il s'agissait de joutes verbales, quelle que soit son opinion sur le sport.

Le groupe s'entassa dans les différents véhicules tandis que Chastity et Douglas restaient sur le trottoir.

Douglas chercha en vain un fiacre libre.

— Je crois que Brigham ne nous en a pas laissé un seul, déclara-t-il.

— C'est l'heure de pointe, expliqua Chastity en relevant le col de son manteau.

— Ah, en voilà un !

Glissant deux doigts dans sa bouche, il émit un sifflement strident à rendre jaloux n'importe quel gamin des rues. Le fiacre partait dans la direction opposée, mais le cocher l'entendit et fit demi-tour.

— Bravo ! s'exclama Chastity. C'est ce qui s'appelle siffler. Il faudra que vous m'appreniez.

Douglas lui ouvrit la portière.

— Permettez-moi, fit-il en la soulevant légèrement par la taille avant de la suivre à l'intérieur et de refermer derrière lui.

Chastity lui décocha un regard noir.

— De toute évidence, vous faites partie de ces hommes persuadés que les femmes adorent être traitées comme des porcelaines de Saxe. Je vous informe, docteur Farrell, que c'est complètement faux. Les femmes, en général, n'apprécient pas d'être soulevées contre leur gré par des géants.

Il eut l'air surpris.

— Mes sœurs n'y ont jamais vu d'objection.

— Vous connaissez, j'imagine, la différence entre la famille et de parfaits étrangers.

— Pas de parfaits étrangers, protesta-t-il. Nous avons tout de même mangé des anguilles ensemble.

Chastity tourna la tête vers la vitre afin de dissimuler le sourire qu'elle avait du mal à retenir.

Au bout d'une minute, il reprit, sur le ton de la conversation :

— Quand Brigham a-t-il réglé l'addition ? Je n'ai rien vu passer.

— Roddie a un compte dans cet établissement, expliqua Chastity. Comme partout en ville, du reste. Il n'a jamais d'argent sur lui... Il trouve cela vulgaire. Probablement parce qu'il en possède tellement qu'il n'a pas à s'en soucier.

— Quelle chance il a ! lâcha Douglas avec une pointe d'amertume.

Chastity plissa les yeux. Elle ne permettrait pas à cet individu de critiquer ses amis, même implicitement.

— Je suis sûre que si vous avez quelque difficulté à payer votre écot, il comprendra, déclara-t-elle, délibérément insultante.

Il se redressa d'un bond.

— Que sous-entendez-vous ?

Que si vous cherchez une riche épouse, c'est sans doute que vous avez du mal à maintenir votre train de vie.

— Rien du tout. Que pourrais-je sous-entendre ?

— Je l'ignore, c'est pourquoi je vous pose la question.

Bien que calme, il y avait dans sa voix un accent que Chastity n'aimait pas du tout. Apparemment, elle avait mis le pied dans des sables mouvants.

— Je ne sous-entendais rien, répéta-t-elle, consciente de la futilité de cette réponse.

Elle allait devoir surveiller ses paroles, avec Douglas Farrell. Elle avait laissé entrevoir la mauvaise opinion qu'elle avait de lui, ce qui était très dangereux.

— Désolée si je vous ai blessé, reprit-elle. C'était involontaire. Je pensais seulement qu'acquérir une clientèle à Harley Street devait coûter fort cher.

Osez prétendre le contraire ! C'était exactement ce qu'il avait dit à L'Intermédiaire.

— En effet, admit-il. Mais je ne crois pas, mademoiselle Duncan, vous avoir jamais fourni la moindre information quant à l'état de mes finances.

— C'est vrai, dit-elle en baissant les yeux.

Pas à votre connaissance, en tout cas, docteur Farrell.

— J'ai parlé sans réfléchir, reprit-elle vivement. J'étais simplement contrariée que vous critiquiez mes amis.

Il y eut un court mais pesant silence.

— Excusez-moi si je vous ai donné cette impression, dit-il.

Il se pencha un peu et posa la main sur celle de la jeune femme.

— Pouvons-nous oublier cet incident, Chastity ?

Elle sentait la chaleur et la force de sa main à travers la fine peau de ses gants. Bien que curieusement troublée, elle ne fit aucune tentative pour se dégager. Elle esquissa un petit sourire en réponse à sa question, et il acquiesça de la tête.

Le reste du trajet s'effectua dans un silence à la fois amical et embarrassé. Lorsque le fiacre s'immobilisa devant le 10 Manchester Square, Douglas sauta à terre et lui tendit la main pour l'aider à descendre. Il n'y eut rien de trop familier, cette fois, mais il la tint fermement jusqu'à ce qu'elle soit sur le trottoir, avant de la lâcher à contrecœur.

— Bonne nuit, Chastity.

Il s'inclina légèrement.

— Bonne nuit, Douglas. Et merci de m'avoir raccompagnée.

Elle se hâta vers les marches du porche.

Il attendit qu'elle eût disparu à l'intérieur pour payer le cocher. Wimpole Street n'était pas loin et un peu de marche lui ferait du bien. Il était perplexe, et avait besoin de remettre de l'ordre dans ses idées.

Où Chastity avait-elle voulu en venir avec cette réflexion sur ses finances ? Il y avait une raison à cette insulte. Il comprenait qu'elle eût réagi à une critique voilée de ses amis, mais cela n'expliquait pas tout. Il n'avait certainement pas donné l'impression d'être à court d'argent ! Du moins, il ne le pensait pas. Rien dans sa tenue ou ses manières n'indiquait qu'il n'était pas un gentleman aisé. D'ailleurs, il l'était, ou plutôt il l'aurait été si tout ce qu'il possédait n'était pas englouti par le gouffre sans fond de sa clientèle des quartiers pauvres.

Harley Street rétablirait l'équilibre, dès qu'il aurait commencé à y pratiquer. Mais pour arriver rapidement à ce résultat, il avait besoin de capitaux frais. Il songea à la *signorina* Della Luca, vit son visage en lame de couteau, qui fut aussitôt remplacé par celui, gracieux, de l'Honorable Chastity Duncan, ses yeux brillants, son teint lumineux. Elle pouvait avoir un sourire d'ange ou une langue de vipère… Elle représentait une énigme, un paradoxe, et il ne pouvait nier qu'elle l'attirait infiniment.

Pourtant, il ne voulait pas être séduit, ni par elle ni par une autre. Il savait d'expérience que les liens sentimentaux n'entraînaient que de douloureuses complications. Il avait seulement besoin d'une épouse fortunée, bien introduite dans la haute société, qui s'intéresse un peu à son travail. L'Intermédiaire lui avait proposé une candidate répondant à ces exigences, à lui d'aller jusqu'au bout.

Comme s'il venait de prendre une décision capitale, il fourra les mains dans ses poches, et effleura les cartes de visite gravées qu'on lui avait remises après le souper. Les relations étaient aussi importantes que l'argent, or il s'en était fait quelques-unes ce soir.

Chastity passa une nuit agitée. Elle s'en voulait d'avoir cédé à son envie d'asticoter le médecin, et elle était malheureuse de l'avoir blessé pour satisfaire un besoin qui lui paraissait à présent de la méchanceté gratuite. Cela ne lui ressemblait pas. Bien qu'elle eût la langue acérée, comme ses sœurs, elle s'abstenait généralement de toute remarque vexante ou désagréable. Alors, que lui avait-il pris ? Elle n'aimait guère cet homme, mais ce n'était pas une excuse, et il n'avait rien fait durant la soirée qui pût renforcer son antipathie. Au contraire, devait-elle reconnaître.

Elle ne dormait pas quand, à l'aube, Madge se glissa discrètement dans la chambre pour débarrasser l'âtre de ses cendres et ranimer le feu.

— Oh, désolée, mademoiselle ! Je vous ai réveillée ?

La jeune servante se releva, sincèrement navrée, quand Chastity s'assit dans son lit.

— Non, pas du tout, répondit Chastity en repoussant le couvre-lit. Je m'occupe du feu, Madge. Vous seriez un amour si vous alliez me chercher une tasse de thé.

— Vous occuper du feu, mademoiselle ? s'écria Madge, horrifiée.

— Je sais très bien le faire, assura Chastity en souriant.

Elle s'agenouilla devant la cheminée.

— Avez-vous hâte d'être à Noël, Madge ? reprit-elle.

— Oh, oui, mademoiselle. Tatie... Mme Hudson, je veux dire... m'a raconté le dîner des domestiques.

— Nous passons tous un bon moment, dit Chastity en remuant le charbon jusqu'à ce qu'une étincelle se produise.

Et puis, il y aurait un enfant, cette année. La présence de Sarah rendrait la fête encore plus joyeuse.

Madge alla chercher le thé, tandis que Chastity offrait ses mains au feu crépitant. Le vent fouettait les carreaux, et les flammes montèrent plus haut. Il y avait dans l'hiver quelque chose qui ravissait Chastity, stimulait son énergie. Prudence et Constance préféraient l'été, les jours brûlants au long desquels elles parvenaient à rester fraîches et vives. Chastity, quant à elle, s'étiolait à la chaleur. Elle songea que c'était peut-être parce que ses sœurs étaient plus minces et plus grandes qu'elles résistaient mieux, des soleils, alors qu'elle était une fleur, plus petite, plus proche du sol. Un perce-neige fleurissant au cœur de l'hiver. Cette comparaison l'agaça, et elle la chassa d'un haussement d'épaules.

Elle eut la surprise, en descendant, de trouver la pièce du petit-déjeuner déserte. La place de son père avait été débarrassée, le quotidien, lu et replié, était posé à côté de sa propre assiette. Jenkins entra avec la cafetière.

— Bonjour, mademoiselle Chastity.

— Bonjour, Jenkins. Mon père a déjà déjeuné ?

— Il est descendu de bonne heure, et il est sorti voilà dix minutes. Il avait à faire, a-t-il dit.

— Si tôt ? s'étonna Chastity. Étrange !

— C'est aussi ce que j'ai pensé... Voulez-vous un œuf à la coque ?

Chastity réfléchit quelques secondes, puis secoua la tête.

— Juste des toasts, merci. Je vais voir votre sœur à Kensington, et je passerai ensuite chez Prudence, alors ne m'attendez pas pour déjeuner. En revanche, Prudence et Constance viennent dîner ce soir.

— C'est ce que m'a dit Sa Seigneurie. J'ai cru comprendre que M. Ensor et sir Gideon ne les accompagneraient pas ?

— Je ne crois pas. C'est une embuscade pour convaincre père de donner un dîner avant Noël.

— Je vois. Dans ce cas, je vais inventorier la cave. Sa Seigneurie voudra savoir ce qu'il nous reste.

Jenkins sorti, Chastity avala rapidement son petit-déjeuner tout en parcourant le quotidien. Elle remonta en hâte chercher son manteau et son chapeau. Elle devait certes aller relever le courrier du *Mayfair Lady* et de L'Intermédiaire, mais elle avait un autre motif pour rendre visite à Mme Beedle. La brave dame aurait sans doute quelques informations à lui livrer au sujet de Douglas Farrell. Avait-il quitté Kensington ainsi que l'insalubre quartier de St. Mary, maintenant qu'il déclarait habiter et pratiquer dans les quartiers huppés ?

Elle vérifiait dans le miroir du hall la bonne tenue de son chapeau quand lord Duncan descendit l'escalier, impeccablement vêtu d'une redingote de tweed et d'un pantalon assorti, son chapeau haut de forme à la main. Il portait aussi un gros bouquet de chrysanthèmes et de marguerites, ainsi qu'un paquet enveloppé de papier kraft.

— Bonjour, père, dit Chastity. Je ne savais pas que vous étiez rentré. Quelles jolies fleurs d'automne! À qui sont-elles destinées?

Lord Duncan eut l'air légèrement embarrassé.

— J'ai promis à la *contessa* Della Luca de lui prêter ce livre d'estampes que ta mère avait acheté en Italie. Malheureusement, je n'ai pas réussi à mettre la main dessus hier, lorsqu'elle était là, mais je l'ai retrouvé dans la soirée, alors j'ai pensé le lui apporter ce matin.

« Et les fleurs? » se demanda Chastity. Son père avait tout du gentleman qui va faire sa cour. Ce serait une bonne idée de l'accompagner afin de voir comment la situation évoluait.

— Si vous avez besoin de compagnie, je peux venir avec vous, suggéra-t-elle. Je songeais à rendre moi-même visite à Laura et sa mère, un matin prochain. Pourquoi pas aujourd'hui?

Elle n'aurait su dire si l'idée enchantait son père ou non, mais il était trop courtois pour refuser sa proposition.

— Eh bien, ce serait très agréable, dit-il. Mais n'avais-tu pas d'autres projets? ajouta-t-il en jetant un coup d'œil à son manteau.

— Rien d'urgent, répondit-elle gaiement. Avez-vous envoyé chercher Cobham, ou prendrons-nous un fiacre?

— Un fiacre. Nous devons nous habituer à nous débrouiller, puisque notre cocher va prendre sa retraite. Je crois que Prudence a tout arrangé.

— En effet. Sachant qu'il souhaitait vivre à la campagne, elle lui a trouvé un cottage sur le domaine.

— Ta sœur a sa propre maisonnée à diriger, à présent, fit lord Duncan en s'effaçant pour laisser sa fille sortir. Je dois apprendre à moins compter sur elle que par le passé. Et sur toi aussi, ma chérie. Tu ne tarderas pas à prendre un mari.

— Je n'y songe pas, père. Je ne suis pas pressée.

— Sait-on jamais ? Ainsi va la vie. Je m'imaginais que je vous avais avec moi pour le restant de mes jours, et regarde... Tes deux sœurs se sont mariées en moins d'un an.

Il secouait la tête, mais ne semblait pas le moins du monde contrarié.

— Et avec des hommes respectables, renchérit Chastity en riant. C'est surtout cela le plus surprenant !

— En effet, acquiesça lord Duncan qui fit signe à un fiacre avec sa canne. Sachant surtout qu'elles-mêmes ne sont absolument pas respectables ! Pas plus que toi, d'ailleurs. Quoique... Mais, bon, ta mère était pareille.

Il ouvrit la portière et lui offrit sa main pour l'aider à monter dans le véhicule.

Un geste simple de courtoisie. Le Dr Douglas Farrell pourrait en prendre de la graine, se dit Chastity.

Ils bavardèrent agréablement tandis que le fiacre les conduisait à Park Lane où il s'arrêta devant une vaste résidence donnant sur Hyde Park. La *contessa* était de toute évidence fort riche, songea Chastity tandis que son père payait le cocher. Elle avait dit avoir acheté cette demeure, pas loué. Un manoir de cette taille dans ce quartier devait valoir une fortune ! Voilà qu'elle se mettait à raisonner comme Douglas Farrell ! se rendit-elle soudain compte. Elle estimait la richesse de cette femme avec la grossièreté d'un maquignon.

Pourtant, insista une petite voix raisonnable, son père aurait bien besoin d'un peu d'aide pour équilibrer son budget, quant à la *signorina* Della Luca, son héritage devait être suffisamment conséquent pour exaucer tous les rêves d'un ambitieux médecin.

Un valet en livrée vint leur ouvrir. C'était la plus extraordinaire des livrées, qui rappelait un costume d'opéra, tout en galons dorés, et complétée par un bicorne.

L'immense hall regorgeait de statues italiennes et de grands tableaux aux cadres dorés. Le plafond était peint en bleu Renaissance, et bordé de moulures dorées à la feuille. C'était éblouissant, mais ce qui aurait été parfaitement à sa place dans une villa florentine ne l'était absolument pas dans un manoir géorgien de Park Lane.

Chastity jeta un coup d'œil à son père, qui semblait aussi stupéfait qu'elle.

— Je pense que notre fiacre était un tapis volant, lui murmura-t-elle à l'oreille tandis qu'ils suivaient le valet galonné. On se croirait en pleine Renaissance italienne.

Lord Duncan lui décocha un regard à la fois réprobateur et amusé. Le valet ouvrit une double porte en annonçant avec un fort accent italien :

— Lord Duncan... L'Honorable Mlle Chastity Duncan.

La *contessa* se leva en souriant d'un sofa blanc et or. Elle était vêtue d'une robe vert sombre bordée de jaune pâle, et coiffée d'un turban élégant bien qu'un peu démodé. Elle s'approcha gracieusement, la main tendue.

— Cher lord Duncan, mademoiselle Duncan, comme c'est gentil de votre part de nous rendre visite aussi rapidement !

Chastity ne parvenait pas à détacher les yeux du couple qui se tenait près des hautes fenêtres. Laura Della Luca et Douglas Farrell. Ils avaient visiblement été interrompus, et se tournaient à présent vers les nouveaux venus.

— Je serais tenté de dire que nous ne pouvons continuer à nous rencontrer ainsi, mademoiselle

Duncan, fit remarquer Douglas avec un froid sourire en saluant Chastity.

La veille, ils en étaient aux prénoms, se souvint-elle. Se montrait-il de nouveau plus formel parce qu'il ne voulait pas que Laura pense qu'il était ami avec une autre femme ? Dans ce cas, c'était parfait, et elle allait entrer dans son jeu.

— Il est un fait que nous ne cessons de nous croiser par hasard, docteur Farrell, répondit-elle sur le même ton. Comment allez-vous, mademoiselle Della Luca ?

— Très bien, je vous remercie, mademoiselle Duncan, répondit Laura, mondaine. C'est fort aimable à vous de venir nous voir. Je disais justement au *dottore* que l'on n'avait cessé de frapper à notre porte depuis ce matin. Le délicieux thé de lady Malvern, l'autre jour, nous a attiré de nombreux visiteurs.

— Oui, tout le monde s'est montré fort accueillant, renchérit la *contessa*. Oh, quel ravissant bouquet ! s'exclama-t-elle alors que lord Duncan lui offrait les fleurs. Laura, ma chérie, sonne Giuseppe pour qu'il nous apporte un vase, ainsi que du café. Asseyez-vous, lord Duncan, mademoiselle Duncan.

— Pas de café pour moi, chère amie, fit lord Duncan. Je n'en bois jamais après celui du petit-déjeuner.

Il prit place sur le sofa, à côté de leur hôtesse et posa son paquet sur un guéridon.

— J'ai retrouvé le livre d'estampes dont je vous parlais hier.

— C'est vraiment charmant, commenta-t-elle avec sincérité tandis qu'elle déballait le paquet. Que puis-je vous offrir ? Du sherry, peut-être ?

Lord Duncan préférait le whisky, mais il s'abstint de le dire. Laura alla tirer un cordon à franges près de la cheminée.

— Oui, reprit-elle, à part le *dottore*, nous avons eu la visite de lady Bainbridge, lady Armitage et lady Winthrop.

— Des personnes très aimables, murmura distraitement sa mère en feuilletant le livre.

— Vous avez sonné, *signorina* ?

Le même valet se présentait sur le seuil, et Laura lui remit les fleurs.

— L'anguille ne vous a pas rendue malade, j'espère ? demanda Douglas à Chastity.

Elle secoua la tête.

— Non. Et vous ?

— Non plus, hormis quelques cauchemars, avoua-t-il en riant.

— Oh, vous avez un mauvais sommeil, *dottore*, intervint Laura qui les rejoignait.

— Seulement quand je mange des anguilles en gelée.

— Des anguilles en gelée ? répéta-t-elle sans comprendre. Qu'est-ce que c'est ?

— Un régal de cockney, répondit Chastity. Et je ne vous le recommande pas, car c'est absolument écœurant.

Lord Duncan leva les yeux.

— Qu'est-ce que c'est que cette histoire d'anguilles ?

— Le Dr Farrell et moi en avons mangé hier soir à Covent Garden, expliqua Chastity.

— Pourquoi, au nom du Ciel ?

— Excellente question, monsieur, répliqua Douglas. Votre fille m'a mis au défi d'en avaler une assiettée.

— Cela ne ressemble pas du tout à Chastity, décréta lord Duncan. Vous devez vous tromper.

— Non, monsieur, croyez-moi, je ne me trompe pas.

— C'est vrai, père, reconnut Chastity. Je l'ai mis au défi d'en manger, et il m'a retourné mon défi, résultat : nous avons été punis tous les deux.

— Quelle étrange d'idée ! commenta Laura avec hauteur. Des anguilles en gelée. C'est tellement vulgaire !

Elle frissonna délicatement.

— Comme tout ce qui se rapporte à l'homme du peuple, souligna Chastity. Vous connaissez sûrement le latin, après avoir vécu toute votre vie en Italie, mademoiselle Della Luca.

Laura parut un instant déconcertée, comme si elle était consciente d'avoir été rabrouée, néanmoins, elle sauta sur l'occasion de pontifier.

— Bien sûr. *Vulgar… vulgaris*. Le langage des Anciens vous est sûrement familier, *dottore* ; c'est aussi celui de la médecine, non ?

— Dans certains vieux manuels, en effet, lui accorda-t-il. Mais je préfère utiliser les textes modernes.

— Pour des maladies modernes, dit Chastity. Pensez-vous que notre société actuelle développe de nouvelles maladies, docteur Farrell ?

La question était intéressante, et Douglas ouvrait la bouche pour y répondre, quand Laura s'interposa, excluant Chastity de la conversation.

— Je souffre d'atroces insomnies, *dottore*. Atroces. Que me recommandez-vous ? J'ai essayé la valériane, la belladone, sans succès. J'hésite à prendre du laudanum, bien sûr… Le pavot entraîne une telle accoutumance.

— Je prescris en général de la valériane, répondit Douglas en réprimant un soupir.

À Édimbourg, il s'était habitué aux consultations lors de réunions mondaines, et il y répondait avec amabilité tout en encourageant ses interlocuteurs à passer à son cabinet. Il se doutait qu'il en allait de même à Londres, et voyait là un bon moyen d'acquérir une clientèle. Restait à voir si c'était aussi un moyen de se trouver une épouse.

— Je devrais peut-être prendre rendez-vous à votre cabinet, suggéra-t-elle comme si elle devinait ses pensées.

— Je serai bien entendu ravi de voir ce que je peux faire pour vous, répondit-il. Toutefois, mes locaux ne sont pas encore tout à fait meublés, et le décor laisse à désirer. J'avoue ne pas avoir beaucoup de temps à consacrer à ce genre de détails, ajouta-t-il.

— Oh, *dottore* ! Laissez-moi donc vous aider ! s'écria Laura, la main théâtralement posée sur le cœur. Toute modestie mise à part, j'ai un excellent goût en matière de décoration. Un talent inné, sans doute, n'est-ce pas, *mama* ?

La *contessa* leva les yeux de son livre.

— Certainement, ma chérie, fit-elle avec un sourire indulgent. C'est en effet toi qui te charges de tout cela.

Chastity jeta un regard circulaire dans l'extravagant salon, et se rappela le non moins extravagant hall. Ses yeux s'agrandirent quand elle croisa le regard du Dr Farrell, et un rire tout à fait malvenu monta en elle. Il semblait absolument médusé, essayant visiblement d'imaginer son cabinet transformé en salon Renaissance !

Elle toussa, chercha son mouchoir et y plongea le visage. Douglas lui tapota le dos avec une certaine vigueur.

— Vous vous êtes étranglée ? s'enquit-il avec sollicitude.

— Seulement avec l'absurdité, murmura-t-elle en s'éloignant d'un pas pour échapper à la solide main qui lui martelait le dos.

— Eh bien, *dottore*, je viendrai vous voir, et nous discuterons de la décoration, déclara Laura d'un ton sans réplique.

— Je vous en prie, ne prenez pas la peine…

Elle balaya ses objections d'un geste.

— Cela ne m'ennuie pas le moins du monde, je vous assure. Au contraire. Du reste, vous avez bien trop à faire à exercer votre noble profession pour vous occuper de détails qui sont le domaine naturel de la femme. Je passerai cet après-midi.

« Une vraie tornade ! » songea Chastity qui glissa un regard en coin à Douglas. Pétrifié, il ne put que répondre :

— C'est très aimable à vous, *signorina*.

— Oh, je vous en prie, appelez-moi Laura, Douglas, roucoula-t-elle d'un air faussement timide.

Il s'inclina.

— Votre aide sera la bienvenue, Laura.

« Menteur ! » l'accusa Chastity en silence. Il mentait de façon éhontée, il n'y avait rien qu'il souhaitât moins ! Mais il avait sans doute compris l'intérêt que représentait Laura Della Luca. Si elle pouvait le traiter aussi cavalièrement, elle serait sans doute capable de lui amener des clients !

— Chastity, chérie ?

Elle se tourna vers lord Duncan.

— Oui, père ?

— Je proposais à la *contessa*, et à sa fille naturellement, de se joindre à nous à Romsey pour Noël. Londres sera désert et très ennuyeux durant cette période. Nous donnons une petite fête, je crois ?

— Oui, répondit Chastity, se remettant de sa surprise. Oui, en effet. Quelle merveilleuse idée ! J'espère que vous accepterez, *contessa*.

— C'est très aimable à vous, mademoiselle Duncan, répondit cette dernière en faisant mine d'hésiter, bonne éducation oblige ! Nous serons ravies, bien sûr, si cela ne vous pose pas de problème de place.

— Oh, non, pas du tout ! assura Chastity. Il y a de nombreuses chambres. Et plus on est de fous, plus on rit.

Sans se donner le temps de réfléchir, elle se tourna vers Douglas Farrell.

— Vous avez dit que vous n'auriez pas le temps de vous rendre en Écosse pour les fêtes, docteur Farrell, mais peut-être accepteriez-vous de passer quelques jours avec nous ? Mon père a raison, Londres va être sinistre.

Quelques jours à la campagne seraient parfaits pour étudier une épouse et une clientèle potentielles, aussi Douglas accepta-t-il spontanément.

— Avec plaisir, mademoiselle Duncan. Merci infiniment.

Elle sourit.

— Peut-être pourrions-nous aussi nous appeler par nos prénoms, Douglas, si nous devons passer Noël ensemble.

— Merci, Chastity. C'est un honneur.

Elle le vit un peu étonné, un peu songeur, et devina qu'il se demandait quelle était la raison de cette invitation. Il ne pouvait pas savoir que L'Intermédiaire était en plein travail. Si Laura s'occupait du bon docteur, comme elle en avait de toute évidence la ferme intention, lord Duncan pourrait se consacrer à la *contessa* sans être rebuté par sa fille.

Chastity se frotta les mains intérieurement. La double tâche de L'Intermédiaire durant ce séjour à la campagne serait de s'assurer que le médecin ne perdait pas de vue les avantages que lui apporterait une union avec Laura Della Luca, tout en encourageant lord Duncan à courtiser la *contessa*. Ainsi, ses sœurs et elle feraient d'une pierre deux coups. Un tour de force dont elles étaient parfaitement capables.

7

Le premier, Douglas prit congé des Della Luca. Laura avait insisté pour qu'il lui donne son adresse et avait promis de lui rendre visite l'après-midi même pour lui faire profiter de ses merveilleuses idées de décoration.

Il ne savait absolument pas comment il parviendrait à éviter ses débordements italiens. Il sourit en songeant à la réaction de Chastity lorsqu'il avait été question de donner une touche florentine à ce qui ne devait être que cuir, cuivre, épais tapis, bibliothèque emplie de rassurants ouvrages de médecine et aquarelles sur des murs blanc cassé. Évidemment, si c'était elle qui s'en chargeait…

Il secoua la tête. Il imaginait mal l'Honorable Mlle Duncan se porter volontaire pour décorer son cabinet. À vrai dire, il ne la voyait pas se mêler de la vie de quiconque. Elle lui semblait plutôt du genre distant, contrairement aux femmes de sa famille. Sans doute était-ce ce qui la rendait si rafraîchissante. Cela ainsi que son esprit mordant, presque masculin. Intéressant contraste avec son physique, se surprit-il à penser. Elle était petite, voluptueuse… Il se rappelait avoir été ému par le galbe de ses bras dans la merveilleuse robe rouge qu'elle portait la veille… et par son profond décolleté. Infiniment féminine. Il avait adoré la tenir à la taille pour l'aider à monter dans le fiacre. Pas de corset, se souvint-il, mais la chaleur de sa peau sous la soie. Cela l'avait surpris. Sa silhouette ne suivait peut-être pas la mode, mais c'était bien la sienne, avec ses creux et ses courbes.

En tant que médecin, il ne pouvait qu'approuver son refus de torturer son corps avec des baleines et des lacets, mais la plupart des femmes n'étaient guère enclines à suivre ses conseils. La vanité était un véritable tyran, Marianne le lui avait prouvé.

Il fit la grimace, comme chaque fois qu'il pensait à son ex-fiancée, même après sept ans. Sa vanité n'avait pas supporté l'idée d'épouser un médecin bénévole. Il se crispa davantage en se rappelant cette façon qu'elle avait eue de s'écarter physiquement de lui dès qu'il lui avait annoncé son désir d'exercer dans les quartiers défavorisés d'Édimbourg. Elle avait réagi comme s'il apportait la fièvre typhoïde dans le salon de sa mère. La rupture avait suivi sans attendre, si rapide et définitive qu'il avait été contraint de reconnaître que ce qu'il avait pris pour une sincère affection n'était en fait qu'un choix fondé sur son statut social. Quoique amer et déçu, il s'était un peu consolé en se disant qu'il avait découvert la vérité à temps.

Néanmoins, il n'avait pas l'intention de reprendre un tel risque. Il avait besoin d'une épouse, d'une relation mutuellement satisfaisante sans la moindre implication sentimentale. Il trouvait Chastity Duncan, et son mépris des règles de la vanité, tout à fait attirante, mais une petite sonnette d'alarme tintait dans sa tête. Elle était sûrement trop complexe pour correspondre au genre de femme qu'il recherchait.

Alors, la suggestion de L'Intermédiaire ? La *signorina* Della Luca. Son œil professionnel avait repéré dans son attitude et ses gestes la rigidité due à un corset sévèrement lacé, bien que sa silhouette anguleuse n'ait certainement pas besoin de ce genre d'artifice. Cependant, sa façon de s'habiller, sage et modeste, ne trahissait aucune frivolité, en tout cas sur le plan physique. Elle avait des opinions arrêtées et, comme tant de gens dans son cas, ne se souciait pas d'exactitude lorsqu'elle défendait son point de vue. C'était de toute évidence une femme autoritaire, qui aimait diriger. Mais elle était riche, et ces défauts pouvaient devenir des qualités. Il avait l'impression qu'elle ne lâchait pas facilement le morceau une fois qu'elle y avait planté les dents. Or aider son époux à se faire une belle clientèle était un morceau de choix.

Il bifurqua dans Harley Street et se dirigea vers l'immeuble où se trouvait son nouveau cabinet. Il avait apparemment pris une décision. L'Honorable Chastity Duncan, malgré le penchant qu'il éprouvait pour elle, ne serait jamais l'épouse dont il avait besoin. Laura Della Luca, peut-être... En outre, elle ne semblait pas hostile à cette idée.

Il ouvrit la porte, prit sur la table de l'entrée les quelques lettres que le facteur avait déposées à son intention, remarquant au passage que les autres occupants de l'immeuble avaient des piles de courrier. Cela viendrait, se dit-il.

La main sur la rampe de cuivre rutilante, il gravit l'escalier recouvert d'un épais tapis. Comme il atteignait le palier du premier étage, une porte s'ouvrit sur une dame d'un certain âge, pince-nez et petit chignon gris.

— Bonjour. Docteur Farrell, je présume ?

— En effet.

— Je suis la secrétaire du Dr Talgarth, dit-elle en indiquant le bureau d'où elle sortait. Il propose que vous vous arrêtiez prendre un verre avant de partir, vers 17 heures, afin de vous souhaiter la bienvenue.

— C'est très aimable à lui, répondit Douglas. J'en serai ravi.

Sur un salut courtois, il poursuivit vers le deuxième étage. Lui aussi aurait besoin d'une secrétaire. À Édimbourg, la vaillante Mme Broadbent s'était occupée de sa clientèle comme de celle de son père, mais il n'avait pas réussi à la convaincre de quitter sa ribambelle de petits-enfants pour le suivre dans ce lieu de perdition qu'était Londres. Une véritable calviniste!

Il ouvrit la porte de son cabinet et jeta un coup d'œil autour de lui. Les pièces étaient chichement meublées, les murs d'un vert triste, la tapisserie se décollait par endroits. Les fenêtres avaient besoin d'un bon nettoyage, et il fallait changer le tapis. Dans la salle d'attente, le cuir des fauteuils était craquelé. Il n'avait d'autre solution que de jeter tout cela et de repartir de zéro. C'était tout à fait au-dessus de ses moyens pour l'instant, mais il s'était arrangé avec sa banque pour obtenir un prêt qui lui permettrait de commencer.

Il se rendit dans la salle de consultation. Le praticien qui y avait exercé avant lui avait un faible pour les couleurs sombres. De quoi déprimer davantage encore un patient en mauvaise santé, songea Douglas. Il fallait du bois clair, un tapis moelleux et quelques tableaux au mur. Il eut pour la Renaissance italienne une pensée qui le fit frémir. Pas d'orgies romaines dans son cabinet!

Il consulta sa montre. Presque midi. Une salle pleine de patients désespérés devait l'attendre à St. Mary, il mourait de faim, et Laura Della Luca était censée venir à 16 heures...

Il passa une main distraite dans sa courte chevelure, puis quitta son cabinet en courant presque.

Chastity et son père prirent congé des dames Della Luca peu après Douglas Farrell.

— Je ne peux pas garder cet ouvrage, protesta la *contessa* alors que lord Duncan le posait sur un guéridon.

— Parcourez-le à votre guise, ma chère, insista-t-il en prenant sa main chargée de bagues entre les siennes. Je suis heureux que ce livre qui plaisait tant à ma défunte épouse vous charme aussi.

La *contessa* eut un sourire à la fois compatissant et ravi.

— Merci, très cher lord Duncan.

Il lui tapota affectueusement la main avant de se tourner vers Laura.

— J'ai hâte de faire plus ample connaissance avec vous à Noël, mademoiselle Della Luca.

— Moi aussi, monseigneur. Je suis impatiente de voir la différence entre les fêtes britanniques et les fêtes italiennes.

Lord Duncan tressaillit.

— Les Italiens sont catholiques, n'est-ce pas ? Nous n'avons pas leur magnificence extravagante, dans nos bonnes vieilles paroisses anglicanes, mademoiselle Della Luca.

— St. Jude fait tout de même partie des églises qui se rapprochent du catholicisme par leurs rites, père, lui rappela Chastity. Nous avons l'encens et l'Eucharistie, Laura. J'espère que cela ne vous paraîtra pas trop étrange.

— Je pensais plutôt aux fêtes profanes, répondit la jeune femme. Les traditions sont sans doute différentes.

— Oh, oui ! répondit Chastity avec entrain. Nous avons la procession de la hure de sanglier le jour de Noël, bien que nous mangions de l'oie, en réalité. Et puis les cantiques, et la chasse du lendemain de Noël. Je suis sûre que ce seront de véritables découvertes pour vous.

— Pour le Dr Farrell également. Je doute que les coutumes soient les mêmes en Écosse et en Angleterre.

— Je me réjouis de l'écouter raconter celles de sa région, assura Chastity, tout miel. Bonne journée, *contessa*, Laura.

Le valet d'opérette les raccompagna à la porte et, une fois sur le trottoir, lord Duncan se tourna vers la maison.

— Particulière, cette femme, observa-t-il, laconique.

— Laura ?

— Oui, oui, bien sûr. Pas sa mère... Une personne charmante... vraiment charmante.

— En effet, acquiesça Chastity. Elle me plaît aussi beaucoup.

— La fille, en revanche... marmonna lord Duncan alors qu'ils se dirigeaient vers Marble Arch. Plutôt assommante.

— J'imagine qu'elle ne tardera pas à se marier, dit Chastity qui trottinait pour rester à la hauteur de son père dont le pas s'était brusquement accéléré.

— Hum... Pourquoi as-tu invité ce Farrell à notre réception de Noël ?

— Parce qu'il est un parti possible pour Laura, répondit froidement Chastity.

Lord Duncan s'arrêta net.

— Grands dieux ! s'exclama-t-il.

Il répéta « Grands dieux ! » avant de se remettre en route.

Riant sous cape, Chastity se hâta de le rattraper. Son père ignorait tout de L'Intermédiaire, il ne connaissait que les secrets du *Mayfair Lady*.

Douglas fut de retour à Harley Street à 16 heures pour accueillir sa décoratrice. Son élégant costume du matin était froissé et peut-être même taché ici ou là – ses patients de St. Mary n'étaient pas vraiment tirés à quatre épingles –, mais il rajusta néanmoins sa cravate, boutonna sa jaquette et s'installa à son bureau dans la pièce de consultation. À l'arrivée de sa visiteuse, il alla ouvrir et lui indiqua la salle d'attente d'un grand geste.

— Alors, Laura, dites-moi quoi faire.

Elle fit le tour de la pièce, son sac à main serré sous le bras.

— Oui... Oui, je vois exactement ce qu'il faut. Des teintes pastel, des rideaux de chintz... de confortables fauteuils recouverts de chintz, comme les sofas... Une tapisserie à fleurs... des tableaux représentant des bouquets. Ce sera tellement gai, tellement accueillant !

Elle se tourna vers Douglas, les mains jointes avec ferveur.

— Laissez-moi m'occuper de tout, *dottore* ! Je sais exactement comment faire en sorte que vos patients se sentent les bienvenus. Je le vois.

Que ses patients se sentent les bienvenus ? C'était précisément le but de l'opération. Sceptique, cependant, Douglas essaya d'imaginer le salon pastel. Tout vaudrait mieux que le vert passé... Enfin, tout sauf du doré. Après tout, il n'y avait pas de raison pour que les couleurs sombres rassurent les patients. Et puis, les fleurs, c'était gai, les coussins, c'était confortable. Pour le chintz, il était moins sûr. L'atmosphère cottage campagnard n'était pas tout à fait ce qu'il avait en tête. Il regarda sa visiteuse, pensif.

— Peut-être pas les couleurs pastel, dit-il. Je songeais à du blanc cassé.

Elle éclata de rire.

— C'est hors de question, *dottore*... Oh, Douglas. En Italie, nous sommes tellement conventionnels quand il s'agit de s'adresser à quelqu'un. Les manières de Londres me semblent si étranges !

— Appelez-moi comme il vous plaira.

— Vous vous remettez entre mes mains ?

Tout en parlant, elle ouvrit la porte de la salle de consultation.

Douglas haussa les épaules. Il n'avait pas le temps de s'en occuper lui-même, de toute façon. Alors, qu'avait-il à perdre ?

— Je vous en serai très reconnaissant, répondit-il en réprimant une soudaine bouffée d'angoisse au souvenir du manoir de Park Lane. J'aimerais quelque chose de confortable et solide, précisa-t-il. En harmonie avec l'environnement londonien.

Elle se retourna vers lui, les mains tendues.

— Vous pouvez me faire entièrement confiance, *dottore*. Je serai si heureuse de faire cela pour vous ! Voyez-vous, je ne supporte pas l'oisiveté, et ce projet m'enchante.

Il lui prit les mains.

— Merci.

Et il lui était sincèrement reconnaissant. Il aurait fallu être fou pour ne pas l'être. C'était exactement ce qu'il avait demandé à L'Intermédiaire. Une femme qui participerait activement à ses projets d'installation à Harley Street. Laura Della Luca semblait plus que prête à remplir ce rôle.

Elle lui laissa ses mains jusqu'à ce que, doucement mais fermement, il les lâche. Il la raccompagna jusqu'en bas, et héla un fiacre.

— Je me réjouis de notre association, Douglas, déclara-t-elle en lui pressant la main qu'il lui tendait pour l'aider à monter en voiture.

Il se rappela qu'il avait rendu le même service à Chastity Duncan, la veille. Non, pas tout à fait le même. Il se rendit compte qu'il n'avait pas eu la moindre envie de prendre Laura Della Luca par la taille. Pensée importune, à chasser rapidement de son esprit.

— Moi aussi, marmonna-t-il en s'écartant de la voiture qui s'ébranlait.

À présent, il était temps de prendre un verre avec son collègue de l'étage en dessous. Il y avait tant d'ennuyeux caps à franchir avant d'atteindre son but ! Mais ils étaient incontournables. Malgré l'impression d'impuissance qu'il éprouvait à ne pouvoir soigner convenablement la horde grandissante de miséreux qui hantaient les pavés de St. Mary, il fallait qu'il prenne son temps. Qu'il gravisse patiemment les échelons de la bonne société londonienne sans trahir l'urgence qui l'habitait.

— Je t'assure, Constance, insistait Chastity. Il avait vraiment l'air de sortir d'une scène du *Mariage de Figaro*. Je m'attendais à l'entendre se lancer dans un grand air à chaque instant.

— Et la maison est vraiment un *palazzo* Renaissance ? demanda Prudence avec un petit rire incrédule.

— Pas de l'extérieur. C'est une demeure parfaitement classique de Park Lane. Mais à l'intérieur ! On a l'impression qu'elles ont tout rapporté d'Uffizi ! J'ai examiné le plafond, espérant y trouver un petit morceau de la chapelle Sixtine... Mon Dieu ! Je deviens méchante, et ce n'est vraiment pas mon intention, mais c'était tellement... *invraisemblable* !

— Et elles viennent passer Noël à Romsey, commenta Constance. Nous allons être obligées de supporter la redoutable Laura pendant toute une semaine !

— Et plus longtemps encore si elle devient la belle-fille de père, renchérit Prudence.

— Oui, mais nous la marierons, et avouez que la mère est charmante, répliqua Chastity sur la défensive. Je sais que nous aurions dû vous consulter avant de lancer les invitations, mais père m'a prise de court !

— Oh, mais c'est très bon signe ! déclara Prudence. Et puis, il est chez lui, après tout. Il peut bien inviter qui il veut.

— Je suis d'accord, dit Constance. Nous devrions nous féliciter qu'il redevienne suffisamment lui-même pour avoir envie de recevoir. A-t-il demandé si nous avions les moyens de nourrir et d'abreuver tout ce monde ?

— Pas encore. Je crois qu'il est un peu ébloui et n'est pas redescendu sur terre.

— Bon. S'ils viennent tous pour Noël, inutile d'organiser un dîner avant, fit remarquer Constance. Donc, pas d'embuscade ce soir.

— Il me semble entendre père, annonça Chastity.

Lord Duncan ne tarda pas à faire son apparition.

— Eh bien, mes chéries, c'est comme au bon vieux temps ! déclara-t-il en se frottant les mains.

Il avait le teint animé par le bain et les quelques verres de whisky qu'il avait bus en s'habillant.

— Avez-vous eu du sherry ?

— Non, nous vous attendions.

— Laissez-moi vous servir, fit-il, s'approchant de la desserte. Alors, y a-t-il une raison particulière pour que nous nous retrouvions ce soir ?

— Non, répondit Prudence. Nous avions seulement envie de passer une soirée en famille.

Il se tourna vers ses filles et les regarda d'un air dubitatif malgré leurs sourires innocents.

Il tendit un verre à Constance, un autre à Prudence, et alla rechercher le dernier pour Chastity. Il prit enfin le sien et se tint devant la cheminée, image même du *pater familias* dans son impeccable tenue de soirée noire, avec sa chaîne de montre sur son abdomen arrondi d'homme qui ne s'était jamais privé des bonnes choses de la vie.

— Et où donc sont vos maris ? demanda-t-il à ses deux aînées, encore soupçonneux.

— Oh, ils avaient d'autres occupations... Du moins, Max.

— Gideon a emmené Sarah au théâtre, voir une pièce de Shakespeare qu'elle étudie en classe, expliqua Prudence.

Lord Duncan fronça les sourcils. Ces explications étaient plausibles.

— Alors, reprit-il, Chastity vous a parlé des invitations que nous avons lancées pour Noël ?

— Oui. C'est une excellente idée, déclara Constance. La *contessa* est une personne charmante.

— Une grande réunion sera très amusante pour Sarah, renchérit Prudence avec chaleur. Ses tantes l'adorent déjà, alors elle va être outrageusement gâtée.

— Quel genre de distractions avez-vous prévues ? s'enquit leur père.

— Aucune, pour l'instant, avoua Chastity qui consulta ses sœurs du regard. Faut-il vraiment organiser quelque chose de particulier ?

— La *contessa* s'y attendra sûrement, fit lord Duncan. Nous pourrions inviter quelques voisins, non ? Pour l'apéritif, au moins.

— Le soir de la chasse ? suggéra Constance.

Jenkins arrivait à la porte du salon.

— Le dîner est servi, monseigneur, annonça-t-il.

— Parfait, dit lord Duncan en se frottant les mains. Avez-vous monté le château-talbot, Jenkins ?

— Oui, monseigneur. Deux bouteilles.

— Bien, bien ! Les deux dernières, ajouta-t-il dans un soupir. Je n'en boirai plus jamais. Enfin, j'avais envie de nous régaler, ce soir, car ces petits dîners entre nous deviennent rares.

— Pourquoi n'en boiriez-vous plus, père ? s'étonna Prudence alors qu'ils se rendaient à la salle à manger.

Lord Duncan soupira de nouveau.

— Trop onéreux pour notre budget, ma chérie. Je l'avais déjà payé une fortune à l'époque, Dieu sait ce qu'il vaut à présent !

Les trois sœurs échangèrent un coup d'œil exaspéré.

— Il n'y a pas de raison pour que vous vous priviez de tout, père, reprit Prudence. Il nous faut certes faire attention, mais Cobham va bientôt prendre sa retraite, et j'ai déjà trouvé un locataire pour les écuries, ce qui nous fournira un revenu confortable, suffisant en tout cas pour acheter du bon vin.

Elle eut la sagesse de ne pas évoquer le *Mayfair Lady* qui rapportait de plus en plus d'argent. Son père ne voulait pas en entendre parler.

— Bon, il y a un autre sujet que je voulais aborder avec vous, mes filles, déclara lord Duncan. Constance et toi, Prudence, avez suffisamment à faire avec vos propres maisonnées, il n'y a pas de raison pour que vous continuiez à vous charger de celle-ci.

— Nous le faisons depuis si longtemps, père, qu'il nous serait difficile d'arrêter, objecta Constance.

— Et puis nous aimons cela, assura Prudence. Cela ne nous dérange pas.

— En outre, nous ne nous en sortons pas si mal, intervint Chastity avec un sourire enjôleur. Mère nous a tout enseigné, et vous savez qu'elle aurait voulu que nous suivions ses traces, au moins jusqu'à ce que… sauf si…

Elle s'interrompit.

— Sauf si quoi ? insista son père.

Chastity haussa les épaules.

— On ne sait jamais ce qui peut se passer, répondit-elle, évasive.

— Ni qui vous risquez de rencontrer, continua Constance.

Il y eut un instant de silence durant lequel lord Duncan sembla réfléchir aux implications de leurs paroles. Enfin il s'empourpra, et secoua vigoureusement la tête.

— Sottises ! déclara-t-il. Absurdité ! Je ne sais pas ce que vous avez, toutes les trois, ces temps-ci…

Il but une gorgée de vin.

— À présent, parlons un peu de Noël et de ce que nous avons les moyens de faire pour traiter dignement tout ce monde. Moi, je l'ignore. Je pensais dire aux participants à la chasse que nous ne pouvions les recevoir au manoir.

— La chasse s'est toujours réunie au manoir, père, protesta Constance. C'est une tradition à laquelle nous ne pouvons renoncer.

— Le verre de l'étrier, grommela lord Duncan. Ça coûte une fortune !

— Mais non, père, contra Constance en riant. Cinquante petits verres de sherry, c'est tout !

— Nous ferons comme d'habitude, décréta Prudence.

— Et puis, les autres distractions de Noël ne seront pas aussi onéreuses, fit remarquer Chastity. Hormis la réception pour les voisins et la chasse du lendemain de Noël, le reste du temps, nous nous distrairons de façon plus simple. Nous jouerons aux charades, par exemple. Cela ne coûtera pas un sou.

— Trois repas par jour pour... combien de personnes, au fait ? répliqua lord Duncan. Petit-déjeuner, déjeuner, dîner, sans compter le thé de l'après-midi, pour...

Il compta dans sa tête.

— Douze, annonça-t-il. Plus le personnel, évidemment. N'oublions pas non plus le dîner des domestiques, leur bal, leurs cadeaux...

— Père, nous fêtons Noël ainsi depuis la mort de mère, et, en vérité, nous avons plutôt plus d'argent cette année que les précédentes, expliqua patiemment Prudence. Vous n'aurez à vous occuper que de la cave. Jenkins et vous regarderez ce qui reste, ce qui doit être bu maintenant, et s'il vous manque quelque chose, le compte chez Harper est de nouveau ouvert.

Lord Duncan répondit d'un grognement qui pouvait passer pour un acquiescement, et changea de sujet.

— Vous allez d'abord assister au mariage Lucan, n'est-ce pas ?

— Oui. Nous prendrons le train. Jenkins et Mme Hudson arriveront la veille.

— Alors je pense que je partirai avec eux, afin de m'assurer que tout est en ordre.

— Excellente idée, dit vivement Chastity, heureuse de donner à son père l'impression qu'il participait utilement à l'organisation de ce séjour. Quelle chambre donnerez-vous à la *contessa* ?

— La chambre verte, décida-t-il sans hésiter. C'est la plus vaste, et j'aime particulièrement la vue qu'elle offre sur le parc. Je suis certain qu'elle l'appréciera.

— Ma foi, nous avons au moins semé une petite graine, observa Constance après le dîner, alors que leur père s'était retiré dans la bibliothèque avec son porto.

Les trois sœurs avaient gagné leur boudoir, comme de coutume.

— Oui. Et nous lui avons laissé entendre que nous ne verrions aucune objection à ce qu'il se remarie, ajouta Chastity, enfouie dans les profondeurs du sofa. En tout cas, je le crois.

— En effet, dit Prudence, mais il ne faut pas le bousculer. Vous savez combien il est entêté.

— Comme j'aimerais qu'il soit moins obsédé par l'argent, soupira Chastity.

— Pauvre chérie. Tu dois t'en accommoder en permanence, dit Prudence, compatissante. Nous, au moins, nous rentrons chez nous le soir.

— Oh, ce n'est pas si terrible ! répliqua Chastity.

Constance préféra changer de sujet.

— Bien. Si la *contessa* se voit attribuer la chambre verte, où logerons-nous les autres ? Pour le Dr Farrell, tu as une idée, Chastity ?

— Devons-nous lui donner la chambre voisine de celle de Laura ? Ou est-ce trop ostensible ?

— Je ne vois pas en quoi, riposta Prudence. D'ailleurs je n'imagine pas la dame le conviant dans son lit, et vous ?

Les trois jeunes femmes éclatèrent de rire tant cette éventualité leur paraissait absurde. Laura Della Luca était trop guindée pour s'autoriser des escapades nocturnes.

— Mais s'ils sont voisins, ils ne cesseront de se croiser, fit remarquer Constance. En sortant de leurs chambres, dans l'escalier, et ainsi de suite.

— Alors mettons le Dr Farrell dans la chambre chinoise, et son éventuelle future épouse dans la rose, à côté, suggéra Chastity qui ajouta : J'espère qu'elle aime le rose. La pièce n'est pas très italienne, mais c'est une véritable bonbonnière, et les meubles y sont blanc et or. Elle ne sera pas dépaysée !

— Ces dames amèneront-elles leurs caméristes ? s'enquit Constance en s'emparant d'une feuille et d'un crayon. Nous ferions mieux de prendre quelques notes.

— À mon avis, elles auront leur propre personnel, dit Chastity. Mme Hudson saura où les loger.

— Et le docteur ?

— Je doute qu'il ait les moyens d'entretenir un valet de chambre. Sauf s'il tient à faire bonne impression naturellement.

— Les hommes qui habitent Wimpole Street ont des valets, en général, observa Prudence.

— Je sais qu'il a une gouvernante qui fait office de cuisinière, répondit Chastity, songeuse. Il a dit que c'était compris dans la location de l'appartement, mais il n'a pas parlé d'un valet.

— Il faudrait le lui demander la prochaine fois que tu le rencontreras.

— Quand ? fit Chastity, les sourcils froncés. Je ne peux pas le joindre, je n'ai pas son adresse.

— Lui a la tienne, lui rappela Constance qui se leva en réprimant un bâillement. Et il faudra bien qu'il te revoie avant Noël, ne serait-ce que pour parler du voyage et de son séjour à Romsey.

— Je pourrais m'adresser à Laura, dit soudain Chastity. Elle sait où se trouve son cabinet. Je lui écrirai. Nous n'avons aucune raison de nous rencontrer.

— Sans doute pas, fit Prudence en lançant un coup d'œil intrigué à sa petite sœur. Si tu n'y tiens pas, c'est inutile, en effet.

— Exactement, rétorqua Chastity.

8

Chastity se hâtait dans le vent glacial de Kensington High Street, son manteau boutonné jusqu'au cou, le col de fourrure relevé sur ses oreilles, un chapeau enfoncé sur le front, les pans de sa longue écharpe à franges voletant dans son dos. Elle portait des gants fourrés et de hautes bottines. Mais le froid était si vif qu'il lui rougissait le nez et les joues.

La petite boutique de Mme Beedle lui parut une véritable oasis lorsqu'elle y pénétra en faisant tinter la sonnette. Elle claqua presque la porte derrière elle tant elle était pressée de se retrouver au chaud. L'endroit embaumait les sucreries et la pâtisserie tout juste sortie du four.

Mme Beedle émergea de sa cuisine, séparée de l'échoppe par un rideau.

— Bonjour, mademoiselle Chastity, lança-t-elle, la mine réjouie. Oh, vous semblez gelée ! Venez vite boire une tasse de chocolat. Je viens tout juste de sortir un gâteau du four.

Elle souleva l'abattant du comptoir.

— Cela sent en effet délicieusement bon, dit Chastity en frappant ses mains l'une contre l'autre afin d'y faire circuler le sang. Je ne connais rien de meilleur, par un temps pareil, qu'une tranche de gâteau et du chocolat !

Elle suivit Mme Beedle dans la cuisine.

— Mmm... Qu'il fait bon, ici ! murmura-t-elle.

— Asseyez-vous donc près du poêle, lui suggéra son hôtesse en mettant du lait à chauffer. Il y a quelques lettres pour vous, là, sur l'étagère.

Chastity prit les enveloppes et s'installa tout contre le poêle. Les lettres étaient toutes adressées au *Mayfair Lady* et elle les fourra dans sa poche avant de se débarrasser de ses gants et de son écharpe.

— Il fait si froid que je n'ai pas beaucoup de clients, aujourd'hui, observa Mme Beedle en coupant une large tranche de gâteau mousseline fourré à la confiture de framboise. Ils ne sortent guère quand il gèle. Tenez, mademoiselle Chastity. Le chocolat sera bientôt prêt.

Chastity prit l'assiette que lui offrait son hôtesse. Celle-ci mit ensuite du cacao dans une tasse et y versa le lait en fouettant vigoureusement.

— Comment allez-vous, madame Beedle ? s'enquit Chastity en humant avec bonheur la chaude fragrance du chocolat.

— Plutôt bien, répondit la brave femme. Avec l'approche de Noël, les affaires reprennent.

— Je me demande s'il neigera, fit Chastity.

La cloche d'entrée tinta et, avec un mot d'excuse, Mme Beedle alla accueillir son client.

— Ah, docteur ! Voilà un moment que je ne vous ai pas vu. J'ai bien cru que vous nous aviez définitivement quittés.

— J'ai déménagé la semaine dernière, expliqua Douglas Farrell. J'habite dans le centre de Londres, à présent.

Chastity se pétrifia, le gâteau à mi-chemin de sa bouche. Elle osait à peine respirer. Elle l'avait échappé belle ! À cinq minutes près, elle se serait retrouvée nez à nez avec lui, et comment diable aurait-elle pu justifier sa présence dans cette modeste boutique qui servait de boîte aux lettres au *Mayfair Lady* ? Farrell n'était pas idiot. C'était chez Mlle Chastity Duncan qu'on lui avait présenté une épouse éventuelle, et il aurait forcément fait le rapprochement.

— Le centre de Londres ! s'extasiait Mme Beedle. C'est un endroit magnifique, surtout à cette époque de l'année. J'adore aller regarder les vitrines des beaux quartiers, avec toutes leurs décorations ! Alors, qu'est-ce que je vous sers, docteur ?

— Comme d'habitude : de la réglisse et des berlingots. Une livre de chaque, s'il vous plaît, madame Beedle. Ah, j'ai aussi une lettre à vous confier.

— Bien. Posez-la sur le comptoir, docteur.

Pratiquement paralysée, Chastity entendit la brave commerçante peser les bonbons.

Elle avala enfin son morceau de gâteau, but son chocolat, et s'efforça de ne faire aucun bruit lorsqu'elle reposa la tasse sur la table. Elle avait beau savoir que le Dr Farrell, en tant que simple client, n'avait aucune raison de se soucier de ce qui se passait dans l'arrière-boutique, elle n'en demeurait pas moins affreusement nerveuse.

Le médecin et Mme Beedle échangèrent les politesses d'usage, puis la sonnette indiqua qu'il était parti, et Mme Beedle revint munie d'une enveloppe.

— C'est incroyable, mademoiselle Chastity ! Figurez-vous que le Dr Farrell vint à l'instant de me remettre une lettre pour le *Mayfair Lady*. Si ce n'est pas une coïncidence ! Alors que vous êtes assise là, en chair et en os !

— C'en est une, en effet, acquiesça Chastity. Mais beaucoup de gens écrivent à notre publication, vous savez.

— Sans doute, dit la brave femme en secouant la tête. Mais, à mon avis, ce n'est pas vraiment le genre du docteur. Pourquoi écrirait-il à une revue féminine, je vous le demande ?

— Je n'en ai pas la moindre idée, répondit Chastity gaiement en fourrant l'enveloppe dans sa poche.

Elle se leva, récupéra ses gants et son foulard.

— Il faut que je file, madame Beedle. Merci du fond du cœur pour le gâteau et le chocolat. Je suis prête à affronter de nouveau le blizzard.

— C'était un plaisir, mademoiselle Chastity. Mon bon souvenir à vos sœurs.

— Je n'y manquerai pas. Je ne vous verrai sans doute pas avant Noël, alors je vous souhaite de très bonnes fêtes et une excellente nouvelle année.

— À vous aussi, ma chère, fit Mme Beedle en la suivant dans la boutique.

Chastity ouvrit la porte et jeta un coup d'œil prudent dans la rue. Douglas tournait juste au coin.

— Au revoir, madame Beedle ! lança-t-elle en sortant.

Le médecin avait pris la direction opposée à la sienne, pourtant, elle s'élança à sa suite sans réfléchir. Elle ne voulait pas lui parler, seulement savoir où il allait avec ses deux livres de friandises.

Arrivée à l'angle, elle l'aperçut qui marchait à grands pas à l'extrémité de la rue. Il bifurqua soudain. Elle se mit alors à courir comme une gamine de crainte de le perdre au prochain croisement.

Les rues étaient de plus en plus sales. Il n'y avait pas grand monde – il faisait trop froid –, mais les petits groupes qui se tenaient ici ou là étaient vêtus de haillons, et les enfants étaient souvent pieds nus. Chastity était horrifiée ; elle avait l'impression de sentir les pavés glacés sous ses propres pieds. Elle continua néanmoins à suivre le médecin qui, sans un regard à droite ni à gauche, poursuivait son chemin à grands pas décidés.

— M'dame… m'dame… Un penny, m'dame…

Encore sous le choc de la misère à l'état brut qui s'étalait sous ses yeux, elle n'entendit pas tout de suite qu'on s'adressait à elle. Elle se retourna enfin, pour se trouver face à un groupe de gamins en loques qui lui souriaient, la main tendue.

Elle tâtonna dans sa bourse, au fond de sa poche, et en sortit une poignée de pièces. Les yeux immenses dans les petits visages ascétiques ne perdaient aucun de ses gestes. Ils s'approchèrent, le regard soudain avide.

Elle ne se sentait plus du tout en sécurité! Elle avait agi sur une folle impulsion, et il était trop tard pour revenir sur ses pas, à supposer qu'elle retrouve son chemin dans ce dédale de rues. Elle allait devoir révéler sa présence à Douglas, et Dieu seul savait comment il réagirait en découvrant qu'elle l'avait suivi !

Elle jeta les pièces sur le sol et prit ses jambes à son cou, tandis que les enfants, telle une volée de moineaux, se précipitaient dessus.

Douglas s'engagea dans une ruelle, derrière une église, puis s'arrêta devant une porte semblable à toutes les autres. Il ne s'était pas aperçu que Chastity le suivait, et, instinctivement, elle ralentit l'allure. Il ouvrit la porte et disparut à l'intérieur de la sordide maison. Une rafale de vent glacé souleva de la paille souillée de crottin, des papiers gras, des épluchures de pommes de terre et autres débris non identifiables. Chastity frissonna. Elle ne pouvait rester plantée là indéfiniment. Elle carra les épaules, puis se risqua à pousser la porte par laquelle Douglas était entré. Elle se retrouva dans une petite pièce sinistre où s'entassaient quantité de gens – surtout des femmes et des enfants.

Elle regarda autour d'elle, consternée, bouleversée par toute cette misère. L'odeur que dégageait cette foule lui coupait le souffle. La pièce était à la fois froide et étouffante. Le poêle à charbon rejetait une fumée nauséabonde qui se mêlait à celle des lampes à huile.

Douglas, le dos tourné, s'entretenait avec une femme assise sur un tabouret bancal, un bébé dans les bras. Il se pencha pour prendre l'enfant qu'il cala contre son épaule le plus naturellement du monde.

— Fermez la porte, ordonna-t-il sans se retourner.

Chastity s'aperçut qu'elle était encore sur le seuil et

qu'elle laissait entrer le froid. Elle n'avait rien à faire ici ! Elle s'apprêtait à repartir quand Douglas lança un coup d'œil par-dessus son épaule.

Ses yeux s'agrandirent d'incrédulité.

— Chastity ? Par le *diable*...

— Je vous ai vu et je vous ai suivi, le coupa-t-elle vivement. Et puis des gamins m'ont demandé de l'argent, et j'ai pris peur. C'est stupide de ma part, je sais.

Elle le regardait, impuissante, consciente de la faiblesse de son explication face à ce qui représentait une indiscrétion monumentale.

Le bébé poussa un cri de douleur, et Douglas lui accorda immédiatement toute son attention, semblant ainsi congédier l'intruse. Il toucha la minuscule oreille, et le petit hurla de nouveau.

— Je vois, murmura-t-il en berçant le bébé tandis que la mère le fixait de ses yeux las. Cela m'a tout l'air d'être une otite ; je pense que nous allons pouvoir faire quelque chose pour lui, ajouta-t-il avec un sourire rassurant. Suivez-moi, madame Croaker.

La femme sur les talons, il entra dans la pièce contiguë et ferma la porte.

Chastity demeura près de la porte, se demandant si elle ne pourrait pas se glisser dehors et faire comme si elle n'était jamais venue. Mais ce n'était guère une solution. Elle se rendit soudain compte que quelqu'un tirait sur sa jupe. Baissant les yeux, elle découvrit une petite fille d'environ quatre ans, les yeux creux dans un visage émacié, dont le nez coulait abondamment. Elle chercha dans son sac le paquet de pastilles de menthe qu'elle avait toujours avec elle. Elle en offrit une à la petite qui la regarda d'un air craintif, puis l'attrapa d'un geste vif et la fourra dans sa bouche comme si elle avait peur qu'on la lui reprenne.

La porte du cabinet s'ouvrit, et Mme Croaker en sortit, son bébé calmé dans les bras. Douglas la suivait. Le visage sombre, il fit signe à Chastity de le rejoindre. Consciente des regards intéressés qui ne la quittaient pas, elle traversa la salle d'attente et pénétra dans une pièce plus petite, chichement meublée d'une vieille table, de deux chaises, d'une étagère de livres et d'un paravent dans un coin.

— Bon sang, que faites-vous ici ? demanda Douglas sans préambule.

— Je vous l'ai dit, je vous ai vu et j'ai essayé de vous rattraper, fit-elle comme s'il n'y avait rien de plus normal. J'avais une question à vous poser. Plusieurs, en fait.

Les yeux de jais étaient rien moins qu'amicaux quand il répliqua :

— Et que pouvait bien faire l'Honorable Mlle Duncan dans ce quartier de Londres ?

— J'étais allée prendre le thé chez une de nos anciennes domestiques, mentit-elle. Elle habite sur Kensington High Street, au-dessus d'une boutique... Une boulangerie. Mes sœurs et moi lui rendons visite une fois par mois. La pauvre est très seule. Je partais quand je vous ai vu tourner au coin de la rue, et je me suis dit que c'était là l'occasion de vous poser mes questions.

Douglas n'en croyait pas un mot.

— Vous m'avez suivi au long de six rues peu recommandables, au fin fond de ce quartier, juste pour me poser une question ?

— Je ne vois pas ce qu'il y a là d'étrange, répliqua-t-elle d'un ton un peu hautain qui, espérait-elle, ajouterait de la vraisemblance à son histoire. Si je vois dans la rue quelqu'un à qui je souhaite parler, qu'y a-t-il de bizarre à essayer de le rejoindre ?

Douglas secoua la tête avec impatience.

— Pourquoi ne m'avez-vous pas appelé dès que vous m'avez aperçu ?

« Bonne question », se dit Chastity. Mais elle savait que la vérité ne lui serait d'aucun secours. Douglas ne paraissait pas du genre à aimer les curieux.

— C'est ce que j'ai fait ! inventa-t-elle. Mais vous ne m'avez pas entendue. Et puis, vous marchiez si vite. Avant même de m'en rendre compte, j'étais perdue ! Je n'avais d'autre choix que de continuer à vous suivre. Où sommes-nous, d'ailleurs ?

Il pinça les lèvres. Il lisait du dégoût dans les yeux de la jeune femme, le devinait dans ses paroles. Il lui semblait entendre Marianne poser la même question, sur le même ton.

— Pas dans l'univers où vous évoluez d'ordinaire, je le crains, répondit-il sans dissimuler son mépris.

Elle rougit légèrement.

— Je n'aurais pas imaginé que ce soit le vôtre non plus. Ce n'est pas vraiment Harley Street.

Il la scruta en silence, et elle eut l'impression d'être un insecte sur la lamelle d'un microscope.

— En effet, acquiesça-t-il enfin, sarcastique. Mais si vous prenez garde de ne toucher personne et de ne pas respirer trop à fond, avec un peu de chance, vous n'attraperez aucun microbe pernicieux.

Cette fois, elle s'empourpra carrément. Elle s'était certes mêlée de ce qui ne la regardait pas, mais elle n'avait rien fait non plus qui méritât tant de mépris.

— Je vais chercher un fiacre, annonça-t-elle en se drapant dans sa dignité.

— Ne dites pas de bêtises ! aboya-t-il. Vous ne croyez tout de même pas que des fiacres se promènent par ici.

Chastity prit une profonde inspiration avant de déclarer d'un ton parfaitement neutre :

— Si vous voulez bien m'expliquer comment sortir de ce labyrinthe pour me retrouver en terrain connu, je vais vous laisser travailler. Vos patients vous attendent.

Il ne répondit pas tout de suite, mais son expression s'assombrit encore. Il ne voulait surtout pas que cette dame de la bonne société vienne fourrer son nez dans ses affaires strictement privées. Si elle commençait à en parler autour d'elle, c'en était fait de lui. Quelle riche clientèle accepterait d'être soignée par un médecin qui exerçait aussi dans les bas-fonds ? Ils s'enfuiraient en courant. Hélas, le mal était fait, et il ne pouvait, en toute bonne conscience, la laisser repartir seule.

— Je doute que vous soyez capable de veiller sur vous-même dans ce labyrinthe, comme vous dites. Vous risquez fort d'attirer l'attention. Vous trouvez certainement l'environnement déplaisant, mais vous devrez attendre que je sois prêt à vous raccompagner. Prenez cette chaise, ajouta-t-il en indiquant un siège près de la fenêtre.

Elle faillit lui rétorquer que le mot « déplaisant » ne convenait pas. Elle trouvait cet environnement épouvantable, désespérant ; il l'emplissait d'horreur et de compassion. Mais étant donné son ton sardonique, elle n'allait sûrement pas le lui avouer.

— Je vais dans la salle d'attente, décida-t-elle.

— Je ne vous le conseille pas. Il y a dans cette pièce des quantités de microbes qui seraient ravis de s'en prendre à une fleur de serre telle que vous.

— Et *vous*, vous n'attrapez rien ? riposta-t-elle sèchement.

Elle ne comprenait pas son hostilité. Il avait le droit d'être contrarié, mais là, c'en était trop. Il ne s'en tirerait pas ainsi !

— Vous n'avez jamais envisagé que vous pourriez contaminer les gens que vous rencontrez ailleurs, docteur Farrell ?

— Soyez certaine, mademoiselle Duncan, que je me désinfecte le plus soigneusement du monde.

Chastity retourna dans la salle d'attente où elle trouva un siège vide. Des enfants pleurnichaient, reniflaient, des mères hagardes distribuaient gifles et baisers au petit bonheur. Chastity offrit ses derniers bonbons, maigre consolation en regard d'une telle misère, mais du moins avait-elle l'impression de donner quelque chose. Elle se pelotonna dans son manteau tandis que Douglas venait chercher un à un ses patients, s'adressant à eux avec douceur.

Il était bien différent du médecin mondain de Wimpole et de Harley Street... Bien différent du passionné de musique capable de se montrer un charmant compagnon de table. Bien différent aussi de celui qui prenait des libertés en montant en voiture. Dr Jekyll et Mr Hyde.

Mais pourquoi travaillait-il ici ? Étaient-ce les seuls patients qu'il avait trouvés ? Ou était-ce simplement qu'il n'avait pas encore assez de clients dans les beaux quartiers pour se séparer de ceux-là ? Ces gens avaient-ils seulement de quoi le payer ? Sûrement pas très cher.

Cela pouvait-il être par choix ? se demanda-t-elle soudain en le voyant s'agenouiller sur le plancher sale devant une vieille femme dont les pieds enflés étaient enveloppés de bandages crasseux. Il la débarrassa de ses pansements, prit ses pieds déformés dans ses mains puis palpa doucement ses chevilles. Chastity eut une brusque révélation : il traitait ces gens avec tendresse. Et eux étaient suspendus à ses lèvres, ils le regardaient comme s'il était le Bon Dieu en personne.

Mais comment cette scène pouvait-elle s'accorder avec une riche clientèle à Harley Street ?

Et pourquoi s'était-il montré aussi méprisant, aussi hostile envers elle s'il aimait ce qu'il faisait ? S'il en était fier ? Il s'était plutôt comporté comme s'il était embarrassé, comme s'il avait honte.

Durant presque deux heures, Chastity demeura appuyé au mur, en s'efforçant de se faire oublier. Du moins avait-elle élucidé le mystère des sucreries. Elle avait remarqué que la plupart des patients sortaient du cabinet avec des médicaments, et tous les enfants sans exception avec une poignée de friandises.

Enfin il appela le dernier client, et elle resta seule dans la salle d'attente. Elle se leva, glacée et raide, et alla offrir ses mains aux braises à peine rougeoyantes.

La porte s'ouvrit, et elle entendit Douglas dire :

— Ramenez-moi Maddie dans deux jours, madame Garth. C'est très important, n'oubliez pas.

Chastity le regarda raccompagner à la porte une femme maigre et une fillette plus étique encore.

— Pauvres gens, murmura-t-elle.

— C'est exactement ce qu'ils sont : pauvres.

Il se pencha pour couvrir le feu, puis il éteignit les lampes.

— Avez-vous trouvé l'après-midi intéressant ? Instructif, peut-être ?

Il y avait toujours cette note d'agressivité dans sa voix, un peu comme s'il la défiait.

— Non, déprimant, répondit-elle. Je comprends pourquoi vous avez envie de vous installer à Harley Street.

— Vraiment ? fit-il avec un rire bref.

Il ouvrit la porte et s'effaça devant elle. Elle sortit dans le froid coupant en enroulant son écharpe autour de son cou.

— Vous ne fermez pas à clé ? s'étonna-t-elle.

— Il n'y a rien à voler, et quelqu'un pourrait avoir besoin d'un abri pour la nuit, répliqua-t-il sèchement. Serait-ce trop vous demander que de garder votre petite escapade secrète ? ajouta-t-il, les sourcils froncés.

Chastity eut l'impression que les mots lui arrachaient la bouche.

— Je n'ai pas l'habitude de propager des ragots, répondit-elle sur le même ton. En outre, cela ne me regarde pas.

Il ne semblait pas très convaincu, mais hocha tout de même la tête.

— Dépêchons-nous, je suis gelé.

Il lui prit la main et l'entraîna rapidement dans une suite de rues sordides. Ils arrivèrent enfin dans Kensington High Street.

— Nous allons prendre l'omnibus au coin, là-bas, décréta-t-il. Il va directement à Oxford Street.

Chastity faillit rétorquer qu'elle préférait un fiacre, mais elle se retint à temps. Après ce qu'elle venait de voir, elle n'aurait pas été surprise qu'il n'ait pas de quoi s'offrir un tel luxe. Elle, si, mais elle se rappela sa réaction le jour où elle avait évoqué ses finances, et elle ne voulait pas le vexer en proposant de payer la course.

Par chance, l'omnibus arriva assez vite. Il était bondé, mais Douglas la poussa sans cérémonie vers le centre où une place était vacante. Une demi-place, plutôt, car la banquette était en partie occupée par une femme au volume impressionnant, entourée de paquets de toutes sortes. Chastity s'assit sans mot dire, tandis que Douglas demeurait debout, une main sur le dossier de la banquette, l'autre accrochée à la poignée qui pendait du plafond. Il était si grand qu'il n'avait guère à lever le bras pour l'atteindre.

— Alors, quelles étaient ces questions si urgentes que vous vouliez me poser ? demanda-t-il en tendant six pence au contrôleur pour les tickets.

La robuste voisine de Chastity voulait descendre à l'arrêt suivant, ce qui lui donna le temps de chercher une réponse adéquate. Ce qui n'était certes pas aisé !

Marmonnant de vagues excuses, la grosse dame bouscula Chastity, ses paquets en bataille. Lorsqu'elle fut enfin dans l'allée où elle se fraya un passage tant bien que mal, Chastity prit la place encore chaude de sa précédente occupante, et Douglas vint s'asseoir près d'elle.

— Alors ?

— Je n'étais pas certaine de vous revoir avant Noël, commença-t-elle, consciente de la faiblesse de l'excuse, et je n'avais pas votre adresse. Je voulais savoir comment vous envisagiez de vous rendre à Romsey.

— C'était ça la question ? demanda-t-il, incrédule. Juste ça ? Vous m'avez suivi dans ces rues sinistres pour une raison aussi futile ?

— Vous trouvez peut-être cela futile, répliqua-t-elle, sur la défensive, mais en tant qu'hôtesse, je ne suis pas de votre avis. Avez-vous l'intention d'arriver la veille, ou le jour de Noël ? Combien de temps comptez-vous rester ? Amènerez-vous un valet ? Ce sont des questions capitales.

Il laissa échapper un rire sans joie.

— Capitales. Seigneur, je suppose que c'est le cas pour certains, en effet.

Il se tourna vers elle.

— Après ce que vous venez de voir cet après-midi, reprit-il, comment pouvez-vous dire... ? Non, pardonnez-moi. Je sais parfaitement que quelqu'un comme vous ne peut pas comprendre.

Quelqu'un comme vous. Chastity frissonna, mais ce n'était pas de froid. Pour quel genre de personne la prenait-il donc ? Elle avait été bouleversée, horrifiée, pleine de compassion pour ces malheureux. Et en d'autres circonstances, elle aurait débordé d'admiration pour le Dr Farrell. Seulement, son hostilité émoussait son admiration, et puis, il avait certainement l'intention d'abandonner cette clientèle-là quand il se serait établi dans les beaux quartiers avec sa riche épouse. Évidemment, impossible de lui dire tout cela puisqu'elle n'était pas censée être au courant de ses projets matrimoniaux. C'était à L'Intermédiaire qu'il s'était confié, et qu'il avait manifesté aussi tout le mépris qu'il éprouvait envers les riches patients grâce auxquels il allait se remplir les poches. Ce mépris dont elle avait été la cible cet après-midi.

— Comme vous abandonnez ces miséreux au profit d'une clientèle plus lucrative, lança-t-elle froidement, je vous trouve mal placé pour me jeter la pierre, docteur Farrell.

Il ne répondit pas. Il avait vu avec quel dégoût elle regardait les malheureux dans sa salle d'attente, aussi ne se donnerait-il pas la peine de se justifier.

— Je descends au prochain arrêt, annonça-t-elle soudain. Je prendrai un fiacre.

Elle se leva, blafarde dans la lumière incertaine des réverbères.

Douglas fut tenté de la retenir, voire de s'excuser, mais c'était surtout sa brusque pâleur qui l'inquiétait. Elle semblait sur le point de fondre en larmes.

— Je vais vous...

— Non ! coupa-t-elle. Merci, mais non. Laissez-moi passer, s'il vous plaît.

Il se leva, et elle se dirigea vers la sortie. Il se rassit, les dents serrées. Il avait frôlé la catastrophe ! Chastity l'avait mis dans une position où il avait été obligé de lui demander de garder le secret, comme s'il avait honte de son activité à St. Mary. Il avait détesté la savoir dans la salle d'attente, autant parce qu'il était certain qu'elle n'éprouvait aucune compassion que parce qu'elle représentait une menace pour ses projets.

Mais tout cela n'excusait pas la grossièreté dont il avait fait preuve envers elle En fait, il ne comprenait pas ce qui avait provoqué chez lui une telle manifestation d'hostilité. En général, il savait fort bien dissimuler ses pensées et ses sentiments. Il ne pouvait espérer de la part de Chastity et de ses semblables autre chose que cette répulsion qu'elle n'avait pu dissimuler, il en était conscient, aussi n'aurait-il pas dû en être surpris.

Il était également utopique d'imaginer que l'épouse dont il avait besoin soit capable d'éprouver de la sympathie pour sa mission. Il avait depuis longtemps accepté qu'elle pût être simplement indifférente.

Mais comment allait-il rétablir la situation ? Il n'était plus question qu'il passe Noël avec une femme qu'il avait si gravement offensée, or, s'il voulait courtiser Laura Della Luca, il fallait qu'il soit en contact avec elle. Quelques jours sous le même toit lui paraissaient une occasion parfaite.

Il descendit à Oxford Street et se dirigea vers Wimpole Street en réfléchissant à la conduite à adopter. Il fallait qu'il s'excuse auprès de Chastity dans les plus brefs délais. D'abord des fleurs, puis une visite pour obtenir son pardon… et lui donner les réponses à ses questions, si tant est qu'elle ait toujours envie de les connaître.

Chastity était encore bouleversée quand elle arriva chez elle. Elle passa devant Jenkins qui lui avait ouvert avant même qu'elle ait eu le temps de glisser sa clé dans la serrure.

— Tout va bien, mademoiselle Chastity ?

— Oui… oui, merci, Jenkins. Je suis seulement à demi gelée, lança-t-elle par-dessus son épaule avant d'aller se réfugier dans le boudoir.

Il y faisait chaud, le feu ronronnait, les lampes étaient allumées. Elle se débarrassa de son manteau qu'elle jeta sur une chaise avant de se laisser tomber dans un fauteuil près de l'âtre, les pieds sur le pare-feu. Elle ferma les yeux.

Jenkins se présenta quelques minutes plus tard avec un plateau.

— J'ai pensé qu'une tasse de thé vous ferait plaisir, mademoiselle Chastity.

Il la regardait avec sollicitude.

— Vous êtes sûre que ça va ?

— Oh, oui, très bien, je vous remercie ! Le thé va me réchauffer.

— Il y a aussi des biscuits au gingembre, fit-il en posant le plateau sur le guéridon près d'elle. Avez-vous besoin d'autre chose ?

Elle secoua la tête.

— Non, merci. Le froid m'a épuisée, je pense... Lord Duncan est-il à la maison ?

— Il est rentré il y a environ dix minutes. Il a dit qu'il ne dînerait pas ici.

— Oh ? A-t-il précisé où il allait ?

— Pas vraiment. Il m'a demandé de repasser son habit de soirée et d'avertir Cobham de se tenir prêt pour 19 h 30.

— Son club ? hasarda Chastity.

— Je n'en ai aucune idée.

— Mais vous ne le pensez pas, observa-t-elle, fine mouche.

— Lord Duncan semblait plus préoccupé de sa tenue que lorsqu'il se rend à son club.

Jenkins s'inclina et sortit. Chastity sirota son thé tout en grignotant un biscuit. Son père passait-il la soirée avec la *contessa* ? Voilà qui était promêtteur.

Le thé aidant, elle commença à se sentir mieux. Mais une chose était certaine : elle ne voulait plus entendre parler ni du Dr Jekyll ni de Mr Hyde.

Elle se souvint soudain des lettres qui se trouvaient dans sa poche et alla les chercher. En général, ses sœurs et elle ouvraient ensemble le courrier du *Mayfair Lady*, et décidaient ensuite des réponses à apporter. Sachant qu'elles devaient se retrouver le lendemain chez *Fortnum and Mason*, où elles tenaient la plupart de leurs réunions de travail, elle aurait dû attendre pour les ouvrir.

Mais celle de Douglas Farrell lui brûlait les doigts. N'y tenant plus, elle retourna à son fauteuil et ouvrit l'enveloppe d'un coup d'ongle. Après tout, c'était son projet à elle ! Elle en sortit une seule feuille à en-tête gravé mentionnant l'adresse de Wimpole Street... Bien différent de son premier message.

À qui de droit,

J'ai rencontré la jeune femme dont vous m'aviez parlé, et j'ai trouvé qu'elle correspondait à mes critères.

Néanmoins, le contrat stipulait que vous deviez me faire trois propositions, si vous avez donc d'autres personnes correspondant à mes souhaits dans vos registres, je serai heureux de faire leur connaissance. Vous pouvez m'écrire à l'adresse ci-dessus.

Sincèrement,

Douglas Farrell, docteur en médecine

Chastity relut la lettre avec une indignation croissante. C'était le ton qui la hérissait. Laura Della Luca pourrait éventuellement faire l'affaire, mais il voulait un plus grand choix. Il s'agissait d'êtres humains tout de même, pas de miches de pain ! « Je ne déteste pas le pain complet, mais j'aimerais goûter le pain de mie ou de seigle avant de me décider. »

Eh bien, en ce qui la concernait, L'intermédiaire avait rempli sa part du contrat en proposant au Dr Farrell une candidate parfaite, et ses obligations s'arrêtaient là... Sauf qu'il avait raison. Elles devaient lui présenter deux autres candidates.

Elle remit la lettre dans l'enveloppe. Elle en discuterait demain avec ses sœurs.

Un coup discret à la porte annonça le retour de Jenkins. Il disparaissait pratiquement derrière le plus gros bouquet de roses que Chastity ait jamais vu de sa vie.

— Le fleuriste vient de livrer ceci pour vous, mademoiselle Chastity, dit-il.

— Seigneur ! s'écria-t-elle en bondissant sur ses pieds. De la part de qui ?

— Le livreur ne l'a pas précisé, mais il y a un mot... Je vais chercher un vase, ajouta-t-il en posant les fleurs sur la commode. Ou peut-être deux.

— Oui. Le grand en cristal et le vase de Sèvres, s'il vous plaît, acquiesça Chastity en humant les fleurs dont le parfum emplissait déjà la pièce. Et des ciseaux, pour recouper les queues.

— Bien, mademoiselle, fit Jenkins qui époussetait quelques feuilles accrochées à ses revers.

Chastity trouva la petite carte attachée à une tige avec un ruban argenté. Elle reconnut immédiatement l'écriture.

Ma chère Chastity,

Pourrez-vous jamais me pardonner mon comportement d'ours mal léché ? Je me suis conduit abominablement, cet après-midi. Je n'ai aucune excuse et je n'essaierai pas d'en trouver. Acceptez, je vous en prie, mes plus profonds regrets.

Douglas

Chastity la lut plusieurs fois. C'était élégamment tourné, et semblait tout à fait sincère. Pas de phrases ronflantes, ni de fioritures inutiles. Cela émanait-il de Jekyll, ou de Hyde ? De toute façon, il aurait fallu être insensible pour refuser de telles excuses. Et Chastity ne l'était pas.

Et puis, elle était curieuse. Comment un homme aussi bien élevé, charmant, séduisant, pouvait-il se transformer en... ours mal léché ? Bien choisi, le qualificatif ! Mais ce n'était pas un ours avec ses patients, se rappela-t-elle. Uniquement avec une visiteuse importune. Elle devait bien reconnaître qu'elle s'était montrée extrêmement indiscrète, et sous un prétexte des plus inconsistants.

Il y avait quelque chose de déplacé à vouloir parler fêtes et domesticité en présence d'un homme qui venait de passer deux heures à s'occuper avec dévouement et compassion des plus pauvres d'entre les pauvres. Si seulement elle avait été capable d'inventer une meilleure excuse ! Mais il est vrai qu'il s'était montré brutal et grossier avant même qu'elle ait évoqué la prétendue raison de sa présence dans son dispensaire. Était-ce seulement parce qu'elle avait découvert un sombre secret, ou y avait-il autre chose ?

Jamais elle ne le saurait si elle n'acceptait pas ses excuses. Le passé était le passé, elle allait renouveler son invitation à Romsey. D'ailleurs, elle avait encore son rôle à jouer en tant qu'Intermédiaire. Une union entre Laura Della Luca et le Dr Farrell servirait efficacement leurs intérêts ! Il lui suffirait d'oublier provisoirement son antipathie et d'adopter un personnage d'aimable et courtoise hôtesse pendant quelques jours.

9

Lord Duncan mangeait ses rognons au bacon de bel appétit quand Chastity entra dans la salle du petit-déjeuner, le lendemain matin.

— Bonjour, père, dit-elle en l'embrassant.

— Bonjour, chérie. Excellents, ces rognons. Je te les recommande.

Elle secoua la tête.

— Pas à cette heure de la journée.

Elle l'observa discrètement. Il avait l'air satisfait d'un chat qui vient de dénicher une portée de souris ! Ses joues étaient roses, son regard pétillant et son opulente chevelure blanche plus brillante que jamais.

— Café ? proposa-t-elle.

Elle le resservit avant de s'asseoir.

— Alors, vous êtes allé au club, hier soir ? s'enquit-elle sur le ton de la conversation.

— Non, non. Au *Café Royal*. Il y avait longtemps que je n'y avais pas mis les pieds. L'établissement se maintient, je dois dire. Un dîner très agréable, arrosé de montrachet.

Il plia son journal.

— En agréable compagnie ? hasarda-t-elle en feignant d'accorder toute son attention au toast qu'elle était en train de beurrer.

Il y eut un bref silence, puis le bruit du journal, de nouveau.

— Très agréable, répondit-il enfin. J'ai dîné avec la *contessa*.

— Elle est tout à fait charmante, observa Chastity avec chaleur. Et très cultivée.

— Oui. Sa conversation est fort plaisante.

— Je me demande si elle joue au bridge… Nous avions envie d'organiser un tournoi, à Noël.

— Je pense qu'elle y joue, fit lord Duncan en levant les yeux sur sa fille. Tu n'envisages pas d'y participer, n'est-ce pas ?

Chastity éclata de rire. Le bridge n'était pas sa spécialité.

— Peut-être que si, le taquina-t-elle.

— Dieu du Ciel ! J'espère que je ne t'aurai pas comme partenaire.

— C'est méchant !

— Pas du tout. Tes sœurs, c'est différent. Je ne parviens pas à décider laquelle joue le mieux.

— Elles pratiquent beaucoup, fit remarquer Chastity. Max et Gideon jouent souvent.

Elle se demanda si Douglas Farrell était un joueur de bridge, lui aussi. À la réflexion, elle en doutait. Il devait être plus enclin à se dépenser physiquement qu'à rester des heures autour d'une table.

À propos de Douglas Farrell, il fallait qu'elle consulte ses sœurs.

Le salon de thé bourdonnait de conversations quand Chastity en poussa la porte, en milieu de matinée. Ses sœurs étaient installées près d'une fenêtre donnant sur Picadilly, et elle se dirigea vers elles.

— Bonjour, les salua-t-elle en déboutonnant son manteau. Ici, au moins, il fait chaud. Oh, oui, Gaston, vous pouvez prendre mon vestiaire, merci, ajouta-t-elle avec un sourire au maître d'hôtel qui s'était approché. J'ai cherché un chapeau pour le mariage de David et d'Hester, mais je n'ai rien trouvé qui me plaise.

— Les grands esprits se rencontrent, dit Prudence. Nous aussi, nous en avons cherché.

— Avec succès, renchérit Constance. Dans la foulée, nous en avons acheté un qui ira parfaitement avec ta robe de shantung lavande.

— Tu avais bien l'intention de porter cette robe, n'est-ce pas ? dit Prudence.

— Maintenant, oui, répondit Chastity.

Prudence avait un goût très sûr en matière de mode, et ses sœurs se fiaient totalement à son jugement. Chastity se tourna vers le chariot des pâtisseries qui arrivait à sa hauteur.

— Une meringue au chocolat, s'il vous plaît.

Elle attendit que la serveuse en ait terminé avant de demander :

— Alors, comment est-il, ce chapeau ?

— Joli comme un cœur ! Un feutre turquoise à large bord, une voilette arachnéenne et un gros nœud lavande. À croire qu'il a été créé exprès pour ta robe.

— Eh bien, voilà un souci de moins ! se réjouit Chastity. Savez-vous ce qu'a fait père, hier soir ?

Ses sœurs secouèrent la tête.

— Raconte !

— Il a invité la *contessa* à dîner... Au *Café Royal*, s'il vous plaît. Alors, qu'en dites-vous ?

— Prometteur, fit Prudence.

— Très prometteur.

— Il avait l'air si content de lui, ce matin...

Chastity attaquait sa meringue.

— Mais il y a un sujet plus urgent dont j'aimerais que nous parlions, reprit-elle.

Elle laissa la pâtisserie aérienne fondre dans sa bouche, but une gorgée de café, puis posa les coudes sur la table et se pencha avec un air de conspiratrice.

— J'ai promis de n'en parler à personne... bien entendu, je ne vous compte pas, mais Douglas si, sûrement. Quoi qu'il en soit, il faut que vous promettiez la même chose.

Constance et Prudence hochèrent la tête.

— À présent, laissez-moi vous raconter ce qui m'est arrivé hier après-midi.

Le récit dura près d'une heure et une meringue supplémentaire. Constance et Prudence intervinrent parfois, poussèrent une exclamation, mais, la plupart du temps, elles se turent.

— Alors, conclut Chastity. Que pensez-vous de tout cela ?

— Je ne sais pas, avoua Prudence. Quel étrange comportement... si brutal !

— Tenez, voici la carte qui accompagnait les fleurs, dit Chastity en la sortant de son sac. Comment résister à ça ? C'est comme si cet homme avait une double personnalité.

— Une double vie, à coup sûr, commenta Constance qui lut le petit mot avant de le rendre à sa sœur. Une clientèle à Harley Street, une autre dans les bas-fonds. Et il cherche une femme riche pour l'aider avec la clientèle riche. J'espère qu'il n'a pas déjà une épouse pauvre pour aller avec les clients pauvres !

Ses sœurs éclatèrent de rire, bien que l'idée ne leur semblât pas complètement absurde. Douglas Farrell était un être si mystérieux que tout était possible.

— Ainsi, il va abandonner ce dispensaire dès qu'il sera bien installé à Harley Street ? interrogea Prudence.

— Je le suppose. Tout ce qu'il a dit à L'Intermédiaire, c'était qu'il voulait une femme riche et influente pour l'aider à se créer une clientèle. Oh, à propos, il a aussi envoyé cette lettre au *Mayfair Lady*.

Elle la leur tendit.

— Charmant, non ? demanda-t-elle lorsqu'elles l'eurent parcourue.

— Arrogant, pour le moins, déclara Constance. Mais comme nous l'avons souvent remarqué, c'est un trait commun parmi les mâles de l'espèce humaine. Malgré tout, certains sont tout à fait adorables.

— Je ne trouve pas que le terme « adorable » convienne à Douglas Farrell, riposta Chastity.

— Mais comment s'est-il retrouvé dans ce quartier, au début ? murmura Prudence, songeuse.

Elle nettoya ses lunettes avec sa serviette, activité propice à la réflexion.

— Il est issu d'une bonne famille d'Édimbourg, continua-t-elle. Tu disais que les relations de son père lui avaient rendu service à Londres, ou lui rendraient service dès qu'il le souhaiterait. Alors que fabrique-t-il à Earl's Court ?

Chastity secoua la tête.

— Je n'en ai pas la moindre idée. Peut-être a-t-il été déshérité à la suite d'une querelle familiale, ou quelque chose de ce genre. Cela expliquerait qu'il ne rentre pas chez lui à Noël. Il a pris prétexte de son emménagement, mais je trouve l'excuse bien faible, dans la mesure où il a loué un appartement meublé.

— Peut-être est-il vraiment sans le sou, avec sa plaque professionnelle pour tout bien, d'où son installation dans un quartier aussi bon marché.

— Peut-être, fit Chastity, sceptique. Il ne doit pas payer bien cher, dans cette misérable maison. Et il ne doit pas avoir de mal à trouver des patients parmi ces miséreux, seulement…

Elle s'interrompit, se mordilla la lèvre.

— Seulement quoi ?

— Je ne sais pas… C'est juste une impression. L'impression qu'il aime vraiment ces gens. Qu'ils comptent à ses yeux.

Elle secoua la tête.

— Franchement, je ne sais plus que penser.

— Ce genre de clientèle ne doit guère rapporter, commenta Prudence en rechaussant ses lunettes.

— Non… ce qui explique qu'il veuille évoluer, fit Constance. Il arrive fauché, sans amis, il se dit qu'il doit faire quelque chose en attendant d'avoir pris une décision définitive, donc il monte un cabinet dans un quartier pauvre, et puis met au point un grand projet.

— C'est possible, dit Chastity, toujours dubitative. Il était furieux que j'aie vu le dispensaire. J'imagine qu'il était gêné, et craignait que je ne le crie sur tous les toits, ce qui signerait l'arrêt de mort son merveilleux projet. Qui irait consulter un médecin qui vient de soigner des miséreux ?

— Bonne question, déclara Prudence. Alors, que penses-tu faire à son sujet à présent, Chastity ?

Cette dernière cueillit pensivement une miette de meringue du bout du doigt.

— Je suis intriguée. Je veux savoir.

— Savoir quoi ?

Elle haussa les épaules.

— Quel genre d'homme il est réellement. N'est-il qu'un ambitieux chercheur d'or, ou est-il bien plus que cela ? Quand je l'ai vu avec ses patients, hier, c'était... il était...

Elle secoua la tête.

— Je ne sais pas comment dire. Cela allait au-delà de la simple compassion, et pourtant, pendant qu'il se comportait ainsi, il me traitait comme moins que rien. J'aimerais comprendre pourquoi. En outre, nous l'avons accepté comme client, et d'habitude, nous nous efforçons de développer les relations des gens que nous avons mis en présence. Ne devrions-nous pas l'encourager à approfondir avec Laura avant de lui présenter quelqu'un d'autre ?

— D'autant plus que père s'intéresse à la *contessa*, approuva Constance. Il faut que la fille sorte au plus vite du décor si nous voulons que *cette* relation-là progresse.

— Et protéger notre santé mentale, ajouta Prudence. Chastity ne peut en aucun cas habiter sous le même toit qu'elle !

Chastity poussa un soupir à fendre l'âme.

— Dieu m'en préserve ! C'est la raison pour laquelle j'ai invité Douglas à Noël. Mais, à présent, il doit penser que l'invitation est annulée.

— Alors que doit faire Chastity, maintenant ? demanda Prudence.

— Attendre qu'il se manifeste ? suggéra Constance. Il va s'y sentir obligé.

— À moins qu'il n'attende que je réponde à ses excuses, fit Chastity. Il risque d'interpréter mon silence comme un rejet.

— Envoie-lui un mot de remerciement pour les fleurs, proposa Prudence. C'est la plus élémentaire des politesses.

Chastity hocha la tête.

— Bonne idée. Quelques lignes distantes mais aimables lui rouvriront la porte et lui offriront l'occasion de poursuivre.

Elle prit son sac et en sortit les autres lettres collectées chez Mme Beedle.

— Le problème du Dr Farrell étant réglé, passons à la suite.

Elles se séparèrent sur le trottoir devant chez *Fortnum*.

— Essaie le chapeau avec ta robe en rentrant à la maison, conseilla Prudence à sa sœur. On nous l'a confié, et s'il ne te convient pas, nous le rendrons demain matin.

— Je suis certaine qu'il sera parfait, déclara Chastity. Si tu le dis.

Elle prit le carton à chapeau, embrassa ses sœurs et s'éloigna après un petit signe de la main.

Une fois chez elle, elle apprit de Jenkins que son père était parti chez Harper, son caviste préféré, situé dans Grace Church Street. Il avait prévenu qu'il ne rentrerait pas déjeuner.

— Je suis heureuse qu'il sorte de nouveau, commenta-t-elle.

— Oui, mademoiselle Chastity. Sa Seigneurie semble s'intéresser de nouveau au monde extérieur, ces temps-ci. Très soudainement, me semble-t-il, ajouta-t-il avec une note d'interrogation dans la voix.

— Vous avez raison, dit Chastity avant de baisser le ton, un sourire malicieux aux lèvres. De vous à moi, Jenkins, je crois qu'il y a une dame là-dessous...

Jenkins fit un effort visible pour réprimer un sourire complice.

— Vraiment, mademoiselle Chastity ? dit-il, très digne. Déjeunerez-vous à la maison ?

— Oui, s'il vous plaît. Je serai dans le boudoir. Un peu de pain et du fromage pendant que je travaille me suffiront largement.

Elle monta à l'étage en se demandant si Jenkins se rendait compte que l'intérêt de lord Duncan pour cette dame en particulier n'avait rien à voir avec celui qu'il pouvait porter aux personnes avec qui il sortait de temps à autre. Auquel cas, il trouverait cela beaucoup moins amusant... La perspective d'avoir une nouvelle maîtresse ne lui plairait guère, pas plus qu'à Mme Hudson.

Et à elle ? C'était une question qu'elle évitait soigneusement de se poser. Une belle-mère prenant les rênes de la maisonnée ? Elle fit la grimace. Même si elle appréciait cette femme, cela n'avait rien de très plaisant. Et si, par malchance, elles n'arrivaient pas à marier Laura, elle l'aurait aussi sous son toit ! Impossible ! Il ne lui resterait plus qu'à aller vivre chez l'une de ses sœurs, telle une parente pauvre.

Chastity s'aperçut qu'elle se tenait plantée au beau milieu du petit salon depuis cinq bonnes minutes. Elle s'ébroua et s'approcha du secrétaire. Plus vite elle aurait rétabli la liaison avec le Dr Farrell, plus vite elle pourrait le jeter dans les bras de Laura.

Elle venait de prendre sa plume quand Jenkins frappa. Sans doute montait-il son déjeuner, pensa-t-elle en lui disant d'entrer. Mais il n'avait qu'une carte de visite sur un plateau à courrier en argent.

— Le Dr Farrell a laissé sa carte, mademoiselle Chastity. Je ne savais pas si vous vouliez recevoir ou non, ce matin.

— Est-il reparti ?

— Je lui ai suggéré de patienter au salon le temps que j'aille voir si vous étiez à la maison.

Chastity réfléchit.

— Je crois que je suis là, Jenkins. Voulez-vous prévenir le Dr Farrell que je le rejoins dans quelques minutes ?

Jenkins se retira, et Chastity se tapota la lèvre. Ainsi, Douglas n'avait pas attendu sa réponse. Elle éprouva spontanément une chaleureuse sympathie pour lui. Il devait être bourrelé de remords, et terriblement embarrassé, et avait voulu régler au plus vite la question. Elle n'allait certainement pas prolonger son malaise.

Mais sa réaction première s'atténua quelque peu lorsqu'elle se rappela que c'était un homme à la double personnalité, qui avait un but bien précis à atteindre. Il avait besoin d'elle. Elle avait des relations et elle l'avait invité pour Noël, ce qui l'aiderait grandement dans la poursuite de ses objectifs.

Eh bien, elle aussi avait un but à atteindre : marier cet individu à Laura Della Luca, et le plus vite possible. Donc, en l'occurrence, leurs buts se rejoignaient. Peu importait que ses excuses soient sincères ou pas, du moment que le résultat final était positif pour l'un comme pour l'autre.

Chastity alla se regarder dans le miroir. Ses cheveux étaient d'humeur particulièrement rebelle, ce jour-là, et ses boucles ne devaient rien au fer à friser. Elle tenta de les aplatir avec les doigts, mais ils ne firent que tire-bouchonner davantage. Une véritable méduse !

Elle portait l'un de ses tailleurs préférés, jupe plissée et jaquette longue en laine vert sombre gansée ton sur ton. Elle vérifia dans la glace la blouse de soie vert pâle à col montant, et décida que c'était la tenue idéale pour accepter des excuses.

Elle descendit tranquillement l'escalier en se demandant comment accueillir son visiteur. Lointaine mais aimable, décréta-t-elle en ouvrant la porte du salon.

Douglas contemplait le jardin à la fenêtre, les mains croisées dans le dos. Il se retourna, et un sourire chaleureux illumina son visage, tandis qu'il venait vers elle, les mains tendues.

— Chastity ! C'est tellement généreux de votre part de me recevoir ! J'osais à peine l'espérer.

C'était l'homme qu'elle avait découvert lors de leur première soirée. Pas trace du mépris de la veille. Comment pouvait-il être aussi différent ?

Sous la sincérité de son sourire, elle sentit son ressentiment disparaître, ainsi que ses doutes. Ses mains étaient perdues dans les siennes et elle ne fit rien pour se dégager. Il les porta à ses lèvres avec naturel, et Chastity ne se formalisa pas de ce geste intime.

— Vos fleurs sont magnifiques, dit-elle. J'étais justement en train de vous écrire un mot de remerciement.

Il ne lâchait pas ses mains, et elle se rappela la tendresse avec laquelle il avait ausculté le pied de la vieille femme dans son cabinet.

— Elles suffisent à peine à vous exprimer tout mon remords.

Sous le regard pénétrant, elle fut soudain incapable de prononcer un mot. Elle le scrutait, cherchant à jauger son degré de sincérité. Essayait-il simplement de rattraper un faux pas ? Mais elle ne lut sur ses traits que de l'affection, doublée d'une pointe d'anxiété qui ne pouvait être feinte.

— Accepterez-vous de me pardonner ? reprit-il comme le silence se prolongeait.

Elle acquiesça, consciente de lui avoir pardonné à l'instant où il s'était tourné vers elle.

— J'aimerais comprendre, Douglas, s'entendit-elle répondre.

— Qu'aimeriez-vous comprendre ?

Lentement, à regret, il lui lâcha les mains, et elle se sentit étrangement délaissée.

— Vous, fit-elle en se frottant les mains l'une contre l'autre comme si elle avait froid. Je voudrais vous comprendre. Pourquoi travaillez-vous là-bas... avec ces pauvres gens ? Je comprendrais si vous étiez une sorte de missionnaire, mais ce n'est pas le cas. Vous avez un cabinet sur Harley Street.

Elle secoua la tête.

— Cela n'a aucun sens, poursuivit-elle, et cependant, je suis certaine qu'il y a une raison. Et que c'est pourquoi vous étiez si désagréable hier. Tellement furieux et méprisant.

Douglas la contemplait, songeur. Il avait cru naguère qu'une femme le comprenait. Dans sa naïveté, il n'avait pas imaginé un instant que l'on pût voir les choses autrement que lui... et moins que quiconque la femme dont il croyait qu'elle lui rendait son amour. Sa déception avait été telle qu'il avait été guéri à jamais du désir de se confier à tout autre que deux ou trois de ses collègues qui, même s'ils ne partageaient pas sa façon de vivre, ne la considéraient pas comme une forme de folie. Une curiosité peut-être, pas un échec.

— Avez-vous une demi-heure à m'accorder ? lâcha-t-il enfin.

C'était sans doute absurde de s'ouvrir à elle, mais quand bien même elle réagirait comme la plupart des gens, cela n'avait pas d'importance. Elle en savait déjà suffisamment pour lui rendre la vie difficile, encore qu'il doutât qu'elle fût ce genre de personne. Et si elle n'adhérait pas à sa mission, il ne serait pas déçu. Il n'était pas amoureux de Chastity Duncan.

— Oui, je pense, répondit-elle aussitôt. Maintenant ?

— Oui, maintenant. Allons nous promener.

Sa requête la surprit. Pourquoi ne répondait-il pas à sa question ici, dans la douce chaleur du salon ? Mais elle avait l'impression qu'il s'y sentait confiné, et, une fois encore, elle prit conscience de son indiscutable présence physique, de sa virilité. La pièce semblait trop exiguë pour lui. Et peut-être n'était-elle pas suffisamment grande pour contenir son secret, peut-être avait-il besoin de grand air et d'un terrain neutre pour se confier.

— Entendu, dit-elle. Je vais chercher mon manteau.

— Ne traînez pas, répliqua-t-il d'un ton brusque.

Comme s'il avait laissé derrière lui remords et anxiété, il avait retrouvé son attitude habituelle, détendue et un poil trop autoritaire. Trait de caractère fréquent chez les hommes qui exerçaient une profession prenante, ses sœurs l'avaient déjà remarqué. De toute façon, c'était plus facile à supporter que l'hostilité.

— J'en ai pour cinq minutes, promit-elle.

Dans sa chambre, elle reprit le chapeau qu'elle portait le matin, un feutre vert foncé orné d'une plume d'autruche qui retombait sur l'épaule. Bien entendu, ses cheveux refusèrent de se laisser dompter, de sorte qu'elle fut contrainte de laisser quelques boucles folles encadrer son visage.

Elle s'assit à sa coiffeuse et passa en revue les quelques produits de maquillage dont elle disposait. Une vanité naturelle la poussait à paraître à son avantage devant Douglas Farrell, qui pourtant ne l'intéressait qu'en tant que client. Non, ce n'était pas tout à fait vrai, lui chuchota la voix de l'honnêteté. Elle était à présent très intéressée par son histoire.

Elle s'empara des petites feuilles imprégnées de poudre, et se pencha vers le miroir à la recherche de taches de rousseur. Elles n'apparaissaient d'ordinaire qu'au soleil, et elle n'en trouva que quelques-unes sur son nez. Elle envisagea un instant de se farder les lèvres, puis se ravisa. Il faisait froid, le rouge sécherait vite, or rien n'était plus laid que des lèvres craquelées sous le fard.

Décidant qu'elle ne pouvait faire mieux en si peu de temps, elle enfila son manteau, prit son manchon de fourrure, ses gants, et descendit.

— Je suis prête ! annonça-t-elle sur le seuil du salon.

Douglas posa le *Mayfair Lady* qu'il parcourait et se leva.

— Vous lisez ce journal ? demanda-t-il.

— Comme tout le monde. Il nous intéresse tout particulièrement, vous vous en doutez. Depuis ce procès en diffamation.

— Ah, oui ! Cela a dû être dur, pour votre père.

— En effet, mais c'est de l'histoire ancienne, à présent.

— Je ne me rappelle plus les détails, insista-t-il tandis qu'ils se dirigeaient vers la porte. N'a-t-il pas été victime d'une escroquerie ?

— Si, se contenta de répondre Chastity d'un ton destiné à mettre un terme à cette conversation. Nous sortons prendre l'air, Jenkins. Je serai de retour dans une demi-heure, et je déjeunerai à ce moment-là.

— Très bien, mademoiselle Chastity. Bonne promenade. Au revoir, docteur Farrell.

La porte se referma derrière eux, et ils demeurèrent immobiles sur le perron le temps de s'accoutumer au froid.

— Il va neiger, prédit Douglas qui glissa la main de sa compagne sous son bras avant de descendre les marches.

— Qu'en savez-vous ?

— Je suis écossais, rétorqua-t-il en riant. Dans le Nord, nous sentons ces choses-là.

— Ah, c'est vrai ! Tandis que moi, je suis une délicate fleur de serre, répliqua Chastity. Les jeunes filles élevées dans le Hampshire ignorent tout des caprices climatiques.

— Je me réjouis de passer Noël à la campagne, fit Douglas en lui jetant un regard oblique. Enfin, si l'invitation tient toujours.

— Bien sûr ! Où souhaitez-vous que nous allions ?

— Hyde Park vous semble-t-il trop éloigné ? s'enquit-il en lançant un coup d'œil à ses pieds chaussés de fines bottines. Si vos souliers ne sont pas assez confortables, nous pouvons prendre un fiacre.

— Certainement pas, fit-elle en fourrant les mains dans son manchon. En route !

Il glissa la main au creux de son coude, et ils s'éloignèrent en direction d'Oxford Street.

— Alors, vous allez vous décider à me dévoiler vos mystères, docteur Farrell ? risqua-t-elle après un long silence, alors qu'ils arrivaient en vue de Marble Arch.

— Il n'y a pas de mystère, se défendit-il.

Elle eut un rire léger.

— Oh, vous êtes le personnage le plus mystérieux que j'aie jamais rencontré, docteur Jekyll !

— Dr Jekyll ? Que diable entendez-vous par là ?

— Je vous taquinais, se reprit-elle, se rendant compte un peu tard que la comparaison n'était guère flatteuse.

— Je vois là plus une critique qu'une taquinerie.

Chastity se mordit la lèvre.

— Peut-être, mais avouez que j'ai des raisons.

— Ah… Vous ne m'avez donc pas complètement pardonné. C'était trop beau pour être vrai ! Vous seriez candidate à la canonisation si vous étiez capable de pardonner et d'oublier aussi vite.

— Je ne le suis pas, rétorqua Chastity. Je n'aurais pas la moindre chance !

— Vous m'en voyez soulagé. Je suis si loin de la sainteté moi-même que je me sentirais mal en compagnie du Bien personnifié.

— N'ayez aucune crainte à ce sujet ! le rassura-t-elle.

Les fines ridules qui se creusaient au coin de ses yeux quand il souriait lui plaisaient beaucoup, songea-t-elle. Sentant à cet instant son regard sur elle, elle s'empourpra comme s'il pouvait lire dans ses pensées.

— Pourquoi avez-vous choisi d'être médecin ? demanda-t-elle tout de go, histoire d'entrer dans le vif du sujet.

— C'est une tradition familiale.

Il resserra son étreinte sur son coude tandis qu'ils traversaient la chaussée, et demeura silencieux jusqu'à ce qu'ils soient dans le parc, loin du bruit des moteurs et des sabots des chevaux sur les pavés.

— Ah, oui ! fit Chastity, votre père…

— Mon grand-père également. Il était lieutenant dans l'armée des Indes. Il avait environ dix-huit ans au moment de la révolte, et cette horrible expérience l'a dégoûté à jamais de la carrière militaire. Il est venu étudier la médecine à Édimbourg, puis il a ouvert le cabinet familial.

Ils longeaient une étroite allée où des cavaliers trottaient calmement sous les arbres dénudés. Chastity était intriguée par l'histoire de cette famille.

— Donc, vous êtes la troisième génération de médecins.

— Au moins quatrième ou cinquième. Je ne serais pas étonné qu'il y ait, dans la lignée des Farrell, un habile barbier qui se soit déclaré chirurgien.

Il eut un petit rire et se baissa pour ramasser un marron dodu qu'il frotta sur sa manche avant de le contempler, parfaitement rond et brillant dans la lumière grise. Il le tendit à Chastity en s'inclinant cérémonieusement comme s'il lui offrait un joyau de prix. Elle entra dans le jeu et fit une petite révérence en l'acceptant.

— Il est trop beau pour que l'on joue avec, décida-t-elle en le glissant dans son manchon. Connaissez-vous ce jeu où les adversaires tiennent leur marron au bout d'une ficelle et s'efforcent de détruire celui de l'autre ?

— Bien sûr ! J'en ai eu un qui a été imbattable pendant toute une année. Nous les trempions dans du vinaigre pour qu'ils durcissent. Le mien était indubitablement le champion.

Il sourit à ce souvenir, et Chastity l'imita.

— Parlez-moi de votre famille, demanda-t-elle.

Douglas leva les yeux au ciel.

— Vous voulez le roman-fleuve, ou le résumé ?

— Le roman-fleuve, naturellement.

Il acquiesça.

— Vous risquez de le regretter. Je ne sais trop par où commencer, mais je vais essayer.

10

— Six sœurs ! s'écria Chastity avec respect quelques instants plus tard. J'ai toujours trouvé que deux c'était déjà beaucoup.

— Je m'en serais contenté, dit Douglas en s'arrêtant près d'un banc de fer forgé à côté de la Serpentine. Voulez-vous vous asseoir un moment ?

Chastity accepta avec soulagement. Ils avaient marché longtemps, et rien dans le récit de Douglas ne laissait supposer qu'il eût été déshérité. Au contraire. Il avait été choyé dès sa naissance. Et il n'y avait non plus aucune explication qui justifiât son manque apparent d'argent. Sa famille était aisée, titrée. À vrai dire, Chastity n'en savait pas plus qu'avant quant à ce qui l'avait poussé à quitter Édimbourg pour venir exercer dans les bas-fonds de Londres. Sans parler de son souhait d'épouser une femme fortunée.

— Quelque chose vous tracasse ? fit-il.

— J'ai envie de vous poser une question très personnelle, et j'essaie de trouver les mots justes, répondit-elle avec franchise.

— Ah !

Ses yeux souriaient.

L'air froid avait rosi le bout du nez de Chastity, et il fut pris d'une absurde envie de l'embrasser. Ridicule !

— Eh bien, pourquoi ne pas vous lancer carrément ? En général, c'est le moyen le plus simple de communiquer. Et cela évite les malentendus.

Chastity lissa sa jupe, et aborda de biais le sujet qui la préoccupait.

— Je me demandais pourquoi pas une fois vous n'aviez évoqué une épouse, ou une fiancée. Il y a sûrement – ou il y a eu – une femme dans votre vie.

Elle l'observa avec attention, craignant, si elle était allée trop loin, de voir réapparaître Mr Hyde.

Douglas aurait dû s'attendre à cette question. Elle n'avait rien que de très normal dans ce contexte. Il tenta de se dérober avec un petit rire vaguement agacé.

— Ma chère enfant, je suis entouré de femmes. J'en ai dans ma vie plus qu'un homme normalement constitué ne saurait en supporter.

— Vous m'avez très bien compris. Je ne parlais ni de votre mère ni de vos sœurs. Avez-vous déjà été marié, ou y avez-vous songé ? ajouta-t-elle d'un ton déterminé. On ne peut être plus directe, il me semble.

Et maintenant, voyons ce que vous avez à répondre, monsieur le médecin coureur de dot !

La dérobade avait échoué, mais cela n'étonnait pas vraiment Douglas.

— En effet, admit-il. Et pour être tout à fait franc, je n'y ai guère songé. J'ai toujours été trop occupé.

Avant qu'elle puisse poursuivre sur le sujet, il reprit :

— Donnant donnant, mademoiselle Duncan. Et vous ? Je ne vous ai pas vu d'époux, mais avez-vous un fiancé ? Un ami intime ?... Le vicomte Brigham, par exemple.

Chastity n'eut d'autre choix que d'accepter sa défaite. Il n'allait pas raconter à une simple connaissance le projet qu'il avait confié à une agence matrimoniale.

— Non, personne en particulier. J'ai beaucoup d'amis des deux sexes, mais...

Elle haussa les épaules.

—… le mariage ne se profile pas à l'horizon.

Son estomac se manifesta soudain de façon bruyante. Ils étaient partis depuis bien plus d'une demi-heure.

— J'ai une faim de loup, avoua-t-elle en plissant le nez.

Une délicieuse odeur leur parvenait, et elle entendit la cloche d'un marchand ambulant qui criait :

— Pâtés en croûte tout chauds ! Demandez mes pâtés à la viande !

Chastity bondit sur ses pieds.

— Où est-il ?

— Il arrive dans l'allée, dit Douglas qui se leva à son tour. Voyons ce qu'il propose.

Il fit signe au marchand qui portait un plateau en équilibre sur la tête.

— Qu'est-ce que vous voulez, jolie petite dame ?

Il posa le plateau sur le banc. Sa marchandise reposait sur une grille au-dessus d'un lit de charbon rougeoyant.

— Un muffin ? Un beau pâté à la viande ? C'est juste ce qu'il faut par un temps pareil !

Chastity en avait l'eau à la bouche. Elle indiqua un pâté à la croûte bien dorée.

— Celui-ci, s'il vous plaît.

L'homme l'enveloppa dans un morceau de papier journal et le lui tendit.

— La même chose, dit Douglas en cherchant de la monnaie dans sa poche.

Chastity était déjà retournée s'asseoir, et elle mordait à belles dents dans la pâte feuilletée sans se soucier du jus qui lui coulait sur le menton.

Douglas rit et sortit son mouchoir.

— Une serviette, madame ? proposa-t-il avec un grand geste.

— Merci, fit-elle, la bouche pleine. C'est délicieux, mais pas très facile à manger…

Ils avalèrent leur repas improvisé en silence. Ce n'était pas le genre de nourriture qui poussait à la conversation. Enfin, Chastity froissa son morceau de papier journal, et laissa échapper un soupir satisfait.

— C'était un régal ! s'exclama-t-elle.

Douglas lui prit son papier des mains et alla le jeter à la poubelle en même temps que le sien.

— Puis-je récupérer mon mouchoir ? Merci.

Il s'essuya les mains et la bouche avant de le glisser dans sa poche. Un flocon de neige tomba à ses pieds, puis un autre.

— Déjeuner en plein air au mois de décembre n'est pas très courant, fit-il remarquer. Remettons-nous en route, je ne voudrais pas que vous geliez sur ce banc.

— Le pâté en croûte m'a réchauffée, déclara Chastity qui se leva néanmoins.

Elle en avait appris beaucoup sur la famille de Douglas, mais n'avait toujours pas obtenu la réponse à sa question la plus importante, aussi se demanda-t-elle s'il regrettait d'avoir accepté de se confier à elle et espérait qu'elle avait oublié la raison de cette promenade.

Ils se dirigèrent vers la grille du parc.

— Vous alliez m'expliquer, pour hier, dit-elle carrément.

Douglas espérait en effet qu'en lui racontant l'histoire de sa famille elle aurait oublié sa question initiale. Il appréciait la compagnie de Chastity, et il avait envie que les choses demeurent amicales et légères entre eux. Surpris, contrarié, il découvrait soudain que si elle réagissait mal à ce qu'il avait accepté de lui révéler, cela lui importerait, et que leur amitié naissante risquait de ne pas y résister. Il lui semblait à présent impossible de ne la considérer que comme une banale demoiselle de bonne famille gâtée et privilégiée. Quelque chose avait modifié l'idée qu'il se faisait d'elle, et il n'aurait su dire quoi. En tout cas, il lui apparaissait tout à coup essentiel qu'il se soit trompé sur sa réaction au cabinet, qu'elle n'ait pas éprouvé ce dégoût instinctif auquel il s'attendait, et qu'il avait par conséquent déduit de son expression.

Il aurait été plus facile de se taire, de ne pas prendre le risque d'être déçu, mais il suffisait de la regarder pour comprendre qu'elle ne lâcherait pas prise. À Dieu vat !

— Avez-vous trouvé étrange que j'aie une clientèle dans les quartiers pauvres de la ville ? demanda-t-il.

— Oui, bien sûr ! Vous m'aviez dit que vous aviez un cabinet à Harley Street.

Elle s'était arrêtée, et l'étudiait avec une curiosité teintée de méfiance. La neige saupoudrait son chapeau, et la plume d'autruche avait triste allure.

— Continuons à marcher, fit-il en lui prenant le bras. Et répondez-moi. Avez-vous une idée de ce qui peut pousser un médecin à choisir de soigner les pauvres ?

Chastity fronça les sourcils. Cela ressemblait à une sorte de test, et elle avait le sentiment qu'il était important qu'elle le réussisse.

— Il faut bien que quelqu'un s'en charge, répondit-elle. Ce n'est pas parce qu'ils sont pauvres qu'ils ne tombent pas malades… Au contraire.

— Et quel genre de médecin méritent-ils, selon vous ?

Chastity se rembrunit. De toute évidence, elle était sur la sellette. Elle fixa ses pieds qui foulaient le sol recouvert d'une fine couche de neige.

— Un médecin normal, je suppose. Y en a-t-il d'autres ?

— Il y en a qui ne sont pas qualifiés.

— Ah…

Elle commençait à voir où il voulait en venir.

— Je ne pense pas que ce soit une branche particulièrement rémunératrice de votre profession.

Il eut un sourire amer.

— Non seulement cela, mais les médicaments coûtent cher.

Elle se rappela que la plupart de ses patients sortaient de son cabinet avec des remèdes. Cette fois, elle avait saisi !

— Et pour les soigner, vous devez les approvisionner en médicaments.

— Et donc avoir une autre source de revenus.

Chastity hocha lentement la tête.

— D'où Harley Street.

— D'où Harley Street, confirma-t-il.

— Êtes-vous en train de me dire que ces malheureux de Earl's Court sont votre souci principal, Douglas ? Que vous ne souhaitez soigner les riches que pour prendre les pauvres en charge ?

— En gros, oui.

Il n'aurait su dire ce qu'elle pensait de cette révélation, mais il aimait bien la façon dont elle semblait examiner le problème sous tous ses angles, réfléchir avant de parler.

Elle leva soudain les yeux vers lui, et il lut tant de chaleur dans son regard, tant de sincère plaisir dans son large sourire qu'il en eut le cœur en fête.

Elle sortit la main de son manchon et la glissa dans la sienne.

— C'est merveilleux, Douglas ! Vraiment merveilleux !

Elle ressentait soudain un certain malaise en songeant au mal qu'elle avait pensé de lui, à la façon méprisante dont elle avait parlé de lui à ses sœurs. Cet homme était *bon*. Vraiment bon. Difficile, arrogant, certes, mais cela ne changeait rien au fait qu'elle s'était trompée du tout au tout à son sujet ! Rien de plus normal que de considérer les riches hypocondriaques d'un œil sceptique quand on travaillait avec autant de dévouement au service des vrais malheureux. Et bien sûr, pour aller au bout de sa mission, il lui fallait une riche épouse.

Elle allait lui en trouver une.

Il lui retourna son sourire et lui serra la main.

— Vous comprenez maintenant pourquoi je vous ai demandé de garder le secret.

— Cela, je l'ai toujours compris. Ce que je ne comprenais pas, en revanche, c'était ce que vous faisiez dans ce quartier. Vous ne me donniez pas précisément l'impression d'être un altruiste, un homme de vocation.

— Je ne mérite pas une si glorieuse description, commenta-t-il en consultant sa montre. Il faut que nous prenions un fiacre. J'ai un rendez-vous à 15 heures, et il n'est pas bon de faire attendre les riches patients.

— Sans doute.

Elle retira sa main, et releva le col de son manteau en frissonnant.

Douglas se débarrassa de son cache-nez, puis, s'immobilisant, l'enroula autour du cou de Chastity. Il en glissa les pans dans son manteau avec des gestes vifs et précis, rajusta le vêtement sur ses épaules en s'attardant un peu plus que nécessaire. Lorsqu'il se pencha pour déposer un léger baiser sur le bout de son nez, Chastity s'aperçut qu'elle avait retenu son souffle. Enfin il se redressa et se mit à rire.

— Votre pauvre petit nez est rouge de froid. Cela fait un moment que j'avais envie de le réchauffer.

— Ce n'est pas le meilleur moyen, rétorqua-t-elle en s'écartant de lui.

Machinalement, elle se frotta le nez de sa main gantée. Un éclair de chaleur lui traversa les reins tandis qu'elle prenait conscience de son odeur dans la laine de son cache-nez. La rougeur qui envahit alors ses joues n'était pas due au froid.

— J'ai cru que cela vous aiderait, fit-il sans l'ombre d'un remords.

Il siffla bruyamment entre ses doigts, et la seconde d'après, un fiacre s'arrêtait au bord du trottoir. Chastity y monta vivement sans lui laisser le temps de l'aider. Il s'assit en face d'elle.

— J'oubliais que vous n'aimiez pas les mains secourables, remarqua-t-il.

— Je n'aime pas les mains secourables quand elles sont trop familières, rectifia-t-elle en essayant de prendre un air digne sans y parvenir tout à fait.

Douglas se contenta de sourire, et elle en fut vaguement agacée.

— Il y a une question à laquelle vous n'avez pas répondu, reprit-elle, les yeux plissés. Pourquoi au juste avez-vous été si désagréable avec moi ? Ce n'était pas seulement parce que j'avais découvert votre secret, n'est-ce pas ?

Elle avait les lèvres pincées, et il aurait juré voir des petites étincelles dans son regard mordoré. Elle voulait une réponse. Eh bien, il en avait une. Mais il savait que Mlle Duncan ne l'apprécierait pas.

— C'est une habitude, répondit-il.

Elle écarquilla les yeux.

— Une habitude ? Vous montrer grossier est une habitude ? C'est tout ce que vous avez trouvé comme explication ?

Son intonation incrédule le piqua au vif, si bien qu'il rétorqua d'un ton crispé :

— Très bien. Si vous voulez tout savoir, j'ai mal interprété votre réaction, et comme cette interprétation me mettait en colère, je m'en suis pris à vous.

— Et comment l'avez-vous interprétée ? insista-t-elle en se penchant pour scruter son visage.

Il soupira.

— Je suis tellement habitué à lutter contre les idées préconçues des femmes de ma famille – qui sont, à vrai dire, celles de pratiquement tout le monde dans mon milieu – que je pars du principe que la plupart des gens, mais surtout les femmes, sont suffisants, bourrés de préjugés et intellectuellement paresseux.

— *Quoi ?*

Chastity en demeura bouche bée.

— Surtout les femmes, répéta-t-elle. Je n'ai jamais rien entendu de plus arrogant, de plus injuste, de plus absurde. Et c'est vous qui parlez de suffisance, de paresse intellectuelle ! Seigneur !

Elle poussa un énorme soupir de dégoût.

— Pouah ! C'est *vous* qui avez besoin d'être soigné, docteur.

Douglas réprima un sourire, mais une lueur amusée dansait cependant dans ses prunelles.

— Mea culpa, fit-il, les mains levées en signe de reddition. Si j'avais su que je provoquerais une telle tempête, j'aurais choisi mes mots avec plus de soin.

— Mais pas changé d'avis pour autant, rétorqua-t-elle.

— Je reconnais qu'il y a des exceptions à toutes les règles, déclara-t-il avec un sérieux que démentait son regard pétillant. Comment pourrais-je le nier, alors que j'en ai une en face de moi ?

Chastity tentait de conserver son indignation intacte, mais quelque chose dans le sourire de Douglas lui rendait la tâche difficile. Un sourire très flatteur... Malgré elle, elle y répondit.

— Il y a plus d'une exception à cette règle-là, répliqua-t-elle. Vous avez rencontré mes sœurs, je crois.

— Oh, oui ! Je n'ai guère eu l'occasion de converser avec elles, mais je suis certain qu'elles sont très intelligentes, profondes et réfléchies.

Chastity croisa les bras.

— Vous avez lu le *Mayfair Lady*. Que pensez-vous des femmes qui l'écrivent ? Sont-elles intellectuellement paresseuses, suffisantes, sectaires ?

— Probablement pas, concéda-t-il. Mais certains de leurs articles sont faits pour séduire de telles femmes, vous me l'accorderez.

Chastity ne releva pas. Cela valait mieux que de se rappeler que ses sœurs et elle avaient souvent exprimé des opinions semblables à celles de Douglas sur les dames de la bonne société qui formaient la majorité de leur lectorat.

— Et les suffragettes ? le défia-t-elle. Il n'y a rien de suffisant chez elles ni dans leur combat.

— En effet.

— Quel est votre point de vue sur la question ? Croyez-vous que les femmes devraient jouir du droit de vote ?

Elle était consciente d'avoir adopté un ton un peu coupant, comme si elle lui faisait passer un test à son tour.

Douglas s'en rendit compte et en déduisit que le sujet lui tenait à cœur. Or il n'était pas sorcier de deviner de quel côté elle se trouvait.

— Je ne suis pas contre le principe, dit-il prudemment.

— Mais contre la pratique.

Elle s'appuya à la banquette avec un petit soupir qui semblait dire : « Je le savais. »

— Non, non, attendez ! fit-il en levant une main impérieuse. C'est une question fort complexe. La plupart des femmes que je connais ne souhaiteraient pas obtenir le droit de vote, et ne sauraient qu'en faire. Ma mère et mes sœurs se considèrent comme suffisamment puissantes dans leur propre sphère, et en vérité, elles le sont.

— Leur *propre* sphère, répliqua Chastity. Voilà bien là l'argument classique. Les femmes ont leur univers, les hommes le leur, ils ne se rencontrent jamais… et chacun d'eux est persuadé d'avoir la haute main sur l'autre.

Elle croyait entendre Constance parler. D'ordinaire, elle envisageait les différents aspects d'un problème, mais, bizarrement, avec Douglas Farrell, elle devenait partiale.

— Je pense que, peut-être, nous devrions tomber d'accord pour reconnaître que nous ne partageons pas les mêmes idées sur ce sujet, fit-il. Je ne suis pas opposé au principe en soi, j'hésiterais simplement à l'appliquer tant que les femmes n'auront pas acquis l'éducation nécessaire et la capacité de sortir de la sphère domestique pour s'intéresser à des sujets qui sont actuellement l'apanage des hommes.

Il trouvait qu'il s'était montré plutôt diplomate... Mais ce n'était pas l'avis de Chastity.

— Voilà qui explique que vous ne vous intéressiez pas au mariage, observa-t-elle d'une voix surprenante de douceur. Comment le pourriez-vous, en ayant une vision aussi démodée et étroite des femmes ? Et je m'aventurerais à dire qu'une femme qui correspondrait à vos exigences risque fort de ne pas apprécier un homme qui a une si basse opinion de son sexe.

Elle croisa les bras, comme pour mettre un terme à cette discussion.

Douglas se frotta le menton.

— J'avais l'espoir que nous étions au début d'une amitié prometteuse. Suis-je vraiment trop vieux jeu et détestable pour être considéré comme un ami, mademoiselle Duncan ?

— Ce n'est pas vous que je déteste, corrigea Chastity. Ce sont vos opinions.

— Oh, c'est tout ? s'écria-t-il, l'air soulagé. Je suis certain que je pourrais en changer.

— Dans ce cas, vous ne seriez plus le même, décréta-t-elle d'un ton sans réplique tandis que le fiacre s'arrêtait devant chez elle.

Douglas sauta à terre et lui offrit sagement sa main. Il paya le cocher et monta les marches du perron avec elle.

— Je vous rends votre cache-nez, dit-elle en sortant les pans de son manteau.

— Permettez-moi.

Il le dénoua lui-même. Par la force des choses, ils se tenaient très près l'un de l'autre, et elle sentait son souffle chaud sur sa joue.

— Alors, reprit-il en tenant les deux bouts du long cache-nez. Amis, mademoiselle Duncan ?

— Oui, bien sûr.

Il se pencha pour déposer un léger baiser au coin de ses lèvres, un baiser amical, comme elle en avait échangé avec de nombreux hommes… C'est alors qu'il se passa quelque chose. Il tira sur les extrémités de l'écharpe, l'attirant davantage à lui, et prit sa bouche. Elle ferma les yeux et, contre toute raison, lui rendit son baiser, les mains posées sur ses épaules.

Ils se séparèrent d'un bond en même temps et se regardèrent, pétrifiés.

Chastity porta sa main gantée à sa bouche.

— Le sceau de l'amitié, dit Douglas sans grande conviction, avec un sourire penaud.

Chastity sauta sur l'excuse.

— Oui. L'amitié, bien sûr.

Elle passa le cache-nez au-dessus de sa tête et le lui tendit.

— Noël, reprit-elle. Nous n'avons pas parlé de Noël.

— C'est vrai.

D'une voix aussi neutre que possible, Chastity débita d'une traite :

— Mes sœurs et moi prenons le train de 16 heures à Waterloo, la veille de Noël. Si cela vous convient, vous pouvez voyager avec nous. À moins que vous ne préfériez n'arriver que le lendemain, mais, dans ce cas, je crains que vous n'ayez du mal à trouver un train.

— Je serai ravi de vous accompagner, vos sœurs et vous, dit-il avec un petit signe de tête.

— Et pour le domestique ?

Il éclata de rire, brisant ainsi la tension.

— Chastity, ma chère, comment pouvez-vous m'imaginer avec un valet après la discussion que nous avons eue ?

— J'ai constaté, Douglas, que vous n'êtes pas toujours ce que vous semblez être, riposta-t-elle d'un petit ton docte qui laissa bientôt la place à un rire frais. Non, bien sûr, ajouta-t-elle, je ne m'attendais pas à vous voir débarquer avec un domestique, mais il fallait tout de même que je vous pose la question.

— Je me demande bien pourquoi.

Il lui prit sa clé des mains et la glissa dans la serrure.

Elle le remercia. L'atmosphère crépitait entre eux. Lorsqu'elle passa devant lui, il lui effleura la joue du dos de la main, à peine un frôlement, et cependant incroyablement intime.

— À bientôt, Chastity.

Il lui rendait sa clé quand Jenkins se matérialisa dans le hall.

— Merci pour le pâté en croûte, murmura-t-elle.

Elle trouva cette réponse ridicule, et ferma résolument la porte derrière elle.

Douglas regagna Harley Street dans un état second. Il n'arrivait pas à analyser ce qui venait de se passer. Depuis Marianne, il avait évité toute relation avec les femmes de son milieu, et n'en avait éprouvé aucune frustration particulière. « Chat échaudé craint l'eau froide », se rappela-t-il en montant au deuxième étage. Dès qu'il avait commencé ses incursions dans les bas-fonds d'Édimbourg, il avait consacré toute son énergie, tant morale que physique, à sauver ces malheureux. Il entretenait alors une maîtresse, une demi-mondaine agréable et peu exigeante qui appréciait de ne pas avoir de loyer à payer et de recevoir quelques cadeaux en échange de ses charmes. Elle ne tenait pas plus que lui à s'encombrer de sentiments, et avait changé de protecteur sans se plaindre quand il avait quitté l'Écosse.

Il n'était parti qu'après avoir créé un dispensaire dont le personnel avait été formé par ses soins, les fonds provenait en majorité de sa fortune personnelle.

À la recherche d'autres territoires à conquérir, il était venu à Londres. Hélas, il n'avait pas les moyens d'entretenir plus d'un dispensaire, aussi lui fallait-il Harley Street et une riche épouse. Il n'y avait pas de place dans sa vie pour autre chose qu'un mariage d'intérêt, où certes régneraient le respect et la courtoisie, mais où l'amour, si souvent source de déception, n'entrerait pas en ligne de compte. Une aventure avec l'Honorable Chastity Duncan ne cadrait définitivement pas dans le paysage. Cela ne ferait que contrecarrer ses plans.

La porte du cabinet était ouverte. Il fronça les sourcils. Il n'avait pas encore de secrétaire, et il n'attendait son patient que dans une demi-heure.

— Il y a quelqu'un ?

— Oh, *dottore, dottore* !

Laura Della Luca sortait de la salle de consultation, les bras chargés d'échantillons de tissu.

— Je testais quelques idées. Le concierge m'a laissée entrer quand je lui ai expliqué que je m'occupais de la décoration de votre cabinet.

— Oh...

Ce concierge se passerait d'étrennes ! décida Douglas, franchement irrité. Il ne voulait pas que cette femme, ni personne, d'ailleurs, se promène chez lui comme si elle avait le droit de s'y trouver. Cela dit, elle avait dû balayer les objections du concierge à la manière des employés municipaux nettoyant le trottoir un jour de marché.

— Ceci conviendrait particulièrement à la salle d'attente, *dottore*, babillait Laura sans remarquer que Douglas ne lui avait pas adressé la parole.

Elle brandissait un morceau de chintz fleuri.

— Imaginez cela sur les fauteuils ! J'en ai trouvé dans une petite boutique de Kensington, de merveilleux, très confortables, sur lesquels cette étoffe ferait merveille. Nous mettrons des volants pour cacher les pieds. Les pieds des fauteuils sont tellement communs. Vous ne trouvez pas ?

— J'aurais plutôt cru qu'ils étaient nécessaires, rétorqua-t-il froidement.

— Oui, bien sûr. Mais nous n'avons pas à nous abîmer les yeux avec ce qui est nécessaire, n'est-ce pas ?... Bon. J'ai pensé à ce tissu pour les fenêtres, avec des embrasses à pompons, bien sûr.

Elle lui montrait un autre morceau de chintz.

— N'est-ce pas le même ?

— Bien sûr que non ! Les hommes n'ont décidément pas l'œil. Regardez, le motif est différent, les couleurs aussi. Celui-ci a un fond or, l'autre bleu.

— Ah...

Douglas songeait au manoir de Park Lane. Là-bas aussi, les tons dominants étaient le bleu et l'or, mais au moins cela ne le transformait pas en salon de thé de province !

— Et en dessous, nous mettrons ce voile de dentelle arachnéenne, ajouta-t-elle en brandissant triomphalement un échantillon de dentelle blanche. Imaginez le tableau, *dottore*, imaginez-le !

Elle se rendit à la fenêtre où elle tint la dentelle d'une main, le chintz de l'autre.

— C'est délicieusement charmant ! s'écria-t-elle.

— Certes, parvint-il à acquiescer faiblement.

Délicieusement charmant. Seigneur, était-ce ce que l'on attendait de la salle d'attente d'un médecin sérieux ? Il allait être la risée de la profession !

— Et des petites tables dorées, poursuivait-elle avec enthousiasme. J'ai déniché exactement ce qu'il faut. Une près de chaque fauteuil, ce sera plus pratique. Avec des natures mortes représentant des fleurs au mur, nous obtiendrons une atmosphère douce et légère qui réconfortera les malades.

« Cela ressemblera plutôt à un boudoir de vieille dame, oui ! » songea Douglas. Mais il s'abstint d'en faire la remarque. Se montrer grossier ne ferait pas avancer ses affaires. S'il souriait, hochait la tête et remettait à plus tard, cet absurde projet mourrait de sa belle mort.

— Et attendez de voir ce que j'ai prévu pour le bureau, enchaîna-t-elle en le précédant dans la salle de consultation. Nous aurons la même dentelle aux fenêtres pour tamiser la lumière, mais des tentures en tapisserie or avec des embrasses du même rouge écarlate que le sous-main en cuir de votre bureau et les fauteuils. Et un tapis ! Indispensable ! Un tapis multicolore, rouge, bleu, or. Oui, oui, ce sera parfait ! Imaginez un peu, *dottore*...

Douglas obéit, et il frémit de la tête aux pieds. Il allait ausculter ses clients dans une pièce qui ressemblerait au salon d'une maison de passe. Il se racla la gorge tandis qu'il cherchait une manière délicate de la détourner de ses projets, mais elle poursuivait déjà :

— Des œuvres de peintres italiens au mur. Ce sont les meilleurs. Pas des reproductions, naturellement. Ce sera onéreux, mais vous vous en moquez.

Douglas toussota de nouveau.

— Mes ressources ne sont pas illimitées, *signorina*.

Laura eut un petit geste insouciant.

— Je marchanderai. Nous autres, Italiens, sommes si doués pour cela. Ne vous inquiétez pas, *dottore*, je m'occupe de tout.

— C'est fort aimable à vous, mademoiselle Della Luca... Laura... de vous donner tout ce mal, mais je crains que...

Il jeta un coup d'œil à sa montre.

— J'attends un patient dans dix minutes, il faut que je prépare certaines choses.

— Mais oui, évidemment ! Je ne voudrais surtout pas vous déranger.

Elle retourna dans la salle d'attente où elle rassembla les échantillons disséminés un peu partout.

— Mais vous ne pouvez espérer vous constituer une clientèle importante sans les aménagements nécessaires, *dottore*. Il est inconcevable que le médecin du roi exerce dans un tel environnement, n'est-ce pas ?

Elle eut un de ses rires haut perchés.

— Le médecin du roi ? répéta-t-il, effaré, se demandant d'où elle sortait cela.

Elle rit encore en lui tapant sur l'épaule.

— L'ambition, *dottore*. Nous devons tous en avoir, et vous n'en manquez pas, je le lis dans votre regard.

« Une experte du genre humain », se dit ironiquement Douglas, qui ne se départit cependant pas de son sourire figé. Il avait l'impression qu'il s'était pétrifié. Peut-être le garderait-il à vie ?

— Faites-moi confiance, reprit-elle avec un hochement de tête autoritaire. Vous avez vos soucis personnels, *dottore*... Mais il faudrait que je m'habitue à vous appeler Douglas. Donc, Douglas, vous avez le travail de l'homme à accomplir, laissez-moi me charger de celui de la femme. Vraiment.

— Vous êtes trop bonne, murmura-t-il. Permettez-moi de vous raccompagner.

Il l'escorta jusqu'à la rue. Une fois rentré chez lui, il résista à l'envie de s'enfermer à clé. Il se rappela à temps qu'il attendait un patient et que si ce dernier trouvait porte close, il ne serait pas près de revenir.

Il se demandait comment, dans le même quartier, on pouvait trouver des personnes aussi différentes que Chastity Duncan et Laura Della Luca.

Et, pour la première fois, il sentit la morsure du doute. L'argent de Laura et son évidente capacité à aider un époux médecin à faire fortune valaient-ils le mariage ?

Il chassa résolument cette pensée. Les gens avaient recours à ce genre de compromis depuis la nuit des temps. Elle était exactement celle qu'il lui fallait. Et puis, ils ne passeraient pas beaucoup de temps ensemble. Il était sûr de pouvoir lui offrir ce qu'elle attendait d'une union, et elle lui apporterait ce dont il avait besoin.

Mais médecin du roi ? Dieu du Ciel ! Cela, il lui faudrait l'étouffer dans l'œuf. Elle aurait son chintz si c'était absolument nécessaire, mais cela, jamais !

11

— Quelle satisfaction, tout de même, observa Constance tandis que ses sœurs et elle sortaient de l'église St. George où elles avaient assisté au mariage d'Hester Winthrop et de David Lucan.

— Les premiers clients de L'Intermédiaire, déclara Prudence.

— En plus d'Amelia et de Henry, lui rappela Chastity.

— Ils ne comptent pas vraiment, puisque nous ne leur avons pas demandé d'argent, répliqua Prudence.

— Hester et David ignorent aussi qu'ils ont été... « entremis », si le terme existe, déclara Chastity.

— Il n'existe pas, dit Constance. Mais le résultat est là. Leurs mères ont payé pour le service rendu, même si elles ne le savent pas.

Prudence pouffa.

— Une généreuse donation pour les vieilles filles en difficulté. Je crois que c'est une de tes meilleures idées, et des plus retorses aussi, Constance !

— N'empêche que cela a marché, la preuve !

— Nos tourtereaux rayonnaient de bonheur, acquiesça Chastity en montant dans la calèche. Nous allons à la résidence des Winthrop, Cobham, ajouta-t-elle. Mais vous le savez déjà.

— Bien sûr, mademoiselle Chastity. C'était une belle cérémonie ?

— Très réussie, répondit Prudence. Tout le monde pleurait.

— Sauf nous, rectifia Constance.

— Moi si, juste un peu, avoua Chastity. Les mariages me font toujours cet effet.

— Tu as le cœur si tendre, dit sa sœur aînée en la serrant dans ses bras. Comparées à toi, Prudence et moi avons l'air de deux dragons au cœur de pierre.

— Tu ne dirais pas ça si tu me voyais avec Douglas Farrell, protesta Chastity.

Sa réputation de sœur au grand cœur l'irritait parfois, surtout lorsqu'elle y voyait un euphémisme pour sentimentale. Ce qu'elle n'était absolument pas.

— Il me trouve sarcastique, agaçante, inquisitrice, poursuivit-elle, sachant qu'elle ne disait pas toute la vérité.

Elle n'avait pas parlé à ses sœurs du baiser prétendument « amical », bien qu'elle leur eût tout dit sur la véritable vocation de Douglas. Il lui semblait en effet plus facile de continuer à feindre de le détester.

— Tu tiens cela de mère, concéda Prudence. Comme nous toutes. Mais chez toi, cela remonte moins souvent à la surface, voilà tout.

— Nous t'observerons avec le plus grand intérêt à Noël, renchérit Constance.

Cobham s'arrêta au bord du trottoir, guidant habilement les chevaux parmi les nombreux véhicules qui encombraient la chaussée.

— Si tu as besoin d'aide pour le remettre à sa place, ajouta Constance, tu sais où me trouver.

— Je devrais être capable de me débrouiller seule, rétorqua Chastity avec un petit geste décidé de la tête qui les fit rire toutes les trois. En revanche, nous ne serons pas trop de trois pour le forcer à demeurer concentré sur Laura. Tous les moyens seront bons pour les mettre en présence l'un de l'autre.

Et pour le tenir éloigné d'elle. Encore quelques baisers « amicaux » et leur plan tomberait à l'eau. Cette réflexion aussi, elle la garda pour elle. L'horrible pensée que Douglas, qui la croyait sans doute riche, risquait de la courtiser à la place de Laura lui avait traversé l'esprit.

— Tu persistes à le condamner à Laura Della Luca, alors même que tu connais ses vraies motivations ? s'étonna Prudence en descendant de voiture.

Chastity haussa les épaules.

— Il a toujours envie et besoin d'une épouse fortunée, et se moque du reste. Il a sur les femmes un point de vue préhistorique, et je pense que toutes les fadaises de cette jeune personne glisseront sur lui. Il la traitera avec cette indifférence amusée qu'il réserve à sa mère et à ses sœurs. « Les femmes sont ainsi. »

— « Et c'est ainsi qu'il faut les traiter », ajouta Constance avec dédain. Tu as raison, c'est une cause perdue.

— À quelle heure dois-je venir vous rechercher, mademoiselle Constance ? interrogea Cobham du haut de son siège.

— Vers 15 heures, s'il vous plaît. Nous prendrons le train de 16 heures à Waterloo, nous nous rendrons donc directement à la gare.

— Très bien. J'apporterai les bagages de Mlle Chastity.

— Nous vous attendrons dans le hall, dit Chastity avant de se tourner vers ses sœurs. Je suppose que Max et Gideon se chargent de vos valises ?

— Oui, ils partiront à peu près à la même heure, dans des automobiles séparées. Ils devraient arriver à Romsey vers 19 heures, ou en tout cas pour le dîner.

— À tout à l'heure, fit Cobham.

— C'est la dernière fois que vous nous transportez officiellement, lui rappela Chastity en souriant.

— Oui, mademoiselle Chastity. Et je ne sais pas trop ce que je ferai de mes journées ensuite.

— Vous vous occuperez de votre jardin. Je suis sûre que vous adorerez.

Il rit.

— Toujours dans les jambes de ma femme, c'est sûr.

— Elle sera ravie aussi, déclara Constance.

Riant toujours, Cobham lança les chevaux d'un claquement de langue.

— À présent, allons féliciter les jeunes mariés, dit Prudence.

Douglas contemplait les petits paquets joliment enrubannés qu'il avait posés sur la table de la salle à manger et se demandait s'il avait bien choisi. Il ne savait pas précisément ce qu'il convenait de faire lorsque l'on était invité à Noël, aussi avait-il préféré tout prévoir. Si la famille Duncan n'avait pas pour habitude de s'offrir des cadeaux, ces derniers resteraient dans sa valise. Dans le cas contraire, il avait acheté des présents pour ses hôtes, autrement dit les trois sœurs Duncan ainsi que leur père. Pour lord Duncan, cela n'avait pas présenté de difficultés : une boîte de bons cigares faisait toujours plaisir. Comme il ne connaissait pas vraiment les deux aînées, il avait opté pour du parfum. Mais Chastity, c'était différent. Il voulait un cadeau plus personnel, le genre qu'on offre à une amie, une confidente.

Il avait été étonné lui-même de constater à quel point il tenait à trouver le cadeau parfait. Qui corresponde à sa personnalité. Il avait donc passé beaucoup de temps à essayer de définir l'essence de son caractère, à partir de deux extrêmes : de son esprit vif et provocateur à cette chaleur qui illuminait son regard et incurvait si joliment ses lèvres.

Il avait enfin trouvé ce qu'il cherchait dans une petite boutique de mode proche de Bond Street. Un carré de soie, suffisamment grand pour servir de châle le soir, offrant un somptueux mélange de couleurs – vert, doré, ambre et fauve. En parfaite harmonie avec ses yeux et ses cheveux. Son attention avait ensuite été attirée par un rang de perles d'ambre, et il l'avait acheté dans la foulée. À présent, alors qu'il repliait le foulard sur le collier, il lui apparut qu'un cadeau aussi personnel ne passerait pas inaperçu à côté des présents plus traditionnels qu'il offrait à ses sœurs.

Mais il devait des excuses à Chastity, et il lui était reconnaissant d'avoir accueilli ses confidences avec autant de sympathie. Ils avaient décidé de devenir amis, et il était sûr que le vicomte Brigham, en tant qu'intime, se donnerait autant de mal pour lui trouver un présent. Il avait l'impression que sa relation avec Chastity en était arrivée au même point.

Afin de rétablir l'équilibre, il s'était efforcé de trouver un cadeau adapté pour Laura. Il avait déniché un exemplaire enluminé de la *Divine Comédie* de Dante, reliée pleine peau ivoire, ainsi, il avait l'espoir que le présent pour Chastity ne se remarquerait pas trop.

Il noua un ruban de soie autour du petit paquet et le glissa dans sa valise. En sifflotant, il termina ses bagages. Tenue de soirée, d'équitation, costume pour la journée... Il était paré. Il ferma son appartement à clé et sortit chercher un fiacre.

Voyageurs pressés, enfants qui couraient en tous sens, porteurs qui se hâtaient vers les différents quais où les trains crachaient bruyamment leur fumée, la gare était surpeuplée.

Douglas se frayait un chemin vers son quai en se demandant s'il était le premier. Chastity n'avait pas dit explicitement qu'ils partageraient le même compartiment, mais cela lui paraissait aller de soi. Il venait d'arriver quand une voix familière le héla.

— *Dottore! Dottore!*

Il se retourna, plaquant sur son visage le sourire figé que cette voix pointue provoquait toujours chez lui.

— Bonjour, docteur Farrell, dit la *contessa*, la main tendue. Quel plaisir de voyager ensemble !

Il serra la main offerte et s'inclina sur celle de Laura.

— Permettez-moi de m'occuper de vos bagages.

Il eut beau chercher des yeux, il ne vit ni porteur ni bagages.

— Oh, nos caméristes et le porteur ont déjà chargé nos valises ! expliqua Laura.

— Je crains que nous ne voyagions pas léger, docteur, avoua la *contessa* avec un petit rire. Nous avons beaucoup trop de valises pour pouvoir les expédier en voiture.

— Dans ce cas laissez-moi nous trouver un compartiment. Je n'ai encore pas vu nos amies.

Il s'apprêtait à longer le quai en direction des premières classes quand un sifflement strident le fit sursauter. Levant les yeux, il aperçut Chastity penchée à la fenêtre d'un wagon. Elle fourra deux doigts dans sa bouche et émit de nouveau son étonnant sifflement, tout en agitant frénétiquement le bras. Comme s'il risquait de la manquer !

Il se dirigea vers elle en riant.

— Où avez-vous appris à faire cela ?

— Je vous ai observé, et je me suis entraînée.

Elle fit signe à la *contessa* et Laura.

— Il y a de la place ici, cria-t-elle.

— Pour moi aussi ? s'enquit Douglas.

— Bien sûr. Nous allons occuper tout le compartiment, ainsi nous ne serons pas dérangés, expliqua-t-elle en s'écartant afin qu'il puisse ouvrir la portière.

La *contessa* monta en voiture, Laura sur ses talons. Douglas lança ses deux valises à l'intérieur avant de les suivre, puis il ferma la portière derrière lui.

— Bonjour, mesdames, fit-il avec un sourire à l'adresse des sœurs aînées de Chastity. Comment s'est passé le mariage ?

— Très bien, répondit Chastity. J'ai pleuré tout le temps de la cérémonie.

Elle était particulièrement radieuse, songea Douglas. Elle n'avait pas du tout l'air de quelqu'un qui a pleuré pendant une heure ! Son petit visage en forme de cœur était mis en valeur par un ravissant chapeau turquoise à large bord orné d'une délicate voilette et d'un gros nœud lavande.

— J'aime beaucoup votre chapeau, la complimenta-t-il.

— Merci, monsieur, fit-elle en inclinant la tête, gracieuse. C'est un chapeau de mariage.

— Je vois.

Il déposa ses valises dans le filet, avec l'intention de s'asseoir près de Chastity, mais Constance s'était serrée contre sa sœur, et il fut contraint de prendre place à côté de Laura.

Le train démarrait.

— Nous avons réservé une table pour le thé dans le wagon-restaurant, reprit Chastity. Non seulement c'est délicieux, mais cela permet de passer le temps.

Ignorant la remarque de Chastity, Laura s'adressa à Douglas à voix basse, comme s'il s'agissait d'un secret.

— J'aimerais que nous discutions des rideaux de votre bureau, *dottore*. J'avais évoqué une tenture en tapisserie, vous vous souvenez ?

— Vous aidez Douglas à redécorer son cabinet, Laura ? s'enquit Prudence après avoir échangé un bref coup d'œil avec ses sœurs.

— En effet. La décoration est un talent particulier... que les hommes ne possèdent pas, en général, n'est-ce pas, *dottore* ?

— Possible, répondit Douglas sans conviction.

Il fallait absolument qu'il étouffe dans l'œuf les idées folles de la *signorina*.

— Je n'ai pas encore pris de décision quant à la décoration de mon bureau.

— Oh, ne vous souciez de rien, *dottore*, dit Laura en lui tapotant le genou. Laissez-moi faire. Je vous assure que vous *adorerez* le résultat !

— Je suis certaine que vous avez un goût parfait, Laura, intervint Chastity. À en juger par votre demeure de Park Lane…

Elle ne put s'empêcher de croiser le regard de Douglas et se mordit la lèvre pour garder son sérieux. Il semblait tellement embarrassé !

— Quelle chance que vous vous soyez rencontrés, Laura et vous ! poursuivit-elle. Ses talents vous seront si précieux.

Douglas savait parfaitement qu'elle se moquait de lui, et il se promit de se venger à la première occasion. Il tira de cette résolution un certain réconfort. Croisant les bras, il lui adressa un sourire ironique qu'elle lui rendit avec espièglerie.

« Seigneur ! » songea-t-elle. Qu'était-elle en train de faire ? Le flirt lui était si naturel qu'elle s'y livrait sans même s'en rendre compte. Or il n'était pas question qu'elle badine avec Douglas Farrell ! Surtout après ce baiser « amical ».

Elle sortit un livre de son sac et l'ouvrit d'un geste déterminé.

— Continuons, *dottore*, reprit Laura. Figurez-vous que j'ai trouvé le motif qu'il vous faut. J'ai aussi pensé à quelques objets d'art oriental. Des urnes, par exemple.

— Et pourquoi pas des dragons ? hasarda Prudence. Deux dragons qui monteraient la garde de chaque côté de la porte.

Un son étouffé sortit de derrière le livre de Chastity qui se mit à fouiller dans son sac à la recherche d'un mouchoir qu'elle utilisa longuement. Douglas bouillait intérieurement, mais les trois sœurs le regardaient de l'air le plus innocent du monde.

— Je ne crois pas que les dragons conviennent ! s'exclama Laura d'un ton impatient. Ils détoneraient. Un bouddha, peut-être…

— Un... un bouddha allongé ? suggéra Chastity derrière son livre d'une voix qui tremblait de façon suspecte. Ou bien un bouddha assis, Laura, qu'en pensez-vous ?

— Que lisez-vous, Chastity ? demanda sévèrement Douglas.

— *Orgueil et Préjugés*. C'est si drôle et grinçant !

— Cet ouvrage ne semble pas vous absorber totalement, observa-t-il avec acidité. Pas très flatteur pour Mlle Austen.

— Oh, je l'ai lu tant de fois que je le connais presque par cœur ! répliqua-t-elle en fermant le volume sur son doigt. « C'est une vérité universellement reconnue qu'un homme célibataire... »

— « ... doté d'une bonne fortune, doit avoir envie de prendre épouse », terminèrent ses sœurs en chœur.

Elles éclatèrent de rire comme s'il s'agissait d'une vieille plaisanterie familière. Douglas ne pouvait comprendre l'importance de la citation dans leurs vies, il trouva pourtant leur gaieté contagieuse, malgré l'agacement que suscitaient en lui les plaisanteries de Chastity.

— Vous êtes d'accord, Douglas ? demanda-t-elle en le voyant sourire malgré lui.

Il secoua la tête.

— Je n'ai pas d'opinion sur le sujet.

— Dommage ! Et vous, Laura ? Êtes-vous d'accord avec cette vérité universellement reconnue ?

Laura fronça les sourcils. Elle n'avait pas saisi ce qui amusait tant les trois sœurs et considéra le sujet avec toute la gravité requise.

— Je crois, commença-t-elle, que les riches, hommes et femmes, ont l'obligation de se marier et de procréer. C'est un devoir social.

— Et les pauvres ? risqua Prudence. Ils n'ont pas le même devoir social ?

— Certainement pas ! répliqua Laura en secouant vigoureusement la tête. La pauvreté engendre la pauvreté. Le devoir social des pauvres est d'éviter de reproduire leur race.

— *Leur race ?* répéta Chastity, incapable de dissimuler son indignation. Ils sont de la même *race* que nous !

— Vous vous trompez complètement, Chastity, décréta Laura. Il manque quelque chose d'essentiel à leur caractère. Ce n'est pas leur faute, les malheureux, mais c'est, hélas, vrai.

Chastity jeta un coup d'œil à Douglas, et surprit une lueur de mépris dans son regard de braise. Toutefois, il ne semblait absolument pas décidé à se mêler de la conversation. Ce qui ne l'étonna pas, sachant ce qu'il pensait des préjugés féminins. C'était consternant, cependant, si Laura, en confortant l'opinion qu'il avait des femmes, l'avait détourné d'elle.

— Vous avez sans doute lu *Une modeste proposition*, dit-elle vivement, espérant faire oublier la réflexion de Laura. Comment est-ce, déjà ?... « Un enfant replet est la plus délicieuse et complète des nourritures. »

Elle se tourna vers ses sœurs en claquant des doigts.

— Aidez-moi...

— Une modeste proposition pour empêcher les enfants d'Irlande d'être à la charge de leurs parents ou de leur pays, dit Constance. C'était l'un des essais de Swift que mère préférait.

— Je ne le connais pas, répliqua Laura, pincée.

— « Bouilli, rôti, grillé ou poêlé... » cita Prudence. C'est à peu près ça.

— « Également savoureux en fricassée ou en ragoût », poursuivit Chastity.

Elles éclatèrent de rire, mais elles semblaient les seules à apprécier l'humour de Jonathan Swift.

— Le thé ! rappela Chastity afin de briser le silence gêné qui avait suivi.

Elle posa son livre.

— Allons nous restaurer, je meurs de faim.

— Je suis désolée, mais je ne bois pas de thé, ma chère, s'excusa la *contessa*.

— Moi non plus, renchérit sa fille. C'est une curieuse habitude, ce thé au milieu de l'après-midi. Une heure tellement bizarre pour manger, vous ne trouvez pas, *dottore*... Douglas ?

Douglas en avait assez de la conversation de Laura, aussi répliqua-t-il :

— Au contraire. Je suis un gourmand impénitent, et j'adore le thé. Puis-je me joindre à vous, mesdames ?

— Avec plaisir, répondit Constance qui s'était levée en même temps que ses sœurs. Mais je vous préviens, Chastity mangera tous les gâteaux si vous lui en laissez l'occasion.

— Calomnie, se plaignit Chastity en ouvrant la porte qui donnait sur le couloir. Ne l'écoutez pas, Douglas.

— J'essaierai, fit-il en la suivant.

À cet instant, le train prit un virage et Chastity faillit perdre l'équilibre. Elle se rattrapa à la paroi, bien inutilement, car Douglas avait déjà glissé le bras autour de sa taille pour la retenir. Il la tint contre lui jusqu'à ce que le convoi se soit redressé, et elle fut intensément consciente du bras musclé qui la serrait contre le torse solide. Une bouffée de pur désir lui embrasa le bas-ventre.

Elle s'écarta en hâte.

— Merci, dit-elle. Vous êtes très galant.

— Pas assez pour vous avoir rattrapées toutes les trois, je le crains. Laissez-moi passer devant afin que je vous ouvre la porte.

Il avança dans le couloir et poussa le portillon qui menait au wagon-restaurant. Un serveur en livrée les conduisit à leur table.

Chastity s'assit près de la vitre et Douglas s'installa près d'elle. Il n'y avait pas beaucoup de place, et la robe de la jeune femme lui frôlait la jambe. Il sentait l'odeur légère de ses cheveux, le parfum fleuri de sa peau. Il avait été surpris, et même choqué, par sa réaction physique lorsqu'il l'avait tenue contre lui. Il éprouvait le besoin presque irrépressible d'enlacer de nouveau ce corps aux courbes douces, à la taille fine… Sa présence réveillait ses sens, tel un fruit gorgé de soleil, tiède et parfumé.

Le serveur venu prendre leur commande fut une diversion bienvenue à cette rêverie sensuelle qui commençait à avoir des effets secondaires embarrassants.

Déterminé à se changer les idées, il lança sur le ton de la conversation :

— Ainsi, les sœurs Duncan trouvent Mlle Della Luca comique ?

— *Signorina* Della Luca, rectifia Constance avec un sourire malicieux.

— C'est bien ce que je voulais dire, répliqua Douglas en haussant les sourcils.

— Non, nous ne la trouvons pas du tout comique, s'empressa de répondre Chastity. Elle connaît tant de choses sur l'art – italien, en particulier – et sur l'Italie, et elle a tellement voyagé. Elle est passionnante. Je crois que c'est une excellente idée de redécorer votre cabinet avec des bouddhas, des urnes chinoises et…

Sa voix faiblit tant elle peinait à garder son sérieux.

— Et le reste, ajouta-t-elle.

— Vraiment, Douglas, vous devez la trouver tout à fait intéressante, renchérit Prudence. Elle est certainement très douée pour la décoration. Constance et moi n'avons pas vu la demeure de Park Lane, mais Chastity nous l'a décrite en détail.

— Je n'en doute pas, assura-t-il en regardant tour à tour leurs visages souriants. Vous êtes de vraies chipies !

— Pas du tout, protesta Chastity. Nous avons très bon cœur, toutes les trois.

— Je n'en crois pas un mot.

Il se beurra un toast avant de reprendre :

— Où est donc lord Duncan ?

— Il est parti hier avec Jenkins et Mme Hudson, expliqua Chastity, ravie que la conversation revienne en terrain neutre.

Elles voulaient l'encourager à courtiser Laura, pas l'en dissuader.

— Il voulait superviser les préparatifs.

— Du moins, ceux qui concernent la cave, ajouta Prudence.

— Et vos époux ?

— Ils voyagent en voiture avec les bagages, Sarah, la fille de Gideon, sa gouvernante, et une montagne de cadeaux, répondit Constance. Il n'y avait plus de place pour nous.

— Peu importe, d'ailleurs, car nous aimons voyager en train, renchérit Chastity. Comment est votre toast ?

— C'est un toast, dit-il, soulagé de constater que les effets de sa rêverie sensuelle étaient complètement dissipés.

— Mais il y en a de bons et de mauvais, insista Chastity. Des mous et des croustillants, ou même des calcinés.

Il se tourna vers elle avec une expression incrédule.

— C'était juste pour parler, dit-elle.

— Vraiment ? Permettez-moi de vous dire que j'ai connu des conversations plus stimulantes.

Chastity se mordit les joues.

— Parler de choses et d'autres revient souvent à dire des banalités.

— Alors peut-être pourrions-nous nous en dispenser.

— Laura n'a pas de temps pour ces fadaises, intervint Prudence. Je suis certaine que vous trouverez ses propos très stimulants pour l'esprit.

— Tant qu'il ne s'agit pas de toasts, certainement.

Elles jouaient un jeu dont il ignorait les règles… et même le but. Était-ce de la malice gratuite, ou délibérée ? Plutôt délibérée, décida-t-il. Elles se donnaient la réplique avec un plaisir non dissimulé, mais il était persuadé qu'il y avait plus derrière leur attitude qu'un amusement familial.

— Parlez-nous d'Édimbourg, Douglas, demanda Constance. Nous n'y sommes jamais allées, mais il paraît que c'est une ville superbe.

Le sujet était anodin, et Douglas se lança volontiers dans la description de sa ville natale. À son grand soulagement, les sœurs ne firent que des commentaires intelligents, et la conversation se prolongea ainsi jusqu'à ce qu'ils regagnent leur compartiment.

Il faisait nuit lorsqu'ils atteignirent la petite gare de Romsey. Douglas sauta sur le quai afin d'aider les dames tandis qu'un vieux porteur poussait un chariot vers le fourgon des bagages, où deux femmes étaient occupées à identifier les valises de leurs maîtresses, les Della Luca, à grand renfort de gestes.

— Vous avez des sacs, mademoiselle Chastity? demanda une voix rocailleuse.

Un homme âgé vêtu d'un épais manteau sortit de l'ombre et vint à eux.

— Juste celui-ci, Edward. Merci. Et voici ceux du Dr Farrell, ajouta-t-elle en indiquant les deux bagages que Douglas avait descendus sur le quai.

— Il nous faudra au moins deux voitures, Edward, prévint Constance. Et une autre pour les bagages de la *contessa*, ajouta-t-elle en lançant un regard effaré à la montagne de sacs et de valises sur le chariot. Vous devriez peut-être revenir chercher tout cela plus tard.

— Pas la peine. M. Jenkins nous a conseillé de prendre la charrette de la ferme. C'est Joe qui la conduit, et Fred a le cabriolet, alors il y aura assez de place pour tout le monde, assura-t-il, jovial. Apporte tout ça, Sam!

Ahanant, le porteur poussa le chariot jusque sur le parvis de la gare où attendaient une charrette, un vaste cabriolet et une petite calèche.

— Douglas, pourquoi n'iriez-vous pas avec la *contessa* et Laura dans le cabriolet ? suggéra Chastity. Mes sœurs et moi nous tasserons dans la calèche.

Pour quelqu'un qui entendait courtiser Laura Della Luca, c'était là l'occasion rêvée. Douglas s'entendit pourtant répondre :

— Il n'y a de la place que pour deux et demi dans la calèche, or je prends déjà une place et demie, donc, si je m'installe dans le cabriolet, il n'y aura vraiment plus beaucoup de place. Pourquoi vos sœurs n'accompagneraient-elles pas Laura et sa mère dans le cabriolet tandis que vous et moi ferions le trajet en calèche ? Ce sera beaucoup plus confortable pour tout le monde, non ?

Avant que quiconque ait eu le temps de protester, il avait fait monter les Della Luca dans le cabriolet et offrait sa main à Constance.

Celle-ci jeta un coup d'œil à Chastity, puis, avec un imperceptible haussement d'épaules, grimpa dans le véhicule. Prudence ne voyait pas comment modifier cet arrangement sans vexer ses invitées, aussi obtempéra-t-elle à son tour.

— Il y a des plaids, fit remarquer Douglas. À votre place, je m'en servirais, il fait froid.

— Nous en avons bien l'intention, répliqua Constance un peu sèchement.

Cet homme avait la manie de prendre les choses en main, mais pourquoi changeait-il les dispositions prises par ses hôtesses dans son propre intérêt ?

— Parfait, déclara-t-il en ignorant le ton pincé de la jeune femme. Vous ne voudriez pas gâcher votre Noël en attrapant un rhume.

Il rejoignit la calèche où Chastity, déjà installée, en était encore à se demander comment il s'était débrouillé pour prendre si résolument l'initiative. Non seulement comment, mais *pourquoi* ? Il venait d'abandonner une occasion idéale de séduire Laura. À moins que, comme elle le redoutait, ses centres d'intérêt se soient déplacés...

Dieu que tout cela devenait compliqué ! Elle mourait d'envie de partager cet espace confiné avec lui, par cette nuit glaciale. Pourtant ce n'était pas cela qui ferait avancer les affaires de L'Intermédiaire !

— Me prêterez-vous un pan de la couverture ? demanda-t-il en prenant place près d'elle.

Elle était prévue pour deux et Chastity lui en tendit une extrémité. Comme leurs cuisses se frôlaient, elle ressentit un nouvel éclair de désir. Elle se redressa, bien raide sur l'étroite banquette.

— À quelle distance sommes-nous du manoir ? demanda-t-il en feignant de ne pas remarquer son embarras.

En réalité, il en était parfaitement conscient, et il en connaissait la cause. Le courant qui passait entre eux était presque palpable, un raz-de-marée impossible à endiguer. Il n'y avait qu'à se laisser porter. En quoi cela affecterait ses projets, il l'ignorait, et, pour l'heure, il s'en moquait.

— Un peu moins de deux kilomètres, répondit-elle, crispée.

— Quelle belle nuit ! commenta-t-il en penchant la tête afin d'apercevoir le ciel clouté d'étoiles. Vous voyez Orion, là-haut ? Et Cassiopée ?

Le sujet étant sans danger, Chastity suivit la direction de son regard.

— Où est sa zone ? Je ne la trouve pas.

— Laissez-moi vous montrer.

Il passa le bras autour de ses épaules avec tant de naturel qu'elle mit quelques secondes à réaliser qu'elle aurait dû résister, mais c'était trop tard.

— Regardez vers l'est. Vous voyez la Voie lactée ? Cassiopée est juste à gauche. À cette époque de l'année, elle forme un M et non un W. Maintenant, regardez un peu plus haut, à une heure, environ. Vous apercevez les deux étoiles brillantes, presque alignées, à mi-chemin du groupe de trois autres étoiles brillantes ? Celles-ci sont la zone d'Orion.

Tentant d'ignorer le bras qui l'enserrait, Chastity se pencha afin d'observer le ciel. Elle voulait oublier que sa tête était contre l'épaule de son compagnon. Elle se persuadait qu'elle pourrait tout aussi bien se tenir ainsi avec Roddie, et que cela ne dénoterait rien de plus qu'une chaleureuse amitié.

— Oh, oui, je vois ! fit-elle. J'ai toujours trouvé les étoiles fascinantes, mais je n'y connais rien.

— Si toutes les nuits sont aussi claires, je vous apprendrai, promit-il. L'astronomie est l'une de mes passions depuis que je suis tout petit.

Il la serra davantage contre lui.

Chastity releva brusquement la tête. Impossible à présent de prétendre qu'il ne s'agissait que d'amitié. Elle recula sur la banquette, et il laissa retomber son bras. Comme elle fixait un point lointain, entre les oreilles du cheval, elle sentit son regard sur elle. Elle fut grandement soulagée lorsque les lumières du manoir percèrent la nuit.

— Nous sommes arrivés ! annonça-t-elle en repoussent le plaid. J'espère que Mme Hudson nous a préparé du vin chaud.

Elle sauta à bas de la calèche avant qu'elle soit tout à fait arrêtée, et Douglas la suivit.

Lord Duncan se tenait sur le seuil.

— Bienvenue à tous ! s'écria-t-il tandis que la *contessa* mettait pied à terre. Bonsoir, très chère.

Rayonnant, il la fit entrer dans la maison.

— Venez, mademoiselle Della Luca. Venez tous vous réchauffer !

Mais il n'avait d'yeux que pour la *contessa*.

— Il semblerait qu'il y ait au moins un aspect de notre plan qui progresse, chuchota Prudence à l'oreille de Constance alors qu'elles pénétraient dans le hall.

— Moins sûr pour l'autre, répondit Constance.

— En effet. Qu'est-ce que c'était que cette lubie de tout réorganiser ?

— Il faudra le demander à Chastity.

Douglas et Chastity, qui arrivaient derrière elles, mirent un terme à leurs supputations.

Un énorme sapin orné de minuscules bougies trônait au milieu de la vaste pièce. Jenkins s'approcha avec un plateau chargé de verres fumants.

— Oh, du vin chaud, Jenkins, quelle merveille ! s'exclama Chastity. C'est une tradition, à Noël, expliqua-t-elle à leurs invités.

— En effet, renchérit lord Duncan. Venez donc près du feu, très chère amie, ajouta-t-il en entraînant la *contessa* vers la grande cheminée. Vous devez être gelée après ce trajet en cabriolet.

Il semblait positivement ravi, et son visage rubicond fleurait l'anticipation.

— Nos tantes sont-elles déjà arrivées ? s'enquit Chastity en humant la délicieuse odeur de cannelle qui montait de son verre.

— Lady Bagshot et lady Aston se reposent un peu, mademoiselle Chastity, l'informa Jenkins.

— Vous les avez installées dans les chambres habituelles ?

— Certainement, répondit le majordome, un peu vexé.

Les deux sœurs de lord Duncan, Edith et Agatha, avaient leurs propres chambres.

Chastity sourit.

— Oui, bien sûr. Mais j'ai la tête si pleine d'arrangements, depuis quelques jours...

— Mme Hudson a la situation bien en main, mademoiselle Chastity, fit Jenkins, radouci. Mademoiselle Prudence, j'ai donné à Mlle Sarah et à Mlle Winston l'appartement de l'ancienne nurserie. J'ai pensé que Mlle Winston serait heureuse d'avoir un salon privé.

— Vous avez eu raison, approuva Prudence. Elles vont être à demi gelées à leur arrivé.

— Tous les feux sont allumés, l'informa le majordome.

— Ma chère fille, tu pourrais me faire confiance pour tout organiser, intervint lord Duncan. Je sais recevoir !

— Bien sûr, père, dit Constance avec un sourire taquin. Mais vous savez combien Chastity est autoritaire.

Chastity, qui se sentait infiniment moins vulnérable entourée des siens, eut un petit rire de protestation. Des trois sœurs, elle était la moins autoritaire, et de loin !

Douglas se tenait un peu à l'écart du demi-cercle qui s'était formé autour de la cheminée, et elle avait le sentiment qu'il les étudiait d'un œil presque professionnel. Les comparait-il à sa propre famille ?

— Quel hall ravissant, lord Duncan ! s'écria Laura en s'approchant de leur hôte. Tellement pittoresque, avec toutes ces têtes empaillées.

Elle réprima un petit frisson.

— Les yeux de verre sont fort troublants, ajouta-t-elle avec l'un de ces petits rires aigus qui accompagnaient ses critiques sous-jacentes. Vos ancêtres devaient être assez barbares, non ?

— Je ne vois pas où est le problème, riposta lord Duncan. La chasse est un beau sport, et le cerf un noble animal. Il orne dignement n'importe quelle pièce.

Encore ce petit rire exaspérant.

— Évidemment, les Anglais sont de si fervents adeptes des sports sanguinaires.

— Alors, vous ne vous joindrez pas à nous pour la chasse du lendemain de Noël, Laura ? intervint Prudence qui ôta ses lunettes et fixa leur invitée de son regard de myope.

Laura secoua la tête, horrifiée.

— Seigneur, non ! Je serais bien incapable de participer à un sport aussi barbare.

— J'ai toujours cru que les Italiens et les Français étaient aussi passionnés de chasse que les Anglais, fit remarquer Chastity, en songeant que le vocabulaire critique de cette jeune personne se réduisait au mot « barbare ».

C'était un peu léger.

— Pensez à toutes ces tapisseries du Moyen Âge et du XVIIIe siècle, poursuivit-elle. On y voit toujours un chasseur, or, on ne peut taxer ces civilisations de barbares.

Pour une fois, Laura parut un peu déconcertée.

— Les Français, fit-elle avec un petit geste de la main. Et la chasse à courre, évidemment.

Elle donnait l'impression, en cédant sur ce point, qu'elle le désapprouvait.

— Évidemment, répéta Chastity dans un murmure avant de se tourner vers Douglas. Je suis sûre que vous chassez, Douglas.

Il secoua la tête.

— Je crains que non. Je n'en ai jamais vu l'intérêt.

— Ah ! fit Chastity avec un sourire radieux. Dans ce cas, le lendemain de Noël, Laura et vous pourrez vous promener dans la campagne. Il y a de très belles chevauchées à faire dans la forêt et la lande. Je suis certaine que vous adorerez tous les deux !

Avant que l'un ou l'autre ait le temps de répondre, lord Duncan grommela :

— Bon sang, mon garçon, jamais vu l'intérêt de la chasse ? Et vous êtes écossais ? Il y a les meilleures grouses de la terre dans les landes d'Écosse. Sans parler des rivières à saumon et des torrents à truites !

— Je ne discuterai pas avec vous, monsieur. Et je ne compare pas la pêche et la chasse, répliqua Douglas en souriant. La pêche à la mouche est un véritable sport. Tirer sur des oiseaux… je ne pense pas.

— Enfin, si vous êtes pêcheur, c'est toujours mieux que rien, fit lord Duncan qui regardait néanmoins son invité avec méfiance, comme s'il craignait d'abriter un hérétique sous son toit.

Chastity posa sa tasse.

— Chers amis, je vais vous montrer vos chambres, proposa-t-elle, diplomate. Vous avez certainement envie de vous installer.

Elle gratifia ses invités d'un sourire aimable avant de se diriger vers l'escalier.

12

— Voici la chambre que mon père vous a choisie, *contessa*, annonça Chastity avec chaleur. Je pense que votre camériste doit vous attendre.

Elle ouvrit la porte d'une grande chambre où, en effet, une domestique s'employait à déballer des vêtements.

— J'espère que vous y serez bien, ajouta-t-elle.

— C'est ravissant, ma chère Chastity, répondit la *contessa* en déboutonnant son manteau. Cette chambre est parfaite. Merci.

Chastity se retira.

— Permettez-moi de vous montrer votre chambre, Laura. La vôtre est juste à côté, Douglas.

Elle s'engagea dans le couloir. Les chambres de Laura et de Douglas étaient aussi éloignées que possible de celle de la *contessa*, qui ne pourrait ainsi surprendre d'éventuelles allées et venues nocturnes entre les deux jeunes gens. L'idée paraissait cependant de plus en plus improbable à Chastity. Laura était ravie de jouer les décoratrices d'intérieur, mais elle l'imaginait mal s'autorisant une liaison clandestine. Chastity s'interdit d'ajouter que le médecin lui-même semblait beaucoup moins enclin à courtiser la *signorina*. De même qu'elle ignora le petit frisson de satisfaction qui accompagna cette constatation.

Par chance, Laura se déclara ravie de la chambre qui lui avait été attribuée, et où sa camériste s'affairait également. Chastity la laissa donner ses ordres à sa servante qui courait dans tous les sens telle une poule décapitée.

— Voilà votre chambre, Douglas, reprit-elle en pénétrant dans la pièce voisine. La vue donne sur le cimetière. J'espère que vous n'êtes pas superstitieux.

— Pas le moins du monde, assura-t-il en refermant derrière eux. Je vois que vous n'êtes pas résolument contre les dragons, ajouta-t-il en désignant le papier peint d'inspiration orientale.

— Tout dépend du contexte... La salle de bains est au bout du couloir, la seconde porte sur la droite. Malheureusement, nous n'avons que peu de chambres qui possèdent leur propre salle de bains.

— Je ne m'y attendais pas, dit-il.

Il s'adossa au battant et la contempla. Il y avait de l'amusement dans son regard, et autre chose encore qui lui donna des fourmillements dans tout le corps. Elle parcourait la chambre, en soulignant les agréments tel un aubergiste vantant les qualités de son établissement, songea-t-elle, agacée.

— En général, il y a suffisamment d'eau chaude, mais il faut un certain temps avant qu'elle arrive. Voulez-vous que j'envoie quelqu'un vous aider à défaire vos bagages ?

Il éclata de rire.

— Chastity, vous me connaissez mieux que cela ! Je suis parfaitement capable de déballer ce que j'ai emballé moi-même ce matin.

— Je n'en doute pas.

Elle jeta un regard inquiet à la porte. Il faudrait qu'elle traverse Douglas pour sortir, or elle ne possédait pas le don de passe-muraille.

— Je vous verrai en bas, alors, après que vous vous serez rafraîchi. La tradition veut qu'on invite la chorale du village la veille de Noël, pour manger des tourtes à la viande et boire du vin chaud. Ils arrivent vers 19 h 30, avant le dîner.

— Je ne manquerais cela pour rien au monde.

Le petit « autre chose » s'intensifiait dans son regard.

— Eh bien, je vous laisse, fit-elle en se dirigeant vers la sortie.

Il s'effaça mais, comme elle s'y attendait plus ou moins, la retint par le bras d'un geste vif. Elle eut soudain très froid.

— Chastity, souffla-t-il.

Ce fut tout. Ses yeux disaient le reste tandis qu'il encadrait le visage de la jeune femme de ses mains. Il posa ses lèvres sur les siennes très doucement, comme s'il s'agissait d'une expérience nouvelle. Il baisa ensuite ses paupières, descendit le long de ses joues, puis il revint à sa bouche.

Chastity avait cessé de respirer. Elle avait envie de lui dire qu'il se trompait, que sa proie était Laura Della Luca, et non Chastity Duncan qui n'avait pas le sou et un revenu fort modeste. Sans parler de cette monstrueuse tromperie dont il était victime, cet anonymat sous couvert duquel elle avait appris son projet de mariage qui, si justifié soit-il, n'en demeurait pas moins fort embarrassant pour lui. Hélas, les mots se refusaient à elle.

Elle inhala enfin, et sentit le parfum de sa peau, pénétrant, presque minéral. Elle caressa ses lèvres de la langue, reconnut le goût épicé de la cannelle. Sa bouche était à la fois ferme et souple, comme elle l'avait toujours supposé.

Douglas entra dans le jeu, et l'odeur du vin chaud se mêla à un frais parfum de menthe. La pression des mains autour de son visage se resserra.

Chastity n'était pas une ingénue, moins encore une sotte. On pouvait, à la rigueur, considérer le baiser précédent comme un témoignage d'amitié, mais celui-ci, avec la meilleure volonté du monde, ne pouvait être qu'un prélude à la passion.

Elle recula. Sa main vola jusqu'à sa bouche toute chaude encore.

— Ce n'était pas de l'amitié, murmura-t-elle.

Il secoua la tête.

— Non… non, en effet.

Il eut un petit haussement d'épaules résigné.

— J'ai embrassé beaucoup d'amies, mais jamais ainsi, reconnut-il.

Il posa les mains sur ses épaules.

— Qu'allons-nous faire, Chastity ?

— Rien du tout ! répondit-elle avec une sécheresse née de son désarroi. Il n'y a *rien* à faire. C'était une folie. Je vous ai détesté au premier regard.

Ce n'était qu'à moitié vrai, mais elle ne s'y arrêta pas.

— Et nous ne cessons de nous quereller depuis que vous êtes venu prendre le thé à la maison, lâcha-t-elle d'un ton définitif.

Il parut un peu décontenancé par sa véhémence, puis secoua la tête en riant.

— Oh, je n'appellerais pas cela des querelles, dit-il, pensif. Vous avez eu une attitude plutôt agressive envers moi, je l'avoue, et je ne sais pas vraiment pourquoi. Je pense que c'est votre nature. Vous êtes un vrai petit coq de combat.

— Un coq de combat ? répéta-t-elle, sidérée par la comparaison.

— Oui, dit-il en se frottant la mâchoire. Menu, la parure brillante, autoritaire et sacrément combatif.

— Oh, laissez-moi passer ! s'exclama-t-elle, dégoûtée, en l'écartant d'une main ferme.

Elle se rendit droit à sa chambre. Elle était si bouleversée qu'elle se sentait incapable d'affronter qui que ce soit tant qu'elle n'aurait pas remis de l'ordre dans ses idées.

Douglas était insupportable, bien plus encore que Max et Gideon au début… Elle se mit à tourner en rond, car sa chambre n'était pas assez grande pour qu'elle puisse l'arpenter de long en large. Elle s'immobilisa soudain, consciente de ressembler à un lion en cage. Se laissant tomber sur un petit tabouret capitonné devant la cheminée, elle se grignota pensivement un ongle. Quelle situation absurde ! Ses inclinations personnelles étaient à l'opposé de ses obligations professionnelles.

Un coup frappé à la porte la fit bondir sur ses pieds. Ses sœurs entrèrent et, tandis que son cœur reprenait un rythme normal, elle se demanda sévèrement qui elle s'était attendue à voir !

— Tout va bien, Chastity ? s'enquit Prudence.

— On dirait que tu as vu un fantôme, remarqua Constance.

Chastity secoua la tête.

— Non, je songeais seulement combien les plans les mieux conçus pouvaient aller de travers.

— Douglas, risqua Constance.

— Raconte, dit Prudence.

Chastity respira un bon coup avant de se lancer dans le récit de ce qui venait de se passer.

— Et le pire, conclut-elle, c'est que je n'ai même pas essayé de l'arrêter.

Elle coinça distraitement une boucle derrière son oreille.

— Non, reprit-elle, ce n'est pas le pire. Le pire, c'est que j'ai aimé cela et que je veux recommencer.

Constance se laissa tomber sur le lit.

— Oh, Chastity, je croyais que tu le détestais…

— C'est le cas, soupira sa sœur. Enfin, pas toujours. Parfois, je l'apprécie, jusqu'à ce qu'il fasse ou dise quelque chose qui me hérisse… comme de me traiter de coq de combat, par exemple ! ajouta-t-elle, encore outrée par la comparaison. Mais… je le désire. C'est aussi simple – et aussi compliqué – que cela.

— Nous voilà dans de beaux draps, commenta Prudence en ôtant ses lunettes.

— Je ne te le fais pas dire, murmura Chastity, au bord du désespoir. Tout cela est si malhonnête ! S'il savait, pour L'Intermédiaire… S'il savait que c'est moi qu'il a rencontrée à la National Gallery… Vous imaginez sa réaction ? En dehors de cela, il ne faut pas qu'il cesse de courtiser Laura.

— Peut-être qu'elle ne l'intéresse pas vraiment, suggéra Prudence qui nettoyait ses lunettes. Si c'est le cas, et qu'il n'y a eu entre eux ni promesses ni allusions, il doit considérer qu'il a parfaitement le droit de porter son attention ailleurs. Et te voilà, ajouta-t-elle avec un grand geste en direction de sa sœur cadette.

— Mais c'est impossible, objecta Chastity. Même sans cette histoire d'Intermédiaire, il a besoin d'une épouse fortunée s'il veut continuer à remplir sa mission. Je ne peux pas ruiner ses chances de réussir juste pour un petit caprice sensuel.

Prudence remit ses lunettes sur son nez en s'interrogeant : s'agissait-il uniquement d'un caprice, ou de quelque chose de plus sérieux ? Elle ne se risqua toutefois pas à poser la question, car Chastity elle-même ne connaissait probablement pas la réponse.

— Eh bien, nous allons le remettre dans le droit chemin, déclara-t-elle. Je vais lui laisser entendre que tu n'as pas un sou, et si cela ne suffit pas, Constance et moi te protégerons contre lui, voilà tout.

— Contre la tentation, plutôt, corrigea Constance. Excuse-moi, Chastity, je ne prends pas cette histoire à la légère, mais avoue que la situation ne manque pas d'ironie.

— Je sais, soupira sa sœur. J'essaie de lui trouver une épouse selon ses vœux, et le voilà qui va folâtrer ailleurs de son propre chef. Ce serait parfait si cette autre femme répondait à ses exigences, mais ce n'est pas mon cas !

— Résumons, fit Constance. Prudence et moi allons enfoncer le clou de la pauvreté, tout en veillant à nous dresser entre vous. Nous te collerons aux basques si bien qu'il lui sera impossible d'être seul avec toi. Qu'en penses-tu ?

— Il trouvera cela pour le moins étrange !

— Peu importe, décréta Prudence. Durant tout son séjour, l'une de nous restera à ses côtés à chaque instant de la journée.

Elle se leva.

— Nous ferions mieux de nous changer. La chorale ne va pas tarder. Qu'allez-vous porter ?

— Chastity devrait choisir une tenue triste et démodée, conseilla Constance en pouffant.

— Je n'ai rien de semblable, rétorqua Chastity. À moins que Prudence n'ait apporté cette affreuse robe marron qu'elle portait pour son premier rendez-vous avec Gideon. Tu te souviens ? Cette toilette qui te donnait l'air d'une vieille fille guindée ?

— Et qui empestait la naphtaline, précisa Prudence. Pauvre Gideon, il ne savait que penser !

— Alors, tu l'as ici ?

Prudence secoua la tête.

— Même si c'était le cas, tu ne pourrais pas la porter. Gideon la reconnaîtrait, il comprendrait aussitôt que nous avons une idée derrière la tête, et il risquerait de faire une réflexion qui flanquerait tout par terre.

— Tu as raison, acquiesça Chastity à contrecœur. Il va falloir que je me débrouille avec ce dont je dispose.

Ses sœurs parties, elle examina le contenu de son armoire. Elle ne possédait évidemment rien de disgracieux. À quoi bon dépenser de l'argent pour des toilettes peu seyantes ? Elle ne voulait surtout pas éclipser Laura, mais ce serait difficile, car la signorina semblait portée sur les robes austères et ternes, alors que les siennes étaient presque toutes aussi vibrantes et colorées que sa chevelure.

Elle finit par fixer son choix sur une robe du soir en velours chocolat. Personne n'oserait prétendre que le brun était une couleur vive, se dit-elle sans conviction. Le tissu possédait un lustre unique et dissimulait de magnifiques reflets dans ses plis généreux.

Le miroir lui renvoya l'image d'une élégante jeune femme vêtue d'une robe chatoyante qui mettait son corps en valeur. La couleur riche et profonde rehaussait son teint et illuminait son regard de manière indéniable.

Elle tenta de nouer ses cheveux en chignon strict sur la nuque, mais, comme d'habitude, les mèches soyeuses échappaient aux épingles pour former un charmant halo autour de son visage. Même ses quelques taches de rousseur avaient disparu… D'un côté, elle était irritée de paraître à son avantage en dépit de ses efforts, mais d'un autre, sa vanité féminine était comblée.

Oh, après tout, c'était une réaction humaine ! Elle n'aurait qu'à s'en remettre à ses sœurs pour la protéger.

Tout le monde était déjà réuni lorsqu'elle descendit l'escalier, et son regard fut instinctivement attiré par Douglas. Il bavardait avec Gideon et Max qui venaient sans doute d'arriver. Comme s'il l'avait senti, il pivota sur ses talons, et un sourire admiratif lui monta aux lèvres. Il fit un pas dans sa direction, mais Constance s'interposa sans attendre.

— Laura et vous adorerez la promenade dans notre campagne du Hampshire, Douglas, assura-t-elle avec un grand sourire.

— Sans doute, répondit-il évasivement, tout en regardant par-dessus son épaule Chastity qui embrassait deux vieilles dames au pied de l'escalier.

Elle irradiait littéralement, dans cette robe, songea-t-il.

— Je crois que Laura est une excellente cavalière, insista Constance. J'espère seulement que nous trouverons un cheval qui corresponde à ses exigences.

Elle se tourna pour inclure Laura dans la conversation.

— Ne nous aviez-vous pas dit que vous possédiez une jument arabe, Laura ?

— En effet. J'adore l'équitation. Naturellement, la campagne italienne, surtout en Toscane, est magnifique ! Il y a tant de jolis villages à découvrir. Sans parler des vignes qui produisent le chianti. Incomparable !

— Certainement, mais j'aime à penser que nos forêts ont aussi leur charme, riposta Constance avant de jauger Douglas du regard. Je crois que l'un des chevaux de mon père devrait être assez grand pour vous, Douglas, ajouta-t-elle.

— Oh, ce sera charmant de chevaucher ensemble ! s'écria Laura avec un sourire gracieux à l'intention du médecin. Et nous en profiterons pour parler décoration. J'ai l'intention de vous rendre visite à votre appartement de Wimpole Street. Je suis certaine qu'il y manque une touche féminine.

Douglas sortit de sa rêverie et fixa la jeune femme. Elle allait un peu trop loin !

— Je le trouve très bien comme il est, déclara-t-il.

— Parce que vous ne le voyez pas avec les yeux d'une femme, *dottore* ! affirma Laura de sa voix pointue en lui tapotant le bras. Quand j'en aurai terminé avec votre cabinet, vous comprendrez mieux ce que je veux dire.

Douglas regarda autour de lui, cherchant désespérément une bouée de sauvetage. Le salut ne pouvait venir de Chastity qui, entre ses deux beaux-frères, parlait avec animation à une petite fille tout aussi bavarde.

Ce fut l'autre sœur qui vint à son secours.

— Permettez-moi de vous présenter Mlle Winston, Douglas. C'est la gouvernante de Sarah.

Elle était accompagnée d'une jeune femme au maintien modeste qui rayonnait d'intelligence et d'humour.

— Et voici la *signorina* Della Luca, Mary, ajouta Prudence. Mlle Winston est un puits de culture en ce qui concerne l'Italie, Laura. Je suis sûre que vous prendrez plaisir à vous entretenir avec elle. Vous parlez italien couramment, Mary, n'est-ce pas ?

— Je n'irais pas jusque-là, lady Malvern, répondit la jeune femme, mais je me débrouille.

— On ne peut parler une langue couramment que si on a vécu dans le pays, déclara Laura avec une nuance de mépris dans la voix. Je ne pense pas que cela soit votre cas, mademoiselle... euh... Winston, c'est bien cela ? À moins que vous n'ayez été employée dans une famille italienne ?

C'était une rebuffade délibérée et, même si Mary n'en parut pas gênée, Douglas en ressentit de la colère. Il posa sur Laura un regard plein de dédain. Sa robe du soir de taffetas blanc n'améliorait ni son teint blafard ni sa silhouette anguleuse. Une fois de plus, il se demanda si les avantages qu'elle lui apporterait dans la corbeille de mariage valaient de supporter sa compagnie. Puis il se rappela qu'ils ne se verraient guère. L'époux que voudrait Laura n'aurait pas à être dévoué, seulement utile et flatteur.

Il avait rencontré bien des Laura au cours de sa vie. Elle se contenterait avec bonheur de ses mondanités, réglerait les problèmes matériels en le laissant se consacrer entièrement à son travail.

Une femme comme Chastity, en revanche, exigerait bien davantage de son mari. Elle souhaiterait un partenaire qui s'engage, un compagnon stimulant et compréhensif... un amant passionné.

Un flot de désir l'envahit à cette pensée, qu'il s'empressa de chasser. Il avait eu tout le temps de reconnaître que ce baiser impulsif risquait de lui faire perdre de vue ses projets d'avenir. Chastity demeurerait une amie, et s'il y avait un frisson d'attirance sexuelle entre eux, ce serait en plus. Il n'y avait pas de place dans sa vie pour les complications sentimentales, il l'avait appris voilà fort longtemps.

Ces réflexions ne l'empêchaient toutefois pas d'être furieux contre Laura. Il lui tourna le dos pour s'adresser chaleureusement à la gouvernante :

— Diriez-vous, mademoiselle Winston, qu'il existe de réelles similitudes entre le latin et l'italien ? Je ne connais guère les langues mortes, en dehors des termes médicaux, et je me suis toujours interrogé à ce sujet. Comme pour le grec ancien et le grec moderne.

— C'est une question intéressante, docteur, répondit Mary.

— Oh, je ne pense pas qu'il y ait la moindre ressemblance ! intervint Laura.

Douglas feignit de ne pas l'avoir entendue. Il prit Mlle Winston par le bras et l'entraîna à l'écart, délaissant ostensiblement Laura. Celle-ci haussa les sourcils, perplexe. Constance et Prudence échangèrent un regard éloquent puis, marmonnant une vague excuse, abandonnèrent leur invitée à ses opinions péremptoires.

Le chant qui s'éleva à cet instant dans la cour au-dehors offrit une distraction opportune. Jenkins traversa le hall d'un pas résolu et ouvrit grand la porte, laissant entrer une bouffée d'air glacial. De joyeuses voix chantaient des cantiques, et les invités se pressèrent pour les écouter.

— Joyeux Noël ! s'écria ensuite lord Duncan. Entrez, mes amis ! Entrez !

Parfaitement dans son élément, il appelait les villageois par leur nom, serrait des mains, pinçait la joue des enfants. Ses filles le contemplaient d'un air ravi. Leur père était enfin redevenu lui-même, et il reprenait les anciennes traditions avec la même jovialité qu'autrefois.

Douglas, un verre de whisky à la main, se laissait gagner par l'atmosphère chaleureuse. Ses réticences, qui frisaient le mépris, envers les traditions des aristocrates anglais s'émoussaient quelque peu devant la scène bon enfant et le plaisir évident qu'y prenaient les villageois comme leur maître. Il ne décela pas la moindre condescendance dans l'attitude de la famille Duncan. Les filles servaient du vin chaud et de la tourte aux fermiers, discutaient gaiement avec tout le monde. Elles semblaient connaître personnellement chacune des personnes présentes.

Chastity, nota-t-il, s'intéressait tout particulièrement aux enfants, s'agenouillant souvent devant eux pour leur parler. Son beau sourire illuminait son visage, ses yeux noisette débordaient d'affection. Et Douglas avait beau faire, il ne parvenait pas à détacher son regard d'elle. Une fois, levant les yeux, elle s'aperçut qu'il l'observait. Elle rougit très légèrement, eut un imperceptible mouvement de tête avant de tendre la main à un autre gamin.

Il aurait été tout naturel qu'il aille la rejoindre – après tout, elle était son hôtesse –, mais il ne pouvait guère abandonner Mary Winston, surtout après que Laura se fut conduite si grossièrement avec elle. La petite fille qu'il avait vue auparavant s'approcha d'eux en sautillant.

— Bonsoir, dit-elle. Je suis Sarah Malvern. Vous êtes le Docteur Farrell, je suppose ?

— Vous supposez bien, répondit-il dans un sourire.

— C'est votre premier Noël ici ? Pour moi aussi. Ça va être formidable ! Il y a les cantiques, et puis le dîner. Mais je ne dînerai pas avec vous. Mary et moi souperons en haut. Le même menu que tout le monde. Je n'irai pas non plus à la messe de minuit. Ça m'est égal, je n'aime pas tellement aller à l'église. Il faudra pourtant que je m'y rende demain matin, après le petit-déjeuner. Ensuite, il y aura les cadeaux, l'après-midi tout le monde jouera, et le soir, ce sera un repas froid, parce que c'est le Noël des domestiques à l'office. Alors, nous nous servirons nous-mêmes. J'aurai le droit de rester avec les grandes personnes, parce que, après, il y aura encore des jeux, a dit tante Chastity. Des histoires de meurtre dans la nuit, ajouta-t-elle avec un frisson d'anticipation. Et ensuite, le lendemain de Noël, continua-t-elle, j'irai à la chasse avec papa et Prudence. Tous les voisins viendront pour le petit-déjeuner, sauf que ce n'est pas un petit-déjeuner, mais que c'est dans l'après-midi, quand tout le monde rentrera, et alors lord Duncan offrira les étrennes aux domestiques.

Elle s'interrompit pour reprendre son souffle.

— Sarah est tout excitée, expliqua inutilement Mary. C'est son premier véritable Noël.

— Nous en avons eu auparavant, rectifia la petite fille d'un ton plus mûr, mais il y avait seulement papa, Mary et moi. C'était agréable aussi, ajouta-t-elle en souriant à sa gouvernante, mais une grande réception, c'est mieux, non ? Une vraie réunion de famille, avec les tantes, et les invités...

— Une vraie réunion de famille, acquiesça solennellement Douglas en réprimant un sourire.

Il vit que Mary faisait de même.

— Vous en avez déjà eu avant, docteur Farrell ? s'enquit Sarah.

— Beaucoup. J'ai six sœurs.

— Six ? répéta-t-elle, médusée. Plus jeunes, ou plus vieilles ?

— Toutes plus âgées.

— Parlez-moi d'elles, le pria la petite fille.

— Vous ne pouvez pas monopoliser le Dr Farrell, Sarah, la réprimanda doucement Mary. Je suis certaine que d'autres personnes aimeraient s'entretenir avec lui.

— Oh...

L'enfant regarda autour d'elle.

— Je ne vois personne.

Douglas non plus. Il souhaitait toujours parler à Chastity. Plus il attendrait pour reprendre une relation normale, plus le souvenir de leur baiser s'attarderait entre eux. Mais, entourée d'un groupe d'enfants, elle ne regardait jamais dans sa direction.

— Vous devriez faire la connaissance de papa et d'oncle Max, insista la fillette en lui prenant la main. Je vais vous les présenter.

— Je les ai déjà rencontrés, objecta Douglas.

— Alors, venez bavarder avec eux. Mary aussi, n'est-ce pas ?

— Je ne pense pas que ce soit indispensable, Sarah. Allez-y, moi, je vais voir les tantes de lady Malvern.

Sur un signe de tête amical à l'intention de Douglas, elle se dirigea vers les vieilles dames.

— Venez, docteur Farrell, insista la fillette. Vous parlez le latin ? Je suis en train de l'apprendre, et je trouve la grammaire horriblement compliquée. L'ordre des noms et des verbes me paraît tellement peu logique, ça me rend folle !

Douglas eut envie d'éclater de rire. L'enfant exubérante avait laissé la place à une adolescente sérieuse. Il connaissait bien le processus, à force d'avoir vu ses nombreuses nièces à divers stades de leur évolution.

— Je vous amène le Dr Farrell, papa, annonça Sarah.

Gideon tira gentiment sur sa queue-de-cheval.

— Méfiez-vous de Sarah, Farrell. Dès lors qu'elle considère que c'est pour votre bien, elle est capable de vous entraîner là où elle veut sans se soucier de ce que vous souhaitez.

— Assez semblable en cela à sa belle-mère et à ses tantes, observa Max qui sirotait un whisky. Les Duncan sont particulièrement directifs, au cas où vous ne vous en seriez pas encore aperçu.

Douglas rit de bon cœur.

— Je n'ai pas vraiment eu l'occasion de les voir ensemble. En réalité, je ne connais que Chastity.

— Comment l'avez-vous rencontrée ?

— À l'une de ses réceptions à Manchester Square. Je cherchais quelqu'un dont on m'avait dit qu'il s'y trouverait.

— Ah...

Max et Gideon hochèrent la tête et s'absorbèrent résolument dans la contemplation de leurs verres.

Douglas fronça les sourcils. Qu'est-ce qui avait pu provoquer cette étrange réaction ?

— C'est également ce jour-là que j'ai rencontré la *contessa* et sa fille, poursuivit-il en les observant attentivement.

Les deux beaux-frères continuaient à s'intéresser à leurs gobelets de cristal taillé.

— Et puis, alors que je rendais visite aux Della Luca à Park Lane, Chastity et son père sont arrivés, reprit-il. Lord Duncan invitait la *contessa* et Laura pour Noël, et Chastity m'a proposé de me joindre à eux. Sans doute s'y est-elle sentie obligée par courtoisie, puisque je me trouvais là, ajouta-t-il dans un petit rire.

— Oh, les sœurs Duncan ne font que ce qu'elles ont choisi de faire ! répliqua Max.

— Oui, renchérit Gideon. Elles ont toujours une bonne raison. Remarquez, parfois on met du temps à découvrir laquelle.

Max éclata de rire, et Douglas les regarda avec perplexité.

— Je ne vois pas pourquoi Chastity m'aurait invité, si ce n'est par courtoisie et gentillesse, fit-il.

— Comme nous vous le disions, mon vieux, il faut parfois du temps pour découvrir ce qui se cache derrière leurs lubies. Max et moi savons de quoi nous parlons, croyez-moi !

— Je m'en souviendrai.

Douglas lança un coup d'œil par-dessus son épaule. Chastity bavardait toujours avec les petits chanteurs. Ses sœurs et son père étaient également occupés. Après un mot d'excuse, il se fraya un chemin jusqu'à elle.

— Pauvre garçon, murmura Max, il ne sait pas ce qui l'attend.

— Non, répondit Gideon en riant. Je me demande si elles ont décidé de bouleverser sa vie pour son bien ou s'il est un client de L'Intermédiaire qui l'a lui-même demandé.

— J'espère pour lui que la seconde hypothèse est la bonne.

Ils choquèrent leurs verres en un toast silencieux avant de les terminer.

Prudence intercepta Douglas qui marchait droit sur Chastity.

— Alors, que pensez-vous de Romsey, Douglas ?

— C'est une très belle demeure, lady Malvern. Ces vieux manoirs anglais ont beaucoup de charme.

Prudence acquiesça dans un soupir.

— Hélas, leur entretien est si lourd ! Vous n'imaginez pas les trésors d'ingéniosité que nous devons déployer pour donner un semblant d'ordre à tout cela. Depuis que père s'est ruiné en Bourse...

Elle sourit comme s'il s'agissait d'une vétille, puis s'éloigna en direction d'un groupe de femmes qui bavardaient gaiement.

Intrigué par cette confidence inattendue, Douglas s'approcha de Chastity.

— Je n'ai pas eu l'occasion de vous saluer ce soir, dit-il en s'accroupissant à son côté. Bonjour, ajouta-t-il à l'intention de l'enfant à qui elle parlait.

Le petit garçon le fixa d'un air grave, la bouche pleine de pâte feuilletée.

— Je suis assez occupée, expliqua évasivement Chastity. Cette soirée est pour la chorale. Nous avons des obligations envers les fermiers à diverses époques de l'année, mais Noël est la plus importante. J'aime bien me consacrer aux enfants.

C'était une fin de non-recevoir, cependant, Douglas refusa d'en tenir compte.

— Je voulais seulement m'excuser d'avoir cédé à une impulsion, tout à l'heure. Je ne sais pas ce qui m'a pris. Pouvons-nous oublier cet incident ?

Chastity tourna les yeux vers lui, se demandant si l'une de ses sœurs avait réussi à lui glisser un mot au sujet des difficultés financières de la famille. Si c'était le cas, le résultat dépassait ses espérances, et elle avait tout lieu de s'en réjouir. Leur relation allait redevenir amicale, et elle parviendrait aisément à surmonter ses propres désirs, s'il ne les encourageait pas.

— Mais oui, bien sûr, répondit-elle avec un sourire bref. Ce sera beaucoup mieux ainsi. N'y pensons plus.

Il hocha la tête, se redressa, et s'éloigna. Chastity essuya les doigts poisseux de l'enfant avant de se lever à son tour.

Les membres de la chorale enfilaient manteaux et gants en se dirigeant vers la porte dans un concert de « Joyeux Noël ! ».

Elle laissa échapper un petit soupir, sans bien savoir pourquoi. Tout se déroulait comme prévu...

13

Entre autres talents, Chastity possédait une fort jolie voix, nota Douglas. C'était d'ailleurs le cas des trois sœurs Duncan. Il était bien placé pour en juger, puisqu'il se tenait derrière elles sur l'un des bancs de la famille dans la petite église du village. La messe de minuit se terminait, et elles entonnaient avec le chœur le cantique final. Tous les invités étaient présents, hormis Sarah et sa gouvernante. La puissante voix de baryton de lord Duncan montait vers les cintres, couvrant celle, plus ténue, de la *contessa* debout près de lui.

— J'ai toujours considéré que la musique sacrée ne devrait pas être chantée avec autant d'entrain, comme si c'était une chanson populaire. Pas vous, *dottore* ?

Il jeta un coup d'œil à Laura qui affichait une expression ouvertement désapprobatrice.

— Un peu vulgaire, je trouve, continua-t-elle dans un chuchotement. Les Italiens ont beaucoup plus de respect pour le sacré.

Douglas, qui avait avec joie mêlé sa voix de ténor au chœur vigoureux, murmura d'un ton neutre :

— Je ne pense pas que les cantiques de Noël puissent être considérés comme de la musique sacrée. Ils sont l'expression de la liesse populaire et doivent être interprétés par les paroissiens avec tout le plaisir qu'ils éprouvent.

Laura se renfrogna, comme s'il l'avait déçue. Elle marmonna un commentaire à propos de « manque de sensibilité », et revint à son recueil de cantiques tout en gardant ostensiblement le silence.

Comment pouvait-on passer son temps à tout critiquer ? songea Douglas. Ce devait être épuisant. Pour elle comme pour son entourage.

L'assemblée s'agenouilla pour la bénédiction finale, et Douglas baissa la tête tout en cherchant un moyen de fausser compagnie à Laura pour se retrouver tout naturellement près de Chastity sur le chemin du retour.

Ils n'avaient pas eu le temps de converser ensemble, et il avait hâte de renouer leur amicale relation. Au dîner, il était assis près de Laura, Chastity était à peu de distance, mais du même côté qu'eux, si bien qu'il n'avait pu accrocher son regard une seule fois. Elle s'était ensuite retrouvée avec ses sœurs, ou occupée à servir le café, ce qui interdisait toute discussion.

Dès que l'organiste eut plaqué son dernier accord, il se leva. Laura était à l'extrémité du banc, aussi dut-il attendre, pour sortir, qu'elle ait rassemblé ses affaires. Elle regarda longuement autour d'elle comme si elle risquait d'avoir oublié quelque objet précieux. En dépit de son impatience, il attendit poliment, le sourire aux lèvres, qu'elle le précède dans l'allée centrale. Chastity, ses sœurs et leurs époux, ainsi que lord Duncan et la *contessa*, étaient déjà à la porte, remerciant le vicaire, quand il les rejoignit enfin.

— Remarquable sermon, vicaire, dit Douglas à son tour.

Le prêtre était rayonnant.

— Les messes de Noël sont les plus faciles. Les mêmes chaque année, et c'est ce que tout le monde attend.

— J'aurais pensé que vous en profiteriez pour secouer un peu vos paroissiens, vicaire, observa Laura avec son sourire pincé. N'est-ce pas le rôle du berger que de mettre ses brebis au défi de mieux se conduire à l'avenir ?

— Je... euh... peut-être, à d'autres périodes de l'année, répondit le brave homme, visiblement déconcerté par ce commentaire qui cadrait mal avec la bonhomie générale.

— Nous avons tous assez de défis à relever quotidiennement, vicaire, s'empressa d'intervenir Chastity. On peut, je pense, consacrer sans remords une journée par an au simple plaisir.

— Oui, oui, vous avez raison, Chastity, déclara le vicaire, sa joie retrouvée.

— Nous allons vous laisser à vos autres fidèles, Dennis, fit lord Duncan en lui serrant la main. J'espère vous voir au manoir le lendemain de Noël.

— Certainement, lord Duncan. Je ne manquerais pas la chasse pour tout l'or du monde ! Ni la collation. Rien de tel que les traditions, n'est-ce pas ?

— Rien de tel, acquiesça lord Duncan avant de s'élancer sur le chemin, suivi de ses invités.

— Un pasteur féru de chasse, commenta Douglas qui avait fait un petit écart et un pas habile pour se retrouver près de Chastity. Il semble tout droit sorti d'un roman de Trollope.

Chastity ouvrait la petite porte du cimetière qui donnait directement sur les terres du manoir.

— Il aime bien le bordeaux, aussi. Mais Dennis n'a rien à voir avec l'archidiacre Grantley. Est-ce que Grantley chassait, Constance ? demanda-t-elle en se tournant vers sa sœur.

— Je ne me souviens pas. Et toi, Prudence ?

Une discussion animée s'ensuivit sur celui des personnages de Trollope qui avait engendré la passion de leur créateur pour la chasse, et Douglas écouta avec intérêt durant le court trajet jusqu'au manoir.

Les trois sœurs avaient une connaissance étonnante de l'œuvre de cet écrivain. Au grand soulagement de Douglas, elles étaient beaucoup trop cultivées pour que la *signorina* Della Luca pût se mêler à la conversation. Elle ouvrait parfois la bouche dans l'espoir de les interrompre, mais ne tardait pas – avec sagesse – à la refermer.

Du rhum chaud et des tranches de tourte les attendaient dans le grand hall.

— Le punch vous convient-il, Douglas, ou préférez-vous du whisky ?

— Le punch est parfait, merci, Constance.

Il prit le verre fumant qu'on lui tendait et huma la riche odeur de l'alcool.

— J'ai beaucoup apprécié ces traditions anglaises de Noël, avoua-t-il en souriant.

— Nous les aimons aussi, dit-elle avant de réprimer un soupir. Pauvre père, depuis qu'il a perdu sa fortune, il craint toujours que nous n'ayons plus les moyens de nous les offrir. Dieu merci, le domaine se suffit à lui-même et rapporte assez pour couvrir la majeure partie des dépenses de Londres. Néanmoins, nous devons nous montrer économes, et il a parfois du mal à l'accepter.

— J'imagine, commenta Douglas, qui se demandait pourquoi diable les deux sœurs avaient choisi de confier leurs soucis financiers à un homme qu'elles connaissaient à peine.

— Si vous voulez bien m'excuser, je dois m'occuper de nos invités.

Sa mission accomplie, Constance s'éloigna d'un pas gracieux.

— Il y a un tissu ravissant dans ma chambre, *dottore*... Oh, il faut vraiment que je m'habitue à vous appeler Douglas !

L'irritante petite voix pointue de Laura le fit sursauter.

— Ce serait parfait pour la salle d'attente, poursuivit-elle. Voulez-vous venir le voir ?

— Seigneur, non, sûrement pas ! s'écria-t-il spontanément, horrifié à l'idée d'entrer dans la chambre à coucher de cette femme.

Non qu'il redoutât quelque arrière-pensée de la part de Laura, mais l'idée de se retrouver seul avec elle lui paraissait tout simplement inimaginable.

— Oh, vous, les Anglais ! fit-elle, mutine, avec une tape sur le bras. Vous êtes tellement collet monté ! Je vous assure que ma camériste sera là pour nous servir de chaperon.

— Je suis écossais, rectifia-t-il. Et j'admets que nous nous soucions beaucoup des convenances.

Il risqua un sourire contraint.

— Les Écossais, stricts et puritains... Le pays de John Knox.

Il attendit en vain la repartie qu'aurait eue Chastity, mais rien ne vint. Laura se contenta de le fixer d'un regard à la limite de l'incompréhension.

— Je suis sûre que vous exagérez, *dottore*. Les Écossais ne sont sûrement pas tous puritains.

— Évidemment pas. Puis-je vous proposer un autre verre de punch ?

— Non, merci. Il se fait tard, je vais me retirer, répondit-elle, un peu pincée, en lui tendant son gobelet vide. Il faut que j'aille mettre ma mère au lit.

La *contessa* ne semblait absolument pas disposée à aller se coucher, nota Douglas en remplissant son verre de punch.

Confortablement installée près de la cheminée, un verre à la main, elle bavardait gaiement avec lord Duncan. Comme sa fille approchait, elle tourna la tête, l'écouta, puis, avec un sourire que Douglas trouva résigné, elle posa son verre et se leva.

C'était vraiment une fort belle femme, majestueuse dans sa robe à tournure, certes démodée, mais qui lui allait remarquablement bien. C'était aussi visiblement l'avis de lord Duncan, qui s'inclinait sur sa main. Il l'accompagna au pied de l'escalier, lui baisa de nouveau la main, puis la suivit du regard jusqu'à ce qu'elle ait disparu dans l'ombre du palier.

Ce fut un signal général. Les tantes montèrent à l'étage dans un nuage de boas et de châles de cachemire, et Douglas souhaita bonne nuit à ses hôtes. Il prit la main de Chastity et lui embrassa la joue de façon absolument irréprochable.

— Bonne nuit, Chastity. Dormez bien.

— Vous aussi, répondit-elle avec un sourire amical. J'espère que les cloches de l'église ne vous réveilleront pas trop tôt, demain.

— Je me lève toujours de bonne heure, répliqua-t-il.

Il serra la main de lord Duncan avant de se diriger vers l'escalier. Chastity le regarda monter avec un soupir de soulagement. La soirée était terminée, et elle allait être si occupée durant les deux jours à venir qu'elle n'aurait pas le temps de penser à ses désirs importuns.

Pourtant, il était incroyablement séduisant, désirable… Oh, elle se serait giflée !

— Voulez-vous vous joindre à moi pour un dernier verre dans la bibliothèque, messieurs ? demanda lord Duncan à ses gendres. Ce punch… trop sucré à mon goût !

Prudence et Constance encouragèrent leurs maris d'un discret hochement de tête, et ces derniers comprirent que prendre un dernier verre avec leur beau-père était une obligation familiale.

— Avec plaisir, lord Duncan, répondit Max. Le punch est un peu douceâtre, je vous l'accorde.

— Mais les dames l'apprécient, fit lord Duncan avec un sourire indulgent.

— Toutes les femmes n'aiment pas le sucre, père, protesta Constance.

— Tu es l'exception qui confirme la règle, ma fille.

— Eh bien, moi pas, déclara joyeusement Chastity. Je vais me coucher. Bonne nuit à tous.

Max l'arrêta.

— Avant que vous vous retiriez, Chastity, Gideon et moi aimerions vous parler à toutes les trois demain matin... Avant le petit-déjeuner, si possible.

— Ah, les surprises ! s'exclama Prudence. Cela a-t-il un rapport avec ce que vous complotez depuis deux semaines ?

— Possible, répondit son mari d'un air mystérieux, avant d'adresser un clin d'œil à son beau-frère. 8 heures, cela vous va ?

Prudence plissa le nez.

— Je regrette que vous ayez cette manie de vous lever de bonne heure, Gideon. Il est plus de 1 heure du matin !

— Sarah sera déjà debout, lui rappela-t-il.

— Oui, je sais. C'est une journée particulière. Nous nous levions toujours à l'aube le matin de Noël, quand nous étions petites. Je parlais de façon générale... Nous avons un bas à déposer au pied du lit de Sarah afin qu'elle ait quelque chose à ouvrir dès son réveil. Je m'en occupe, ou je vous laisse faire ?

— C'est une tradition Duncan, pas Malvern, répondit-il en lui prenant la main pour l'attirer à lui. C'est à vous de vous en charger.

Elle lui sourit.

— Je le pensais bien, mais certaines personnes se moquent de ces traditions.

— Pas quand il s'agit de celles de la famille Duncan, intervint Max. Que met-on dans ces bas ?

— Vous verrez bien, dit Constance. Qui sait ce que vous trouverez dans le vôtre ?

Chastity se sentait tout à coup vaguement exclue. Cette conversation légère, les traditions familiales... elle aussi voulait y participer.

— Bonne nuit ! lança-t-elle avec entrain. À demain matin.

— Attends, Chastity ! fit Prudence en la rejoignant. Nous allons monter ensemble. Je n'ai pas vraiment sommeil... Et toi, Constance ?

— Pas le moins du monde. Et puis, nous avons quelques questions à régler concernant... les réjouissances prévues demain, par exemple.

Elle prit le bras de sa sœur cadette qui ne protesta pas. De même que Prudence, elle devinait ce qu'elle éprouvait.

— Si nous devons organiser des jeux stupides, il conviendrait de les mettre au point avant, enchaîna-t-elle. Sinon, ce sera le chaos intégral.

— Ça le sera de toute façon, assura Prudence en gravissant l'escalier. Personne n'aura l'esprit assez clair, après le déjeuner, pour jouer correctement au bridge.

— Il suffira d'éloigner père des tables de jeu, suggéra Constance tandis qu'elles pénétraient dans la chambre de Chastity. Il n'est pas question que je joue au bridge avec Max sans jouir de toutes mes facultés. Sinon, il va m'étrangler !

— À votre avis, quelle surprise nous ont-ils réservée ? demanda Chastity.

— Aucune idée, avoua Prudence. Ils conspirent depuis des semaines, mais le seul élément dont je sois sûre, c'est que cela nous concerne toutes les trois.

— Très mystérieux, fit Constance en bâillant avant de se laisser tomber dans un fauteuil près de la cheminée.

— Je croyais que tu n'avais pas sommeil, observa Chastity.

— Tout à l'heure non, mais maintenant si. Au fait, je suis parvenue à glisser un mot de nos difficultés financières dans l'oreille de notre cher Dr Farrell.

— Moi aussi, dit Prudence en riant. Il semblait complètement déconcerté.

— Il faut reconnaître que c'est une étrange confidence de la part de gens qu'il connaît à peine, fit remarquer Chastity. Mais j'ai l'impression que cela a marché.

Elle leur raconta la brève mise au point avec Douglas.

— Nous en sommes donc revenus à l'amitié sans arrière-pensée, conclut-elle. Ce qui est un vrai soulagement.

Ses sœurs s'abstinrent de tout commentaire.

— Cela n'a aucun rapport, fit Constance, mais je pressens que nous allons avoir quelques difficultés en ce qui concerne l'union de Douglas et de Laura. Avez-vous vu comment il la regarde, parfois ?

— Cette femme est un fléau, déclara Prudence. Je sais que tu l'espérais, Chastity, mais je crains sincèrement, quelles que soient ses exigences, qu'il ne soit pas disposé à vendre son âme à ce diable-là.

— Diable est un peu fort, protesta sa sœur.

— Non. Le diable peut prendre diverses formes. Tu n'as pas entendu ce qu'elle a dit à Mary !

Elles bavardèrent encore un moment, puis se séparèrent pour la nuit.

Chastity songea qu'elles avaient raison, à propos de Laura et de Douglas. Si la jeune femme semblait prête à se jeter dans l'aventure, il n'en allait pas de même pour Douglas. Elle le savait à présent, c'était un homme bon, généreux, et une pédante qui méprisait les pauvres l'offenserait par sa seule présence. Il ne tarderait pas à s'en rendre compte de lui-même, d'ailleurs.

Quel ennui ! Il allait falloir qu'elle lui présente une autre candidate. Et qu'elle s'occupe aussi du cas de Laura, si elle ne voulait pas vivre sous le même toit qu'elle.

Chastity bâilla, enfila sa chemise de nuit et attrapa son peignoir. Elle avait l'impression que ce fardeau reposait entièrement sur ses épaules. Ce n'était pas vrai, bien sûr, mais ses sœurs avaient d'autres soucis, des soucis qui passaient avant les affaires familiales. Elles n'étaient pas censées travailler à Noël, pourtant c'était l'impression qu'elle avait.

Voilà qu'elle s'apitoyait sur son sort ! Furieuse contre elle-même, elle se rendit à la salle de bains qu'elle avait toujours partagée avec ses sœurs... Et à présent avec leurs maris, naturellement.

Elle ferma la porte à clé, ce qu'elle n'aurait jamais fait naguère, quand seules ses sœurs et les femmes de chambre y pénétraient. Savon à barbe et rasoirs sur la tablette du lavabo prouvaient combien les choses avaient changé.

Elle était tendue comme si elle s'était crispée durant des heures... ou qu'elle avait tenu quelque chose à distance. C'était en effet ce qu'elle avait fait toute la soirée : tenir ses émotions et ses désirs à distance.

Elle envisagea de prendre un bain afin de se délasser, puis y renonça. Elle était morte de fatigue. Le mariage d'Hester et de David lui semblait avoir eu lieu une semaine plus tôt et non le matin même... Enfin, la veille, se dit-elle en bâillant de nouveau. Elle se lava le visage, se brossa les dents et sortit dans le couloir obscur.

La maison était silencieuse, la seule lueur provenait de la fenêtre qui donnait sur le ciel étoilé, à l'extrémité du corridor. Elle passa sur la pointe des pieds devant les chambres de ses sœurs, et venait juste d'ouvrir la porte de la sienne lorsqu'elle sentit une présence derrière elle.

Elle se retourna en étouffant un petit cri.

— Que diable faites-vous là ? s'exclama-t-elle, le cœur battant.

— Je cherchais une autre salle de bains, répondit Douglas. Celle qui se trouve près de ma chambre est occupée.

Il n'était vêtu que de sa chemise et de son pantalon. Chastity remarqua qu'il était pieds nus, ce qui expliquait qu'elle ne l'eût pas entendu approcher.

— Oh... Il y en a une juste là, fit-elle en indiquant celle qu'elle venait de quitter.

— Parfait.

Mais il ne bougea pas. Tous deux semblaient avoir pris racine. Chastity avait encore la main sur la poignée de la porte, et tandis qu'elle la lâchait, le battant s'ouvrit doucement. Issue de secours ou invitation ? Elle n'en savait rien.

Le rougeoiement du feu et la lumière d'une bougie éclairaient la jeune femme, et Douglas s'entendit déglutir dans le silence. Son peignoir était entrouvert, laissant voir les plis de sa chemise de nuit blanche, ses cheveux dénoués encadraient son visage, ses grands yeux brillaient dans la semi-pénombre. Elle avait les lèvres entrouvertes comme si elle s'apprêtait à dire quelque chose, mais ignorait quoi.

Il lui effleura la joue du dos de la main, comme il l'avait déjà fait auparavant. Une fois de plus, l'intimité du geste la fit frissonner de la tête aux pieds.

— Oh, ma chère Chastity, dit-il doucement, cela ne nous mènera nulle part, n'est-ce pas ?

Elle s'humecta les lèvres du bout de la langue, bouleversée par sa présence, par les yeux sombres qui la contemplaient avec passion.

— Non, dit-elle en reculant d'un pas. Non, en effet.

Il la suivit, ferma la porte derrière eux. Sans la quitter des yeux, il fit tourner la clé dans la serrure. Puis il vint à elle.

Chastity était paralysée. Incapable de résister à cette force – pas celle de Douglas, mais la somptueuse avalanche de son propre désir. Et elle ne le voulait pas. Elle songea fugitivement à ses sœurs qui, elles aussi, avaient succombé à la même passion dévorante, contre toute raison et toute logique. Pourquoi y renoncerait-elle ? Pourquoi ne pas faire une fois la même expérience qu'elles ?

Douglas la dominait de toute sa taille, et un éclair lui traversa les reins devant cette intense présence physique.

— J'ai tellement envie de vous, mon ange, murmura-t-il, son accent écossais plus prononcé que d'ordinaire.

— Moi aussi, j'ai envie de vous, souffla-t-elle à son tour. Terriblement.

Il glissa les mains sous son peignoir et la prit aux épaules pour l'attirer contre lui. Sa bouche s'approchait de la sienne, son regard brûlait. Il sentait le savon, ses joues étaient moins râpeuses que la fois précédente, mais ses lèvres étaient toujours aussi fermes et souples. Les yeux clos, Chastity ne bougeait pas, tout entière concentrée sur cette sensation.

Maintenant qu'elle avait pris sa décision – ou plutôt que la décision s'était prise toute seule –, il n'y avait plus de hâte, rien d'autre que le bonheur de sentir monter en elle le flot inexorable du plaisir.

Sans lâcher ses lèvres, il la débarrassa de son peignoir qui tomba à terre, s'empara de ses mains et se pressa contre elle.

Le cœur de Chastity battait à grands coups, et ses seins se dressèrent sous le fin coton de sa chemise de nuit. Du bout de la langue, elle tenta de forcer le barrage des lèvres de Douglas qui fit mine un instant de résister avant de céder. Il lui tenait toujours les bras le long du corps, et Chastity était plus consciente encore du reste de sa personne, des frémissements qui la parcouraient. Ses orteils se crispaient, et elle se mit sur la pointe des pieds afin d'approfondir leur baiser.

Enfin, elle s'écarta, renversa la tête en arrière pour le regarder. Il lui sourit, un sourire lent, sensuel, qui l'enveloppa comme un cocon.

— Qui avons-nous essayé de tromper ? fit-il en dessinant du doigt le contour de sa bouche.

— Nous.

— Ce n'est jamais une bonne idée.

Ses mains remontèrent le long de ses bras, lui encerclèrent le cou. Du pouce, il lui releva le menton.

— Vous avez un étrange effet sur moi, Chastity Duncan.

Il l'embrassa de nouveau, avec plus d'autorité, cette fois, et la prit aux reins afin de lui faire sentir toute la violence de son désir.

Chastity caressa son dos ferme et musclé, et un petit soupir proche du gémissement lui échappa. Puis elle glissa la main entre eux et effleura son bas-ventre, lui arrachant un sursaut qui la ravit. Elle trouva les boutons de son pantalon, passa la main par l'ouverture et sentit la chaleur de son sexe à travers la laine fine du caleçon.

Sans quitter sa bouche un instant, Douglas releva sa chemise de nuit jusqu'à la taille, la saisit aux fesses, et elle se haussa de nouveau sur la pointe des pieds en réaction involontaire à l'intimité de sa caresse.

— Levez les bras, dit-il doucement.

Elle obéit. Il fit passer la chemise par-dessus sa tête, la jeta au loin, puis il s'écarta et lui tint les bras loin du corps en la dévorant des yeux.

— Magnifique... Vous êtes magnifique.

Elle frémit de plaisir, mais aussi du contact sensuel de l'air frais sur sa peau qui la rendait plus consciente encore de sa nudité. Son regard s'attardait sur ses seins, son ventre, la toison rousse entre ses jambes, ses cuisses...

— Tournez-vous, souffla-t-il en la lâchant.

Elle s'exécuta, consciente qu'il la détaillait tout aussi avidement.

— Vous êtes magnifique, Chastity, répéta-t-il.

Il fit un pas en avant, ses mains se déployèrent sur ses hanches. Elle sentait la douceur de sa chemise contre son dos, la chaleur de son sexe palpitant.

Elle s'appuya à lui, les jambes ouvertes à son exploration. Elle avait du mal à respirer, son corps se couvrait d'une légère rosée, et lorsqu'elle atteignit la jouissance, ses genoux se dérobèrent. Elle tomba en avant sur le lit, le souffle coupé.

Il se pencha sur elle, baisa sa nuque, suivit la ligne de sa colonne vertébrale de la langue, jusqu'à ce qu'elle roule sur elle-même et lui caresse le visage.

— Assez d'égocentrisme, murmura-t-elle avec un faible sourire. Déshabillez-vous, docteur Farrell.

Il rit et obtempéra à la hâte avant de venir s'agenouiller près d'elle sur le lit. Elle le caressa, l'embrassa, lui arrachant de sourds gémissements. Quand enfin il s'allongea sur elle, lui clouant les mains au-dessus de sa tête, elle se cambra à sa rencontre, noua les jambes à sa taille et le prit en elle.

Chastity avait fait l'amour une fois dans sa vie, et cela n'avait rien de comparable. Rien de commun avec cette sensation voluptueuse de la peau contre la peau, avec cette présence vibrante à l'intérieur de son corps... Le plaisir se déroulait en elle, ses ongles traçaient leur route sur ses épaules, son dos musclé, ses fesses, tandis qu'elle épousait son rythme. Il la scrutait, attentif à la moindre de ses réactions, et elle ne le quitta pas des yeux non plus jusqu'à ce que le monde explose, et qu'elle ne sache plus si elle se noyait ou si elle s'envolait.

Quand elle revint à elle, Douglas avait roulé sur le côté. Sa main reposait sur son ventre tandis qu'il cherchait son souffle, les yeux clos.

— Seigneur... notre couple a été inventé par le Ciel !

Chastity n'eut même pas la force de rire. Elle se tourna pour enfouir la tête au creux dc son épaule et s'endormit aussitôt.

Douglas récupéra les couvertures qu'il rabattit sur eux. Il voulut ensuite éteindre la lampe, mais il ne pouvait l'atteindre sans déranger Chastity, aussi se contenta-t-il de fermer les yeux.

Un rai de lumière hivernale tombait sur le lit lorsque Chastity se réveilla, désorientée. Un instant, elle se demanda sur quel étrange oreiller elle reposait, puis les brumes qui lui obscurcissaient l'esprit se dissipèrent et, relevant la tête, elle découvrit Douglas endormi. Elle étudia un moment son visage, si détendu dans le sommeil, résista à l'envie de suivre du doigt le modelé de sa belle bouche. Elle ne voulait pas le réveiller. Il y avait quelque chose de merveilleusement apaisant dans le rythme régulier de sa respiration, dans sa chaude proximité.

Elle se rallongea, les yeux fixés au plafond. La veille, ses sœurs et elle avaient admis, à contrecœur, que Douglas Farrell et Laura Della Luca ne pourraient jamais s'entendre, aussi n'avait-elle pas mis de bâtons dans les roues de L'Intermédiaire en s'accordant cette petite aventure. « Pas si petite, d'ailleurs », s'avoua-t-elle avec un sourire comblé. Il n'y avait rien eu de « petit » dans ce qu'elle avait éprouvé ! La perte de sa virginité avait été une expérience anecdotique – plutôt douce, certainement pas traumatisante, mais rien de cosmique, aucun tremblement de terre ! Alors que cette nuit…

Elle réprima un rire de pur bonheur. Douglas dormait toujours… du moins le croyait-elle. Ses doigts se mirent soudain à pianoter sur son ventre, et elle sentit quelque chose se développer nettement contre sa cuisse. Son sourire s'épanouit. Elle bascula sur le côté, posa la jambe sur sa hanche.

Ses yeux demeuraient fermés, mais le reste de sa personne était tout à fait réveillé. Il entra doucement en elle, et ils commencèrent à se mouvoir lentement, en parfaite harmonie. Loin des feux d'artifice de la nuit, il s'agissait d'une mélodie infiniment tendre. Elle eut un moment d'intense frustration lorsqu'il la quitta juste avant qu'ils n'atteignent l'extase, cependant la jouissance l'emportait déjà, et elle oublia tout le reste.

— Bonjour, fit-il en l'enveloppant de ses bras.

— Bonjour, répondit-elle.

Elle se figea brusquement en entendant tourner le bouton de la porte.

— Chastity ?

C'était Constance.

— Nous avons promis de retrouver Max et Gideon à 8 heures, or il est moins cinq.

— Oh, désolée, j'avais oublié ! lança-t-elle d'une voix étouffée. Je vous rejoins dans dix minutes.

— Pourquoi ta porte est-elle fermée, Chastity ?

De nouveau le bruit du bouton.

— Elle est fermée ? fit Chastity, prise de court.

Il y eut un bref silence, des murmures, puis Constance reprit :

— Bonjour, docteur Farrell !

— Joyeux Noël, docteur Farrell ! ajouta Prudence.

Allongé sur le dos, l'avant-bras sur les yeux, Douglas s'abstint de répondre.

— Je descends dans dix minutes, répéta Chastity.

— Prends ton temps, répliqua Constance, se retenant de rire. Je suis sûre qu'il n'y a rien d'urgent.

— Oui, renchérit Prudence. Ne te presse pas.

Ils entendirent leurs pas décroître dans le couloir.

Chastity se laissa aller contre les oreillers, prise d'un inextinguible fou rire. S'appuyant sur le coude, Douglas la regarda.

— Que Dieu me vienne en aide ! Que Dieu vienne en aide à n'importe quel homme qui s'approche trop près des sœurs Duncan.

— C'est un peu dur ! protesta Chastity.

Il secoua la tête avec vigueur.

— Oh, que non ! Je me demande seulement d'où vous tenez ce scandaleux non-conformisme. Votre père me semble parfaitement sain, parfaitement normal. Cela ne peut venir que de votre mère.

Chastity le frappa avec son oreiller.

— Ah, vous voulez jouer ? s'écria-t-il en riant. Je vous avertis, mademoiselle Duncan, que vous lancer dans un assaut physique contre moi serait une grave erreur. J'ai envoyé au tapis des hommes trois fois comme vous !

— Vraiment ?

Elle sauta à bas du lit, son oreiller toujours à la main.

— Et moi, je vous avertis, docteur Farrell, que je n'ai jamais perdu une bataille d'oreillers.

Elle tenait ledit oreiller à deux mains, nue, les cheveux en désordre, le regard pétillant.

— Je devine que vous n'avez jamais été pensionnaire, rétorqua Douglas en s'emparant d'un autre oreiller. Si vos seules adversaires étaient vos sœurs, ma chère petite, vous allez vite vous apercevoir qu'elles ne faisaient pas le poids !

Il bondit hors du lit, et la bagarre commença. Tout à fait inégale, dut-elle reconnaître quelques secondes plus tard en se laissant tomber sur le lit, à bout de souffle.

Il se jeta sur elle et lui tint les deux mains au-dessus de la tête.

— Vous êtes trop fort, j'aurais dû bénéficier d'un handicap !

— Jamais je n'aurais imaginé une sœur Duncan demandant un handicap, avoua-t-il en lui baisant le bout du nez.

— Cela dépend des circonstances, rétorqua-t-elle d'un ton qui se voulait digne. Oh, Douglas, il faut que je descende, et regardez ce que vous avez fait, gémit-elle.

— *Moi ?* Je n'ai rien fait du tout ! C'est vous qui avez commencé.

Elle sourit et tenta de se dégager.

— Peut-être, concéda-t-elle. Mais il n'empêche qu'il faut vraiment que j'aille retrouver mes sœurs, et je ne peux pas me présenter dans cette tenue !

Il la lâcha avec un soupir résigné.

— C'est pourtant un charmant spectacle.

Il lui caressa le ventre.

— J'adore ça, ce léger renflement est délicieux !

— Je mange trop de gâteaux, dit-elle en le repoussant. À présent, sortez, que je m'habille.

Il l'embrassa, enfila ses vêtements à la hâte, déverrouilla la porte et se glissa dans le couloir.

14

Chastity chercha son peignoir, et finit par le dénicher sous le lit, en compagnie de sa chemise de nuit. Elle les secoua et les enfila après avoir décidé que, le matin de Noël, un certain négligé était parfaitement acceptable.

Tandis qu'elle passait la brosse dans son impossible chevelure, elle examina son reflet dans le miroir de sa coiffeuse. Elle avait le teint animé, les yeux brillants. L'amour était vraiment tonifiant ! constata-t-elle. Elle eut un petit rire satisfait en songeant que si ses sœurs avaient passé le même genre de nuit, pour une fois, elle ne se sentirait pas à l'écart. Elle enfila ses mules et quitta sa chambre sans attendre.

— Joyeux Noël, tante Chastity !

Radieuse et tout excitée, Sarah descendait du deuxième étage en chemise de nuit lorsque Chastity atteignit le palier.

— J'avais une chaussette au pied de mon lit ! annonça-t-elle en brandissant le bas de couleur vive. Dedans, il y avait une orange, et une balle de caoutchouc, et un plumier, et une grosse boîte de crayons de couleur, et un ruban, et plein de barrettes en forme de papillons et de dragons. Regardez… Est-ce qu'elles ne sont pas jolies ?

Elle sortait ses trésors un par un. Chastity les admira patiemment en feignant de les découvrir, et affirma qu'une chaussette remplie de cadeaux le matin de Noël était une magnifique surprise !

— Es-tu déjà descendue ? demanda-t-elle ensuite à la fillette.

— Non, je ne suis pas habillée !

— Moi non plus, mais certaines règles ne sont pas en vigueur le matin de Noël. Allons vite voir ce qu'il y a au pied du sapin.

Sarah dégringola les marches devant elle et s'immobilisa sur la dernière.

— Mon Dieu, je n'ai jamais vu autant de cadeaux !

Le pied de l'arbre disparaissait sous une pile de paquets enrubannés.

— Il y en a aussi pour les domestiques, expliqua Chastity à la fillette qui contemplait la scène, les yeux écarquillés.

Elle avait presque l'impression que c'était elle qui découvrait ces merveilles pour la première fois.

— Je peux m'approcher ?

— Oui, mais tu ne touches à rien.

Sarah eut l'air vexée.

— Bien sûr, tante Chastity. Jamais je ne gâcherais une surprise !

— J'en suis certaine, se reprit Chastity.

Abandonnant la fillette devant l'amoncellement de trésors, elle partit à la recherche de ses sœurs.

Elle les trouva, ainsi que leurs maris, dans le petit salon réservé à la famille à l'arrière de la maison. Un feu brûlait dans la cheminée et les lampes étaient allumées. La nuit étoilée avait fait place à une journée grise qui promettait de la neige.

— Joyeux Noël ! lança-t-elle en distribuant des baisers à la ronde. Vous êtes tous déjà prêts ! Pardonnez ma tenue négligée.

— Tu n'as guère dû dormir, observa Constance avec un sourire entendu qui la fit rougir.

Elle ne répondit pas, mais remarqua que Gideon et Max évitaient soigneusement de se regarder. Leurs épouses avaient dû leur faire part de leurs suppositions devant sa porte close. Elle aurait dû s'y attendre ! Et elle ne voyait d'ailleurs aucune raison de nier.

— Sarah est aux anges, fit-elle en se servant une tasse de thé.

— Oui, elle n'a jamais connu un Noël pareil, avoua Gideon avec un sourire tendre et un peu penaud. C'est une honte qu'à onze ans on ne lui ait pas encore offert une telle fête.

— Si cela avait été le cas, elle serait blasée, aujourd'hui, fit remarquer Prudence.

— En effet, renchérit Chastity. Elle se contenterait de bâiller, et décréterait qu'elle est trop vieille pour ce genre de choses.

— Vous avez peut-être raison, dit Gideon qui ne semblait pas totalement convaincu.

— Bon ! déclara Constance, décidée à ramener la conversation sur un sujet plus joyeux. Que faisons-nous ici à une heure aussi matinale ?

— Pas si matinale que cela, corrigea son mari.

— C'est ma faute, s'excusa Chastity. Alors, quel est ce grand mystère ?

— Ah, oui. Ça… fit Max.

— Oui, ça ! répliqua Constance avec une exaspération amusée. Allons, crachez le morceau !

— Quelle expression élégante, murmura Max, l'air peiné.

Les trois sœurs Duncan croisèrent les bras d'un même mouvement, trois paires d'yeux de différents verts braquées sur eux, jusqu'à ce que Max lève les mains.

— Je me rends ! À vous, Gideon !

Ce dernier alla chercher sur le petit bureau une grosse enveloppe dont il sortit une liasse de feuillets.

— Une pour vous, Prudence. Une pour Constance, une pour Chastity, dit-il en faisant la distribution avant d'aller rejoindre son beau-frère.

Les sœurs fixaient les papiers, les sourcils froncés.

— Qu'est-ce que c'est ? demanda Constance.

— Shoe Lane, murmura Prudence, déconcertée. De quoi s'agit-il, Gideon ?

— On dirait un contrat de location, hasarda Chastity.

— Exactement, répondit Gideon avec un clin d'œil à Max. C'est exactement ça.

— Mais une location pour quoi ?

— Un appartement à Shoe Lane, juste à côté de Fleet Street.

— Mais pour quoi faire ? insista Chastity. À quoi servira-t-il ?

— Vous êtes particulièrement obtuses, ce matin, observa Gideon. Cela ne vous paraît pas évident ?

— Non ! répliqua Prudence.

Max éclata de rire.

— Je n'aurais jamais cru voir un jour les sœurs Duncan muettes d'incompréhension !

— Une minute, fit Prudence. Fleet Street... la presse...

— Vous brûlez, dit son mari. Continuez...

— Le quartier des journaux, dit Constance.

— Le *Mayfair Lady* ! s'écria Chastity. C'est une location pour un bureau, non ?

— Gagné, dit Gideon qui, comme Max, arborait un grand sourire. Nous avons décidé qu'il était temps que votre périodique ait des locaux officiels, surtout maintenant que vous ne vivez plus sous le même toit.

Les trois sœurs poussèrent un même soupir de bonheur.

— Notre propre bureau, souffla Chastity.

— Nous ne mettrons pas nos noms sur la porte, remarqua Prudence pensivement. Nous devons demeurer anonymes. Pas question que les gens viennent nous porter leurs petites annonces, ou chercher des réponses de L'Intermédiaire.

— J'imagine que vous garderez votre poste restante, dit Gideon, mais le bureau est équipé du téléphone, et rien ne vous empêche d'en publier le numéro dans le journal. Cela vous permettra de gagner du temps.

— En effet, acquiesça Constance. Et aucune de nos relations ne se risquerait dans ce quartier de Londres, donc, nous pourrons nous y rendre en toute sécurité.

Gideon acquiesça avant d'ajouter :

— En outre, vous y trouverez trois tables de travail, trois fauteuils, trois machines à écrire, deux meubles de rangement et un téléphone.

— Des machines à écrire ? s'exclama sa femme. Mais nous ne savons pas taper.

— Eh bien, vous apprendrez.

— Bien sûr, décida Chastity, les yeux brillants. Vous imaginez le temps que nous gagnerons ? Et nous serons plus faciles à lire pour l'imprimeur…

— Alors, vous êtes contentes ? demanda Gideon, encore pas tout à fait certain de leur réaction.

— Enchantées, répondit Prudence en nouant les bras à son cou. Mais un peu désorientées.

— Oui, il nous faut absorber la nouvelle, renchérit Constance. Mais c'est un merveilleux cadeau. Merci à vous deux.

Les deux hommes subirent assez complaisamment un triple assaut d'embrassades et de remerciements, avant de laisser les sœurs Duncan discuter avec animation des conséquences de leur cadeau de Noël.

Une demi-heure plus tard, lord Duncan pénétra dans le petit salon.

— Je me demandais où vous étiez passées, dit-il. Nous avons une maison pleine d'invités, au cas où vous l'auriez oublié.

— Nous n'avons pas oublié, père, mais Gideon et Max viennent de nous faire le plus surprenant des cadeaux, et nous essayons d'en envisager les conséquences, expliqua Chastity.

— Ah, oui ? Et de quoi s'agit-il ?

— Je ne suis pas sûre que vous approuviez, dit Constance en souriant. Peut-être préféreriez-vous ne pas savoir...

— Sottises ! riposta-t-il, les mains croisées dans le dos. Allez-y !

Prudence se lança, et il secoua la tête, toussota, avant de grommeler :

— Bon, ce qui est fait est fait. Ce sont des adultes, et s'ils ont envie de soutenir leurs épouses dans leur folie, c'est leur affaire. À présent, vous pourriez peut-être mettre un peu d'ordre dans la pagaille de cette matinée.

— Ce n'est pas la pagaille, père, protesta Chastity, qui se leva et s'étira. Nous n'en sommes qu'au petit-déjeuner.

— Et tu es encore en tenue de nuit ! fit remarquer sèchement son père. Prudence, ta belle-fille a hâte que les festivités commencent.

— Nous nous en occupons tout de suite, le rassura Prudence. Et Chastity va s'habiller. N'est-ce pas, Chastity ?

— J'y cours ! Je redescends dans une demi-heure.

Lord Duncan s'éloigna en marmonnant, et ses filles éclatèrent de rire.

— Il prend son rôle d'hôte très au sérieux, commenta Chastity.

— Sans doute à cause de la *contessa*. Jamais auparavant il ne s'était inquiété du bon déroulement de nos réceptions. Il se contentait avec soulagement de nous confier les détails matériels pendant que les tantes s'occupaient des tâches sociales.

— Eh bien, je ferais mieux de m'habiller avant qu'il ne s'énerve davantage, déclara Chastity.

— Nous n'avons pas parlé de la nuit dernière, dit Prudence. Tu veux bien, Chastity ?

Celle-ci se laissa tomber sur le bras du sofa et balança l'un de ses pieds chaussés de mules.

— Il sait que je n'ai pas d'argent, commença-t-elle, formulant à haute voix ce qui l'avait préoccupée inconsciemment durant son sommeil. Ce qui signifie qu'il ne cherche rien de plus qu'une brève aventure passionnée. J'avais bien le droit de m'offrir ce cadeau de Noël, non ?

— Tu es sûre que cela ne risque pas de devenir plus compliqué ? demanda carrément Constance.

Chastity se mordilla la lèvre, essayant de raisonner lucidement.

— C'est impossible, répondit-elle enfin. Je ne peux pas lui avouer que j'étais la fausse Française de la National Gallery... Il ne doit pas savoir que nous sommes L'Intermédiaire. Ce serait si humiliant pour lui, il ne me le pardonnerait pas. Je vais donc considérer cette passion de Noël comme un cadeau du Ciel, et une fois de retour à Londres, nous lui chercherons une autre épouse. Ce qui s'est passé cette nuit n'aurait jamais eu lieu s'il s'était intéressé à Laura. Ce n'est pas le genre d'homme à avoir une aventure s'il courtise par ailleurs sérieusement quelqu'un.

— Tu en es certaine ?

Prudence observait sa sœur avec attention.

— Oui, soupira-t-elle. Il est droit. Il sait ce qu'il veut, et il fait ce qu'il faut pour l'obtenir. Il n'a pas honte des moyens qu'il emploie pour atteindre son but. Mais je l'ai vu à l'œuvre.

Elle leva vers ses sœurs un regard où se mêlaient conviction et tristesse.

— Un homme animé d'une telle vocation ne tricherait jamais.

Elle baissa les yeux vers son pied où la mule glissait et la rattrapa du bout des orteils.

— Or je suis certaine qu'il penserait que j'ai triché, au sujet de l'Intermédiaire, c'est pourquoi il ne doit jamais l'apprendre. C'est aussi pourquoi cela ne deviendra jamais compliqué. Nous aurons une courte et délicieuse liaison.

Sur ces mots, elle se leva et, après un signe de la main, sortit du salon.

La porte refermée, Constance haussa les sourcils.

— La dame proteste un peu trop fort…

— C'est bien mon avis. Si Chastity est vraiment tombée amoureuse de Douglas, elle va souffrir, quand bien même elle prétend qu'il ne s'agit que d'un flirt.

— Chastity ne passe pas la nuit avec ses flirts, observa Constance. Nous ne pouvons rien faire pour le moment, mais quand nous serons rentrées à Londres…

— Nous aviserons. Je ferais bien d'aller retrouver Gideon et Sarah. Nous sommes censés retourner à l'église tous les trois, ce matin, bien que deux sermons consécutifs de Denis me semblent un peu excessifs. Vous venez, Max et toi ?

— Je ne pense pas que cela enthousiasme Max. Ce n'est pas précisément une grenouille de bénitier ! avoua Constance en riant. Un office de Noël lui suffit largement.

Chastity ouvrit la porte de sa chambre et s'immobilisa, stupéfaite. Installé dans un fauteuil près de la fenêtre, Douglas lisait le *Mayfair Lady*. Il se leva en souriant.

— Je vous attendais, dit-il. Je pensais bien que vous reviendriez ici tôt ou tard.

Il posa le journal et vint à elle, les mains tendues, puis il effleura ses lèvres des siennes.

— Je vous dérange ?

Elle secoua la tête.

— Non, mais je ne m'attendais pas à vous trouver là.

— Vous êtes restée enfermée avec vos sœurs bien longtemps, fit-il comme si cela justifiait sa présence.

— Je sais. Je ne suis même pas encore habillée. Gideon et Max avaient un cadeau pour nous trois, et il nous a fallu du temps pour nous en remettre.

Elle jeta un coup d'œil involontaire vers le *Mayfair Lady* abandonné sur le fauteuil.

Il avait suivi son regard.

— Vous semblez fervente lectrice de cette publication. Je la trouve toujours quelque part près de vous.

— Comme je vous l'ai dit, elle revêt une importance toute particulière à nos yeux, déclara-t-elle, saisissant l'occasion d'enfoncer le clou planté par ses sœurs. Mon père a perdu presque toute sa fortune à cause de l'homme qui attaquait le *Mayfair Lady* en diffamation. Il n'a rien récupéré, naturellement, nous avons néanmoins éprouvé une grande satisfaction à voir le comte accusé d'escroquerie.

Elle alla ouvrir la porte de son armoire.

— Nous n'avons plus d'argent, mais nous nous débrouillons.

— Je ne suis pas sûr que la situation financière de lord Duncan me concerne en quoi que ce soit.

— C'est de notoriété publique, répliqua-t-elle tout en passant ses toilettes en revue. Nous n'avons de secrets pour personne.

Elle ferma un instant les yeux, effarée par l'énormité de son mensonge, puis s'enfonça plus avant entre ses robes.

— Tant mieux !... Pourriez-vous sortir de votre penderie ? Parce que j'avais une raison de vous attendre dans votre chambre.

Elle se retourna, les joues un peu trop rouges. Douglas s'empara d'un paquet joliment enrubanné.

— Je voulais vous offrir mon cadeau de Noël en privé.

Il y avait une légère anxiété dans son sourire et ses yeux sombres.

— Oh… Mais je n'ai rien de particulier pour vous. Juste des petits présents que nous avons suspendus dans l'arbre pour chacun de nos invités.

— Cela n'a aucune importance, dit-il doucement. Ouvrez-le.

Chastity débarrassa le cadeau de son papier.

— C'est ravissant ! s'écria-t-elle.

Comme elle dépliait le châle, le collier d'ambre tomba sur le tapis, et Douglas se baissa pour le ramasser.

— Il est magnifique ! fit-elle, ravie. Et il s'harmonise si bien avec le foulard !

Elle noua les bras à son cou et l'embrassa.

— Je suis sincèrement désolée de ne rien avoir à vous offrir.

— Ne le soyez pas. Il me suffit de savoir que vous aimez mes présents. Vous allez gâcher mon plaisir, si vous pensez à une réciprocité.

Elle l'embrassa de nouveau.

— Je vais les porter aujourd'hui. J'ai la robe idéale pour aller avec.

— Montrez-moi.

— Qu'entendez-vous aux toilettes féminines ? le taquina-t-elle.

— Avec six sœurs, croyez-moi, j'en connais un rayon ! Voyons voir… fit-il en s'approchant de son armoire pour passer le contenu en revue.

— Écoutez, dit-elle en riant. Je vais aller prendre mon bain pendant que vous choisissez ma robe.

— Bonne idée. Et si vous ne fermez pas la porte de la salle de bains à clé, je viendrai vous frotter le dos dans deux minutes.

— Je ne pense pas que ce soit souhaitable, riposta-t-elle en se dirigeant vers la porte. Nous nous attarderions, or j'ai des invités qui m'attendent en bas.

Douglas poussa un lourd soupir.

— Très bien… Je devrai donc me contenir.

— Cela s'appelle en effet la continence.

— Continence et chasteté, commenta-t-il en lui jetant un coup d'œil, une robe de soie dorée à la main.

Elle sortit en hâte avant de céder à la tentation.

Elle prit un bain rapide et trouva la chambre vide à son retour. Elle en éprouva une pointe de déception. La robe couleur de blé mûr était étalée sur le lit, ornée du châle artistiquement drapé, le collier couronnant le tout. Elle dut reconnaître que l'harmonie était parfaite. Le Dr Farrell avait l'œil !

Enfin prête, elle gagna le rez-de-chaussée à la hâte. Ceux qui allaient à la messe étaient déjà partis, et la table du petit-déjeuner débarrassée, aussi se rendit-elle à la cuisine où Mme Hudson s'affairait près du four où rôtissait l'oie, et mijotait le pudding traditionnel.

— Joyeux Noël, madame Hudson ! Puis-je vous aider ?

Elle se coupait déjà une tranche de pain, et alla chercher du beurre et de la confiture dans le garde-manger.

— Tout va bien, mademoiselle Chastity, répondit la gouvernante. J'ai la situation bien en main. Le déjeuner sera prêt à 13 heures.

— Merveilleux ! Je n'ai pas encore vu Jenkins, ce matin. Je voulais lui demander à quelle heure il voulait que nous offrions les cadeaux, demain.

— Il s'occupe de l'argenterie à l'office, l'informa Mme Hudson, les mains plongées dans une farce aux oignons et à la sauge.

Chastity s'y rendit aussitôt, et découvrit en effet le majordome en train d'astiquer les couverts.

— N'y a-t-il pas quelqu'un d'autre pour s'occuper de cela, Jenkins ? demanda-t-elle.

— Non, mademoiselle Chastity. L'argenterie fait partie de mes attributions, rétorqua le brave homme, visiblement scandalisé. Je ne permettrais jamais à quiconque de s'en charger

Chastity préféra ne pas insister. Elle posa sa question, et quitta l'office. Elle erra dans les pièces de réception, étonnée de n'y voir personne. Il y régnait une atmosphère étrange, comme si les murs mêmes retenaient leur souffle dans l'attente d'un événement. Les bougies de l'arbre étaient allumées, des feux crépitaient dans les cheminées du hall, du salon, de la bibliothèque, mais ni son père, ni Max ou Constance, ni la *contessa* et sa fille ne s'y trouvaient. Elle fut tout particulièrement sensible à l'absence de Douglas Farrell.

— Il commence à neiger, mademoiselle Chastity, annonça Madge qui sortait des communs avec un seau de charbon. Un vrai Noël blanc !

Chastity se précipita à la porte qu'elle ouvrit, une bouffée d'air glacé entra à l'intérieur. Elle la referma sur elle et se tint en haut des marches, les bras croisés, les yeux rivés sur le ciel plombé d'où tombaient de petits flocons. Le silence était total tandis que le sol disparaissait lentement sous une blancheur virginale.

Puis elle entendit des voix. Celle de son père, profonde, celle plus flûtée de la *contessa*, ponctuées par les intonations pointues de Laura. Le groupe tournait au coin de la demeure, se hâtant sous la neige. Douglas suivait, un peu en retrait. L'air plutôt maussade, nota-t-elle, jusqu'à ce qu'il lève les yeux et l'aperçoive. Il accéléra l'allure et la rejoignit avant les autres.

— Vous allez attraper la mort, la gronda-t-il gentiment. Rentrez vite !

Il lui prit le coude et la poussa à l'intérieur.

— J'ai mon foulard, objecta-t-elle en caressant le fin tissu. Il est assez grand pour servir de châle.

— Il n'est pas prévu pour l'extérieur, répliqua-t-il, avant de la gratifier d'un sourire. Mais il vous sied à merveille, ajouta-t-il.

— Oui, murmura-t-elle, perdue dans la chaleur de ce sourire, le souvenir de leur passion partagée. Je sais.

— Entrez, chère amie, entrez, disait lord Duncan en tapant des pieds pour débarrasser ses souliers de la neige. Nous n'aurions jamais dû sortir, je me doutais qu'il allait neiger. Laissez-moi prendre votre manteau, mademoiselle Della Luca, et allez vite près du feu. Vous semblez transie.

En effet, Laura était plus blême que jamais, ses lèvres minces avaient pris une teinte bleutée.

— Je ne suis pas habituée au froid, lord Duncan, dit-elle avec un frisson nettement exagéré. Ce climat est tellement rude !

— Positivement barbare, renchérit Chastity. Je vais vous chercher du café, ou une autre boisson revigorante.

— Du whisky ! décréta lord Duncan. Il n'y a que ça de vrai.

Laura eut une moue dégoûtée.

— Merci, lord Duncan, mais je ne touche jamais aux alcools forts.

Lord Duncan parut un instant déconcerté puis, chassant cette étrange déclaration d'un geste de la main, il se tourna vers la *contessa*.

— Vous prendrez bien un verre de pur malt, chère amie. Vous aussi, Farrell, je suis sûr que cela vous fera du bien.

Sans attendre de réponse, il se rendit à la bibliothèque.

— Voulez-vous du café, Laura ? proposa Chastity compatissante. Ou bien du lait chaud, du chocolat ?

— Du café, je vous remercie. Certes, personne ne fait le café comme les Italiens, ajouta-t-elle dans un soupir.

Chastity leva les yeux au ciel et surprit le sourire sardonique de Douglas. Son antipathie était évidente.

— Nous ferons de notre mieux, Laura. Je le demanderai particulièrement fort pour vous. Allez donc au salon, il y fait moins froid qu'ici. Douglas, auriez-vous l'amabilité d'accompagner la *contessa* et Laura ? Peut-être avez-vous emporté un remède préventif contre le rhume ?

— Il n'en existe pas, répondit-il avec brusquerie, mais j'ai des médicaments qui en atténuent les symptômes. Je doute cependant que vous ayez attrapé un rhume, Laura. Un bon feu et une boisson chaude suffiront à vous remettre en forme.

Douglas, qui supportait depuis une demi-heure les jérémiades de Laura sur la barbarie de la campagne anglaise et sur l'hospitalité britannique en général, offrit le bras à la mère puis à la fille.

Constance descendait quand Chastity sortit de la cuisine avec le plateau.

— Je suis allée le chercher moi-même, expliqua-t-elle. Tout le monde est tellement occupé. La cuisine ressemble à l'enfer de Dante ! Toutes ces casseroles fumantes et cette graisse qui grésille...

Constance sourit.

— Ton foulard est superbe, Chastity. Quant au collier... je ne les connaissais pas.

— C'est un cadeau de Noël, répondit Chastity en se dirigeant vers le salon.

— Oh... Je me demande bien de la part de qui ?

— Ne te fatigue pas trop à chercher, lança Chastity avant de pénétrer au salon.

— Votre café, Laura. Je l'ai préparé moi-même, j'espère que vous le trouverez à votre goût. Prenez-vous du sucre ?

— Un seul morceau, dit la jeune femme dont le fauteuil était si près du feu qu'elle semblait assise sur le pare-feu. Et un nuage de crème.

Chastity la servit et lui tendit sa tasse.

— Et vous, Douglas ?

— Merci, je préfère attendre le whisky.

— Ah, bravo, mon ami ! Bravo ! s'exclama lord Duncan qui revenait avec une carafe et trois gobelets de cristal taillé. Constance, ma chérie, whisky ?

Elle secoua la tête.

— Non, merci, père. Il est un peu tôt pour moi, et je n'ai pas l'excuse d'avoir marché dans le froid. Je me contenterai d'un café.

La porte d'entrée claqua, et des bruits de voix leur parvinrent, annonçant le retour de la messe. Sarah jaillit dans le salon, les joues roses de froid, des flocons accrochés à son chapeau et à son manteau.

— Un Noël blanc ! s'écria-t-elle. N'est-ce pas parfait ? On ne pouvait pas espérer mieux, non ?

— En effet, dit Chastity. Et tu sais ce qui va se passer, maintenant ?

— Les cadeaux ! répondit la fillette en se débarrassant de son gros cache-nez. Je suis tellement excitée. Je ne me souviens pas de l'avoir été autant de toute ma vie, n'est-ce pas, papa ?

Gideon secoua la tête d'un air grave.

— Je ne me souviens pas non plus.

— Si le déjeuner est servi à 13 heures, nous devrions procéder à la remise des cadeaux sans attendre, intervint tante Agatha. Qu'en penses-tu, Edith ? Les domestiques voudront festoyer de leur côté.

— Bien sûr, tante Agatha, vous avez raison, fit Chastity qui échangea un coup d'œil avec ses sœurs.

Leurs tantes aimaient donner l'impression qu'elles étaient en charge de la maisonnée de leur frère depuis son veuvage, et les trois jeunes femmes le leur laissaient croire volontiers.

— Donnez-nous cinq minutes pour enlever nos manteaux, dit Prudence.

— Trois me suffiront ! s'écria Sarah en se ruant vers la porte. Vous venez, Mary ?

Mlle Winston sourit.

— Je vous suis, Sarah.

Passant près de Chastity, Prudence déclara :

— Ravissant collier. Et j'adore ce châle. Je ne les avais encore jamais vus.

— Je ne les avais pas avant ce matin.

Prudence lança un regard à Douglas, qui sirotait son whisky près de la cheminée, haussa les sourcils et inclina légèrement la tête, comme pour le féliciter, avant de quitter à son tour le salon.

15

— Le titre d'un opéra ? hasarda Chastity tandis que Sarah imitait une cantatrice.

Le visage radieux, la fillette hocha vigoureusement la tête. Le déjeuner était terminé, et elle seule semblait avoir assez d'énergie pour ce jeu de mimes, mais la plupart des adultes s'efforçaient de lui faire plaisir.

La neige avait redoublé, ajoutant à l'espèce de léthargie d'après le repas. Les tantes s'étaient retirées pour la sieste, lord Duncan ronflait doucement près du feu, et la *contessa* elle-même dodelinait gracieusement de la tête dans son fauteuil à oreillettes. Laura était plongée dans la lecture du cadeau que lui avait fait Douglas. De temps à autre, lorsque le jeu devenait trop bruyant, elle levait les yeux avec une expression de souffrance extrême et poussait un profond soupir avant de revenir à sa lecture. Les autres bâillaient en regrettant d'avoir repris du pudding et se donnaient un mal fou pour avoir l'air de s'intéresser aux charades.

Enveloppée d'un drap blanc, Sarah brandissait une fourchette, l'air hautain et autoritaire. Son public fronçait les sourcils, tandis qu'elle s'agitait de plus en plus frénétiquement.

Douglas se leva pour aller se servir un verre de porto. Il demeura appuyé au mur pour le boire, tout en la regardant avec attention. Soudain, il claqua dans ses doigts.

— Le Pouvoir britannique, s'écria-t-il.

La petite eut un sourire ravi.

— Gagné... Mais comment avez-vous deviné ?

— Tu es une excellente actrice, répondit-il gentiment

— Bravo, Douglas ! applaudit Chastity. Bien joué, Sarah.

Ceux qui ne dormaient pas se joignirent à elle, et Sarah salua cérémonieusement.

— À qui le tour, maintenant ? demanda-t-elle vivement.

— Nous devrions peut-être changer d'activité, répondit son père en étouffant un bâillement. Il faut que je bouge, sinon je vais m'endormir dans mon fauteuil.

Il se leva, s'étira.

— Je ferais bien un tour dehors, ajouta-t-il.

— On pourrait jouer à autre chose, suggéra l'enfant.

— Je sais ! dit Prudence. Les sardines. Cela va nous réveiller.

Elle ignora le grognement de protestation de son époux.

— Comment joue-t-on aux sardines ? s'enquit Sarah.

— Eh bien, on tire à la courte paille, et celui qui a la plus petite doit aller se cacher. Au bout de dix minutes, tout le monde se lance à sa recherche. Ceux qui le trouvent doivent se terrer dans la même cachette, jusqu'à ce qu'il n'y ait plus qu'une seule personne qui cherche.

— Ce n'est plus de mon âge, Prudence, protesta Gideon.

— Bien sûr que si, assura-t-elle. Nous dispenserons père et les tantes, ainsi que la *contessa* et Laura, naturellement, mais tous les autres doivent jouer.

Elle prit une feuille de papier qu'elle déchira en plusieurs morceaux.

— Je vais faire une croix sur l'un de ces bouts de papier, et celui qui le tirera ira se cacher le premier. Sarah, apporte-moi la jatte de cristal qui est sur le buffet.

La fillette s'exécuta sans se faire prier, et Prudence, après avoir soigneusement plié les papiers, les déposa dans la jatte.

— Allez, Sarah, fais le tour.

— Il faut établir des règles, intervint Constance. Où n'avons-nous pas le droit d'aller ?

— Dans les quartiers des domestiques, bien sûr, et dans les chambres de ceux qui ne jouent pas, suggéra Chastity. Ainsi que le grenier et la cave.

— Cela laisse encore pas mal de marge, observa Max en prenant un papier.

— C'est le but du jeu, dit son épouse. Puisque nous avons besoin d'exercice, nous allons courir dans toute la maison.

Douglas tira à son tour tout en surveillant Chastity. À son expression, il vit qu'elle n'avait pas la croix, et il déplia son bout de papier avant de le froisser dans sa paume.

— Il semblerait que ce soit moi, fit-il en posant son verre de porto. Je dispose de combien de temps ?

— Dix minutes, lui rappela Chastity. Et ne vous cachez pas dans un endroit trop exigu, car nous allons tous nous y entasser.

— Je me cacherai où je voudrai, mademoiselle Duncan, rétorqua-t-il.

Il se pencha pour jeter son papier dans la corbeille qui se trouvait près de son fauteuil, et en profita pour lui murmurer à l'oreille :

— Par exemple dans le placard à linge de votre salle de bains.

Il se redressa, adressa un petit signe de la main à la compagnie et disparut.

Dans le vaste hall, il s'arrêta, écouta un instant la musique et les rires qui sortaient des quartiers des domestiques, puis il grimpa l'escalier quatre à quatre pour se rendre directement dans la salle de bains que Chastity lui avait indiquée la veille au soir.

Il y avait en effet un placard à linge rempli de draps et de serviettes, mais assez grand pour qu'un homme, même de sa corpulence, puisse s'asseoir par terre, les jambes allongées. Il tira la porte à lui sans la fermer et, la tête appuyée à la paroi, il attendit. Peu après, il entendit des cris, des bruits de course, des plaisanteries. Enfin la porte de la salle de bains s'ouvrit avec un léger grincement. Il regarda par la fente, sourit, passa la main et attira Chastity à lui.

— Oh ! protesta-t-elle. Je n'arrive pas à croire que vous m'ayez indiqué votre cachette. Ce n'est pas du tout fair-play.

— Sottises, dit-il en lui caressant le dos quand elle se fut assise entre ses jambes. Si nous devons jouer à ce jeu stupide, autant y prendre du plaisir.

Il lui embrassa la nuque, prit ses seins dans ses mains pour les caresser jusqu'à ce que les pointes se dressent sous la soie de la robe.

Il remonta lentement sa jupe le long de ses jambes gainées de soie. Chastity ne bougeait pas. Elle n'aurait pu se retourner dans cet espace confiné, ni lui rendre ses caresses tandis que ses mains glissaient le long de ses cuisses, que ses doigts pressaient le fin coton de sa culotte contre son sexe moite.

— Soulevez-vous un peu, murmura-t-il.

Elle obéit, et l'aida à la débarrasser de son léger sous-vêtement. Elle se mordait les lèvres, osant à peine respirer. Si quelqu'un entrait dans la salle de bains, avait l'idée de chercher dans le placard…

Il déboutonna son pantalon, et la souleva juste assez pour la pénétrer. Il entreprit de la caresser intimement, et elle se mit à onduler, le front humide de sueur, se retenant pour ne pas crier jusqu'à ce que la vague de la jouissance l'emporte. Il plaqua vivement la main sur sa bouche. Et puis ce fut fini, et elle se surprit à rire en silence dans la béatitude de l'assouvissement.

Elle se laissa aller contre lui, trop épuisée pour remettre de l'ordre dans sa toilette, ou même se soucier d'être découverte.

C'est alors que la porte de la salle de bains s'ouvrit. Douglas se pétrifia une fraction de seconde, puis il rabattit la robe de Chastity sur ses jambes, de façon à ce que tout semble normal vu de l'extérieur.

La porte du placard s'ouvrit.

— Tu nous as trouvés, Constance, dit inutilement Chastity. Il n'y a pas beaucoup de place…

— En effet. Mais je vais grimper sur l'étagère au-dessus de vous. Elle est assez profonde, et je devrais pouvoir y tenir si je m'allonge.

Elle joignit le geste à la parole et, tandis qu'elle s'installait, elle reprit :

— C'est un endroit un peu inconvenant pour se cacher, Douglas.

— Oui, pardonnez-moi.

Il sentait Chastity secouée de rire, et il lui tapota la hanche pour lui indiquer de se soulever afin qu'il pût au moins lui remettre ses dessous et reboutonner son pantalon. Elle obéit sans toutefois retrouver son sérieux.

— Qu'est-ce que vous fabriquez, tous les deux ? s'enquit Constance.

— Rien. C'est juste que c'est étroit, et que j'ai des crampes, marmonna Chastity.

— Si vous ne voulez pas qu'on vous trouve, vous feriez mieux de vous taire !

C'était la voix de Max qui ouvrit le placard à son tour.

— Seigneur, Farrell, vous n'auriez pas pu trouver un endroit un peu plus confortable ?

— Oh, non, sûrement pas !

Chastity, qui n'en pouvait plus, laissa enfin libre cours à son fou rire. Max la fixa, puis leva les yeux sur son épouse.

— Aurais-je manqué un épisode ?

— Si vous venez me rejoindre sur l'étagère, peut-être le découvrirons-nous, suggéra Constance.

— Dois-je vous rappeler que je suis ministre ? demanda Max en grimpant avec peine sur l'étagère. Voici une position fort peu digne de ma charge !

— Qui reste-t-il ? demanda Chastity. Prudence et Gideon, naturellement. Et Sarah. Mary ne joue pas, je crois.

— J'espère pour elle que non, grommela Max qui avait enfin réussi à se caser tout entier. Et le prochain devra se cacher dans la baignoire.

La porte s'ouvrit de nouveau sur Sarah.

— Je vous ai trouvés, vous avez laissé ouvert.

— C'est parce qu'il n'y a pas suffisamment de place, expliqua Chastity. Mais tu devrais pouvoir monter sur la dernière étagère, non ?

— Facile !

La fillette grimpa au-dessus de Max et de Constance, et se lova sur la dernière planche.

— C'est amusant ! dit-elle.

— Cela dépend de la taille des jambes, grommela Max.

L'arrivée de Prudence quelques minutes plus tard eut raison de sa patience.

— J'abandonne, lâcha-t-il. Je n'attends pas Gideon.

— Trop tard, je suis là ! s'exclama ce dernier en surgissant sur le seuil.

Le spectacle à l'intérieur du placard lui arracha un éclat de rire.

— Quelle idée vous avez eue là, Farrell !

— Ce jeu s'appelle les sardines, lui rappela Chastity.

Max sauta de son étagère, et se massa le bas du dos.

— Avez-vous un remède contre les tours de reins dans votre sac à malices, docteur ?

— Je conseillerais un bon verre de whisky.

Douglas hésitait à sortir devant tout le monde, car il ne savait pas précisément comment Chastity et lui étaient boutonnés !

— Aidez-moi, Max, fit Constance en tendant la main à son époux qui la fit sortir de sa cachette avant de s'occuper de Sarah.

— Vous avez l'intention de rester là, tous les deux ? interrogea Prudence, qui s'était assise sur le rebord de la baignoire.

— Je suis très bien, à vrai dire, répondit Chastity. Et vous, Douglas ?

— Moi aussi ! Parfaitement bien.

Max les fixa un instant avant de s'éclaircir la voix.

— Dans ce cas, nous allons vous laisser tranquilles. Venez, braves gens, ajouta-t-il avec un grand geste en direction de la porte. Allons inventer un autre jeu diabolique.

— Vous croyez qu'ils se sont doutés de quelque chose ? risqua Chastity quand la porte se fut refermée sur le petit groupe.

— C'est une question de pure forme, je suppose, répliqua Douglas en la soulevant. Laissez-moi bouger, pour l'amour du Ciel, je ne sens plus mes jambes !

— Je ne pensais pas que c'étaient vos jambes qui vous tracassaient, observa-t-elle en rampant pour sortir du placard.

Elle releva sa jupe afin de rajuster sa culotte et ses jarretelles.

Douglas préféra lui tourner le dos pour s'occuper de ses propres vêtements. C'était trop tentant !

— Prête ? s'enquit-il.

— Prête.

Chastity vérifia sa tenue dans le miroir, passa un index mouillé sur ses sourcils.

— Je parie que nous allons être accueillis par des clins d'œil et des sous-entendus...

— Eh bien, nous n'aurons que ce que nous méritons, répliqua joyeusement Douglas.

— Je vous demande pardon, docteur Farrell. Ce que *vous* méritez. C'est vous qui avez commencé.

— C'est vrai, concéda-t-il. Mais osez me dire que vous n'y avez pas pris plaisir.

— Je ne le dirai pas.

Elle sortit de la pièce.

Douglas ne la suivit pas tout de suite. Pensif, il s'examina dans le miroir au-dessus du lavabo.

Il n'avait pas changé d'apparence, pourtant, il n'était plus le même. S'il songeait à son comportement depuis vingt-quatre heures, il ne se reconnaissait pas. Bon sang, il n'était pas homme à lutiner une jeune femme dans un placard à linge ! Il était beaucoup trop sérieux pour ce genre de jeux, pour n'importe quel jeu, d'ailleurs... trop dévoué à son travail. Sa vie était parfaitement réglée, il suivait le chemin qu'il s'était tracé des années auparavant. Il ne s'abandonnait pas à de folles impulsions, et son instinct de conservation lui interdisait de se lancer dans des aventures avec des femmes qui ne lui convenaient absolument pas.

Or Chastity Duncan – irrévérencieuse, combative, joueuse, beaucoup trop intelligente – était à l'opposé de l'épouse dont il avait besoin. Il ne pouvait se permettre d'être distrait par la passion dans son univers entièrement régi par la vocation. Et il savait, sans l'ombre d'un doute, qu'une fois qu'il aurait laissé Chastity y pénétrer, elle occuperait toute la place. Sa présence serait aussi troublante et vitale dans son esprit que dans la réalité.

Hélas, ses beaux raisonnements semblaient n'avoir aucun impact, aucune signification tangible. Après un moment de perplexité, il décida que, pour l'instant, ils vivaient dans un monde à part où les règles habituelles n'avaient pas cours.

Le simple fait de penser à Chastity lui fit monter un sourire aux lèvres et le remplit d'un profond plaisir, alors que la pensée de Laura Della Luca n'éveillait en lui qu'irritation et antipathie. Non pas qu'il considérât encore la *signorina* comme une épouse potentielle. Il ne serait pas tombé dans les bras de Chastity, si ç'avait été le cas.

Alors, maintenant ? Il secoua la tête. Il ne connaissait pas la réponse, et il se consola en songeant qu'il n'était pas nécessaire d'en trouver une sur-le-champ. Puisqu'il n'avait rien d'autre à faire durant les quelques jours à venir, autant étudier ce surprenant aspect de sa personnalité qui venait de se révéler à lui.

Il aperçut son reflet souriant dans la glace. Un sourire béat, infiniment content de lui. Seigneur, il ne se reconnaissait vraiment pas !

— La meute ne sortira jamais par un temps pareil ! déclara lord Duncan ce soir-là tandis qu'il regardait tomber la neige, les mains croisées dans le dos. Sacré temps !... Pardonnez-moi, *contessa*, se reprit-il.

— Ne vous inquiétez pas, lord Duncan, répondit-elle depuis la table de bridge. J'ai entendu bien pire.

— Tout de même, quelle malchance ! insista-t-il. La chasse, la collation, décommander tout cela... Une catastrophe !

— Le veneur a-t-il envoyé un message pour annuler ? s'enquit Constance en sélectionnant une carte dans son jeu.

— Pas encore, mais cela ne saurait tarder. On ne peut pas sortir les chiens par ce temps, et encore moins les chevaux.

Il revint vers la table, reprit ses cartes.

— Qu'as-tu joué ?

— Le dix de carreau.

— Ah, tu fais tomber les atouts...

Il chantonna, hésitant, puis avec un soupir, il joua le valet de carreau, aussitôt couvert par la dame de Max. La *contessa* défaussa un cœur.

Constance ramassa en riant.

— C'est notre robre, Max, je crois, fit-elle.

La cloche de la porte d'entrée se fit entendre, accompagnée de vigoureux coups de heurtoir.

— J'y vais, dit Chastity. Ce doit être un message de lord Berenger.

Elle parvint à la porte au moment où Jenkins, un peu rouge et négligé dans sa tenue, sortait des quartiers des domestiques.

— Ne vous inquiétez pas, Jenkins, lança-t-elle pardessus son épaule. Je vais me débrouiller. Retournez à votre soirée.

Preuve qu'il avait bien profité des agapes de Noël, le majordome se contenta de hocher la tête avant de repartir d'un pas mal assuré.

Chastity ouvrit sur une véritable tempête de neige. Elle accueillit leur visiteur avec quelque surprise.

— Joyeux Noël, lord Berenger. Nous attendions un message de votre part, mais nous ne pensions pas que vous auriez été jusqu'à braver le mauvais temps.

— J'ai préféré apporter la mauvaise nouvelle en personne, Chastity. Votre père va être déçu !

Le grand veneur, maître des chiens, pénétra dans le hall après voir tapé des pieds pour se débarrasser de la neige. Ses joues, habituellement roses, avaient pris un ton presque violacé.

— Venez vous réchauffer, lui proposa-t-elle, tout en songeant que George Berenger, veuf sans enfants, avait dû passer un Noël bien solitaire.

— Entrez, George, entrez ! s'écria lord Duncan avec un grand geste de bienvenue. Whisky, cognac ? Quel poison choisissez-vous ?

— Whisky, s'il vous plaît, Arthur.

Chastity le débarrassa de son manteau, de son cache-nez, et il s'approcha de la cheminée en se frottant les mains. Il prit le verre que lui offrait son ami et inclina la tête tandis qu'on le présentait aux invités.

— Je ne voudrais pas interrompre votre partie, dit-il ensuite.

— Max et moi venons juste de gagner le robre, lord Berenger, répondit Constance sans dissimuler sa satisfaction. Je doute que père et la *contessa* soient prêts à accepter une nouvelle défaite ce soir.

— Un de ces jours, tu t'apercevras que tu es trop sûre de toi, crois-moi, déclara lord Duncan en agitant l'index en direction de sa fille avant de revenir à son visiteur. Alors, la chasse est annulée, n'est-ce pas ?

— Je le crains, soupira Berenger.

— Ma foi, tant pis, commenta lord Duncan avec un optimisme étonnant. Asseyez-vous, cher ami.

Il désigna le sofa où Laura lisait, et s'installa lui-même en face, à côté de la *contessa*.

— De toute façon, vous n'auriez pas participé à la chasse, n'est-ce pas ? demanda-t-il à cette dernière.

— J'avoue que cela ne fait pas partie de mes sports favoris, répondit-elle dans un sourire.

Les sœurs Duncan échangèrent un coup d'œil. Voilà qui expliquait tout.

— Je vois que vous lisez Dante, mademoiselle Della Luca, dit Berenger en se penchant vers sa voisine. En italien. J'ai toujours trouvé que les œuvres perdaient beaucoup à la traduction.

— Certes.

Laura semblait soudain intéressée.

— Seriez-vous un amoureux de l'Italie, monsieur ?

— J'y ai vécu trois ans. À Florence. J'étudiais à l'université.

Laura écarquilla les yeux.

— *Firenze !* Ma patrie !

Elle posa la main sur sa poitrine plate.

— C'est une ville que l'on garde dans son cœur pour toujours, ne trouvez-vous pas ? Vous parlez la langue, bien sûr.

Il répondit dans un italien courant, et Laura l'écouta en souriant, visiblement enchantée. Elle prit ensuite la parole dans la même langue, agitant les mains comme si elle dirigeait un orchestre symphonique.

Qui aurait cru que George Berenger, gentilhomme campagnard et apparemment peu raffiné, possédait de tels talents cachés ? se demanda Chastity. Était-ce une situation dont L'Intermédiaire pouvait tirer parti ?

Elle glissa un regard de biais à Prudence. Celle-ci délaissa la partie de backgammon qu'elle disputait avec Sarah pour se diriger nonchalamment vers le pianoforte.

Constance la suivit.

— Un morceau à quatre mains, Prudence ? fit-elle.

— Je tournerai les pages, dit Chastity qui les avait rejointes. Qu'en pensez-vous ? ajouta-t-elle à voix basse en feuilletant bruyamment les partitions.

— Comment l'attirer à Londres ? chuchota Constance.

— Si nous réussissons à les jeter dans les bras l'un de l'autre au cours des prochains jours, il y viendra peut-être de son propre chef.

— Invitons-le à passer la journée de demain avec nous, puisque la chasse est annulée, suggéra Chastity. Il doit être très seul. Nous les placerons côte à côte au déjeuner.

— Que complotez-vous, toutes les trois ?

Elles sursautèrent, comme prises en faute, lorsque Douglas apparut brusquement derrière elles.

— Nous parlions musique, répondit Chastity. Nous nous efforçons de trouver un morceau.

Elle se retourna vers leurs invités.

— Chantez-vous, Laura ? En italien, peut-être ?

— Bien sûr, répondit cette dernière. La grande musique est italienne. Songez aux opéras... Les Italiens sont les seuls à savoir écrire des livrets d'opéras dignes de ce nom. N'êtes-vous pas de cet avis, lord Berenger ?

— C'est en effet la langue rêvée pour l'opéra, admit-il.

Et, au grand étonnement de l'assistance, il se leva et entonna un air de *Don Giovanni*.

Laura le contemplait, fascinée, la main sur la gorge, et quand il se tut, étonné lui-même de s'être donné ainsi en spectacle, elle applaudit à tout rompre.

— Bravo, bravo, *signore* !

— Bon sang, vieux ! s'exclama lord Duncan visiblement sidéré, je ne vous connaissais pas ce talent.

— Oh, j'ai étudié le chant, à Florence, avoua George Berenger, franchement mal à l'aise. Mais je n'ai plus pratiqué après la mort de mon père, lorsque je suis rentré en Angleterre pour m'occuper du domaine. Plus de temps pour les distractions…

Il se rassit et se tamponna le front avec son mouchoir.

— Ce n'est pas une distraction, monsieur, déclara Laura. C'est la plus belle musique du monde. Et vous avez une voix magnifique ! Quelle tristesse qu'un homme doté d'une telle sensibilité soit contraint de mener une existence aussi terre à terre.

Elle eut un large geste qui englobait leur environnement si prosaïque.

— Étouffer un tel talent…

Elle poussa un soupir mélodramatique.

— C'est tragique ! conclut-elle.

— Je n'irais pas jusque-là, mademoiselle Della Luca, protesta-t-il modestement.

— Ne vous sous-estimez pas. Et je vous en prie, je serais heureuse que vous m'appeliez Laura.

Elle prit les mains de Berenger dans les siennes.

— On dirait que *il dottore* a perdu de son ascendant, murmura Chastity, oubliant que Douglas se tenait à deux pas.

— Pardon, qu'avez-vous dit ?

— Oh, rien, répondit Chastity, en réprimant un éclat de rire.

Douglas l'observait, soupçonneux, quand Prudence se mit au piano et plaqua un accord.

— Un morceau en particulier ? demanda-t-elle à la ronde.

16

— Qu'est-ce que c'était que cette remarque sur *il dottore* ? interrogea Douglas un peu plus tard.

Étendu sur le lit de Chastity, en peignoir, les bras croisés sous la tête, il la regardait se déshabiller.

— Et ne me répondez pas « rien du tout » de votre petit air innocent, ajouta-t-il.

Chastity lui jeta un coup d'œil par-dessus son épaule tandis qu'elle dégrafait son jupon.

— Rien d'important, dit-elle. Une plaisanterie entre nous.

— Si cela me concerne, je me sens en droit de la partager.

— Qu'est-ce qui vous fait croire que cela vous concerne ?

— Pour autant que je sache, il n'y a qu'un *dottore,* ici.

Il dévorait des yeux la ligne gracieuse de son dos tandis qu'elle décrochait ses bas et les roulait le long de ses jambes. Son souffle s'accéléra.

Elle lui fit face, torse nu, et fit glisser lentement ses dessous, dont elle se débarrassa d'un geste élégant. Puis elle sourit, les mains sur les hanches, s'offrant tout entière à son regard.

— Plus près, ordonna-t-il.

Elle s'approcha du lit et il l'attrapa par la taille.

Fin d'une dangereuse conversation, crut-elle. À tort. Il la fit basculer sur lui et commença à la caresser avec une habileté diabolique.

— Racontez-moi ce que vos sœurs et vous mijotez, mademoiselle Duncan.

Elle gémit.

— Pas maintenant...

— Si, maintenant. Si j'en crois vos beaux-frères, aucune de vous ne parlez ni n'agissez sans avoir un but bien précis en tête. Alors, que complotez-vous ?

Il continuait à fouiller entre ses cuisses impitoyablement, la menant au bord de l'extase.

— Nous ne complotons rien du tout, mentit-elle. Max et Gideon vous taquinaient.

— J'en doute.

Il cessa ses caresses.

— Douglas, n'arrêtez pas, le supplia-t-elle. Pas maintenant.

— Alors répondez-moi.

— Vous êtes cruel...

— Non, je veux juste ma réponse.

Il lui caressait le bas-ventre, à présent, tentateur. Chastity gémit de nouveau.

— Nous essayons de marier notre père, lâcha-t-elle, ce qui lui valut une caresse plus hardie en récompense.

— À la *contessa* ?

— Mmm...

Elle ferma les yeux et laissa échapper un voluptueux soupir.

— Et où *il dottore* entre-t-il en scène, dans votre petit projet ?

Sa main s'immobilisa de nouveau.

— Il... vous n'en faites pas partie...

Son cœur battait la chamade. Comment allait-elle se sortir de ce guêpier ? S'il les suspectait, ses sœurs et elle, de vouloir le marier à Laura, il ne tarderait pas à faire le rapprochement avec L'Intermédiaire.

— C'était juste une petite plaisanterie, s'entêta-t-elle. Parce qu'elle semblait s'occuper beaucoup de vous... avec ces histoires de décoration ! Mais apparemment, elle a reporté son attention sur George Berenger. Cela nous amusait, voilà tout.

— Vraiment ? murmura-t-il.

Son histoire était plausible, et pourtant elle sonnait faux.

— Reprenez où vous en étiez, s'il vous plaît, l'implora-t-elle.

Il n'obtempéra pas tout de suite.

— Pourquoi ai-je l'impression que vous me cachez quelque chose ?

— Je vous ai tout dit, assura-t-elle. Nous tentons seulement d'adoucir l'existence de notre père. Il était si solitaire et dépressif, ces derniers mois. Nous voulions le sortir de sa neurasthénie.

Il secoua la tête et baissa les yeux sur elle. Comment pouvait-il ergoter sur un sujet aussi simple que l'affection filiale ?

— Allons, Douglas, soyez beau joueur. J'ai répondu à votre question.

— J'aimerais le croire...

Il éclata soudain de rire.

— Mais je n'aime pas plus que vous cette frustration... Où en étais-je ?

Elle lui prit la main et la posa à l'endroit précis.

— Là. Juste là.

Elle avait frôlé la catastrophe, se dit-elle quand elle eut retrouvé ses esprits. Heureusement, il n'avait pas semblé établir un rapprochement entre sa présentation à Laura Della Luca grâce à L'Intermédiaire et l'invitation à passer Noël à Romsey. Enfin, pas encore...

Elle réprima un soupir. La situation lui échappait. Elle avait cru pouvoir s'offrir impunément une aventure passionnée et renouer avec son ancienne vie à la fin de cet interlude. Mais à présent, elle n'en était plus aussi certaine. La comédie qu'elle jouait à Douglas lui pesait sur la conscience, elle ne pouvait l'ignorer davantage. Sa peur lorsqu'elle s'était crue démasquée avait été bien réelle. Elle avait la chair de poule à l'idée de sa réaction s'il découvrait la vérité. Ce n'était plus un innocent subterfuge, et elle se sentait souillée, déshonorée par sa trahison.

Elle savait au fond de son cœur que cet interlude était condamné à brève échéance. Elle ne pouvait continuer à le tromper, et elle ne supporterait pas non plus de tout lui avouer.

Elle enfonça davantage le visage dans l'oreiller, tentant instinctivement d'y enfouir aussi ses pensées, comme si l'homme qui respirait paisiblement à côté d'elle était capable de les déchiffrer. Si seulement elle ne tenait pas autant à lui ! Mais il était inutile de se leurrer, de tenter de se persuader qu'il s'agissait d'une aventure sans lendemain. Elle ne lui avait pas cédé sur un coup de tête.

Elle l'aimait. Elle l'aimait *lui*, et pas seulement son corps.

Elle se lova contre son flanc. Au moins, son corps ne lui mentait pas.

Douglas se leva à l'aube. Chastity protesta dans son sommeil, puis elle se pelotonna à l'endroit qu'il venait de quitter et se rendormit aussitôt.

Il enfila son peignoir et s'éloigna sans bruit dans le corridor. Il n'aurait su dire pourquoi, mais il éprouvait un vague malaise. Ils avaient magnifiquement fait l'amour, pourtant, il avait senti une espèce de discordance, et il n'était pas parvenu à se débarrasser du sentiment que Chastity ne lui avait pas tout révélé quant à leur projet de marier lord Duncan. Non pas que cela le regardât, se dit-il sans conviction.

Il prit un long bain, et quitta le manoir. La neige avait cessé, le ciel était bleu, l'air pur et froid. Il marcha une bonne heure, essayant d'y voir plus clair en lui. Il lui semblait être arrivé à une sorte de ligne de partage des eaux où ses plans soigneusement élaborés n'avaient plus d'importance. Il trouva son projet d'épouser une femme riche totalement absurde. Terre à terre et bassement intéressé. Il ne comprenait pas comment il avait pu imaginer qu'un mariage fondé sur le respect mutuel et la raison le contenterait. Cela dit, l'argent demeurait le nerf de la guerre, et toute complication sentimentale allait à l'encontre de ses projets. Chastity n'avait apparemment pas de fortune, et ce qui se passait entre elle et lui n'était ni plus ni moins qu'une complication sentimentale.

Il s'arrêta devant un lac ornemental gelé et fixa la rive opposée, les poings sur les hanches. Pourquoi se voiler la face ? Il était bel et bien amoureux. Et c'était bien différent de ce qu'il avait éprouvé pour Marianne. Il l'avait adoré aveuglément, avec une dévotion de chien fidèle. Un sentiment superficiel comparé à ce qu'il ressentait pour Chastity. Elle l'avait pris par surprise, lui avait tendu une embuscade, et à présent il était piégé, totalement séduit. Il voyait ses défauts aussi clairement qu'elle voyait les siens, il en était certain. Il n'avait trouvé aucun défaut à Marianne jusqu'à ce qu'elle tombe le masque. Le choc, la désillusion avaient été d'autant plus cruels qu'il n'avait rien soupçonné. Mais il ne pensait pas que Chastity puisse lui réserver de déplaisantes surprises.

Il rebroussa chemin, poussé par la faim. Tout le monde devait être levé, y compris Chastity. Le souvenir de son corps chaud blotti contre le sien réveilla son désir et il hâta le pas. C'était si agréable ce besoin urgent de rejoindre quelqu'un ! Il le savourait pleinement, et décida de se contenter de vivre l'instant présent. Les décisions viendraient plus tard.

Chastity descendait l'escalier quand il pénétra dans le hall désert.

— Bonjour, dit-il avec un sourire qui dessina de petites rides au coin de ses yeux. Avez-vous bien dormi ?

— Comme si vous l'ignoriez, répondit-elle d'un ton léger. Avez-vous pris votre petit-déjeuner ?

— Pas encore. Je suis allé me promener, et j'ai une faim de chasseur de loup.

— Pas un mot sur la chasse ce matin, lui conseilla-t-elle en se dirigeant vers la salle à manger. Sinon, père va se lancer dans l'une de ses interminables lamentations. Hier soir, il semblait résigné, mais ce soleil risque de lui donner des regrets.

— Eh bien, cela vous permettra au moins d'avancer dans vos projets de mariage, dit Douglas sans la quitter des yeux. Suggérez-lui de passer la matinée avec la *contessa*.

Chastity se sentit rougir, et elle essaya de plaisanter.

— Je ne pense pas qu'il ait besoin d'encouragements.

Douglas avait perçu une tension inhabituelle chez elle. Son rire lui parut un peu factice, de même que le bonjour joyeux qu'elle lança à la ronde en pénétrant dans la salle à manger.

Il se servit copieusement de rognons, de bacon et de champignons, avant de s'installer à table.

Au fil de la journée, il se rendit compte avec un amusement un peu choqué que les projets de mariage des sœurs Duncan ne concernaient pas seulement leur père, mais aussi Mlle Della Luca. Avec plus ou moins de subtilité, elles s'arrangèrent pour que George Berenger et Laura soient voisins à table, partenaires aux cartes, duettistes dans des chants italiens.

Quant à lord Duncan, il était parfaitement capable de s'occuper seul de la *contessa*, et offrait spontanément de l'accompagner. La dame semblait d'ailleurs ravie de ses attentions.

Douglas devait admettre qu'il n'aurait pas été conscient de cette activité clandestine s'il n'avait été au courant. C'était assez dérangeant. Il comprenait aisément les raisons qui poussaient les sœurs à encourager l'idylle naissante entre Laura et George Berenger. Si lord Duncan épousait la *contessa*, elles y gagneraient plus qu'une belle-mère, à moins que Laura n'habite sous un autre toit... Or elles n'avaient pas cherché à dissimuler leur opinion sur la *signorina*. Peut-être, se dit Douglas, était-ce le seul aspect de leur plan que Chastity eut gardé pour elle la nuit dernière, rien de plus. Il avait pourtant le sentiment que quelque chose ne collait pas. Elle était distraite et, une fois ou deux , il la surprit en train de l'observer discrètement. Il tenta alors d'accrocher son regard, mais elle se détourna aussitôt ou s'inventa une tâche urgente.

Après le déjeuner, il se rendit à la bibliothèque où il trouva Max et Gideon confortablement installés dans des fauteuils à fumer des cigares, un verre de cognac à portée de main.

— Venez vous joindre à nous, Farrell, proposa Max. Nous essayons d'échapper à un jeu appelé Meurtre dans la nuit.

— Cigare ? offrit Gideon.

Douglas secoua la tête.

— Non, merci, je ne fume pas. En revanche, je prendrai volontiers un verre.

Il se servit et s'assit dans un profond fauteuil de cuir.

— En quoi consiste ce jeu ? s'enquit-il.

— Nous ne savons pas précisément, mais connaissant nos épouses, je doute que cela convienne à des hommes dignes de ce nom. Elles n'ont aucun respect pour les positions sociales !

Douglas huma la chaude odeur de l'alcool, avala une gorgée et demanda :

— Et vous savez ce qu'elles ont en tête, toutes les trois, à part cela ?

— Tout dépend, cher ami, à laquelle de leurs nombreuses et scélérates activités vous faites allusion, répondit Max d'un ton nonchalant.

— J'ai l'impression qu'elles essaient de jeter Laura dans les bras de Berenger.

— Oh ! fit Gideon en s'emparant de son verre. Ce n'est pas impossible.

— Je crois que Chastity n'a aucune envie de l'avoir chez elle si lord Duncan épouse la *contessa*, observa Douglas.

— Nous le pensons aussi, acquiesça Max.

— Cela leur arrive souvent de jouer les marieuses ? interrogea Douglas.

Ses deux compagnons sirotèrent leur cognac en silence, puis Max répondit prudemment :

— Elles vous assureront qu'elles bouleversent la vie des gens uniquement pour leur bien.

— Et vous le croyez ?

Les deux hommes haussèrent les épaules.

— Elles font tout pour, soupira Max.

— Oui, ajouta Gideon dans un petit rire. Et, dans l'ensemble, nous devons reconnaître que le dénouement est heureux. Détendez-vous, vieux. Ce n'est pas si terrible !

Douglas esquissa un sourire.

— Vous voulez parler de Chastity, naturellement.

— Naturellement, acquiesça Max. On n'arrête pas les sœurs Duncan quand elles se sont fixé un but.

— Hum, fit Douglas d'un air songeur, je commence à croire qu'il serait temps que je prenne l'initiative.

— Je pensais que c'était déjà fait, observa Gideon en exhalant un rond de fumée parfait. Ou bien était-ce l'initiative de Chastity ?

— Ne soyez surtout pas embarrassé si c'est le cas, renchérit Max. Constance m'a séduit sans le moindre scrupule dans cette même demeure.

Douglas réfléchit un instant. La force qui les avait irrésistiblement poussés l'un vers l'autre avait surgi de nulle part.

— Pour autant que je m'en souvienne, personne n'a pris l'initiative.

Ses compagnons hochèrent la tête comme s'ils comprenaient parfaitement.

— C'est un peu comme le tonnerre, hasarda Gideon. Enfin, tant que vous n'aspirez pas à une existence paisible...

— Je ne me rappelle pas précisément, dit Max, mais il me semble qu'à une époque, c'était ce que je souhaitais.

La porte de la bibliothèque s'ouvrit sur Sarah, un jeu de cartes à la main.

— Nous allons jouer à Meurtre dans la nuit, annonça-t-elle. Prudence dit qu'il faut que vous participiez, papa, et aussi oncle Max et le Dr Farrell.

— Mais il ne fait pas nuit, protesta son père afin de gagner du temps.

— Dans les greniers, si, et c'est là que nous jouerons, rétorqua la fillette en tirant son père par la main. Venez, papa, on va bien s'amuser ! Même Mlle Della Luca et lord Berenger joueront.

Gideon se leva en gémissant.

— Très bien, j'arrive. Mais pas tout seul, lança-t-il à ses compagnons qui se levèrent à contrecœur et le suivirent dans le salon.

— C'est très simple, expliqua Prudence. Celui qui tire l'as de pique est le meurtrier. Le roi de cœur est le détective, tous les autres sont les victimes potentielles. La première personne qui sent une main sur son cou pousse un hurlement, et on allume les lumières. Ensuite, le détective doit trouver l'assassin. Fais choisir les cartes, Sarah.

— Comment diable avez-vous pu persuader la *signorina* de se mêler à cette comédie ? demanda doucement Douglas à Chastity.

— Ce n'est pas moi, c'est George Berenger. Il a raconté qu'il y jouait toujours à Noël, quand il était enfant, et qu'il adorerait recommencer. Il est si seul, le pauvre.

— Alors vous allez tenter de le marier à Laura ?

Il y avait une note de sarcasme dans la voix de Douglas.

Chastity haussa les épaules.

— On ne peut obliger les gens à s'épouser. C'est à eux de décider. Nous leur fournissons juste des occasions.

— J'ai remarqué, commenta-t-il ironiquement. Pour leur bien, naturellement.

— Nous ne faisons aucun mal, protesta Chastity, sur la défensive.

Le sujet était épineux, et elle fit mine de consulter la carte qu'elle avait tirée derrière sa main.

— Tout le monde est prêt ? demanda Prudence qui semblait être le maître de cérémonie. Montons au grenier !

Dans la pénombre des combles, il y eut des bruits de pas discrets, des rires étouffés, tandis que des silhouettes se déplaçaient en essayant de s'éviter. Douglas, qui n'avait pas de carte importante, décida qu'il pouvait se retirer du jeu sans le gâcher. Il dénicha un vieux fauteuil dans un coin désert où il était sûr qu'on ne le trouverait pas et s'y installa. Le cognac faisant son effet, il ferma les yeux.

Un cri perçant le tira soudain de sa somnolence. Une petite voix pointue déclara avec le plus ridicule des accents :

— Bas les pattes, monsieur ! Vous prenez des libertés...

Douglas tressaillit. Il avait déjà entendu cet accent. Son cœur se mit à battre à tout rompre.

— Je ne prends pas de libertés, madame mon épouse, s'indigna Gideon. J'essaie seulement de vous étrangler.

— Oh, meurtre, meurtre infâme ! hurla Prudence, abandonnant son accent français pour s'effondrer dans les bras de son mari.

Il y eut encore des bruits furtifs, puis on alluma les lampes et les participants s'observèrent les uns les autres.

Prudence gisait sur le plancher, et Gideon, un peu penaud, se tenait debout près d'elle, l'as de pique à la main.

— Ce n'était pas très malin, papa, lui reprocha Sarah. Nous savons tous qui a tué Prudence, puisque vous l'avez dit.

— Je suis désolé, s'excusa Gideon qui se pencha pour aider sa femme à se relever. Je crois que je n'ai pas parfaitement saisi la règle du jeu.

— On refait une partie, proposa Prudence, consciente de la déception de sa belle-fille. Rendez-moi vos cartes.

Chastity s'exécuta tout en se demandant où était passé Douglas. Elle était certaine qu'il était monté avec eux, or elle ne le voyait plus. Était-il allé faire la sieste ? Après tout, il n'était pas obligé de se prêter à leurs jeux.

Elle le trouva au salon un peu plus tard, quand tout le monde redescendit pour le thé. Installé dans un fauteuil, il lisait un vieil exemplaire du *Times*.

— Vous n'appréciez guère ce jeu, remarqua-t-elle en lui apportant une tasse de thé et une part de gâteau. Et je ne vous en blâme pas. Mais Sarah s'est bien amusée.

— Je me suis endormi, dit-il.

Il lui parut étonnamment grave ; ses yeux plus noirs que jamais semblaient sans expression.

— Je viens de recevoir un appel téléphonique d'un patient, reprit-il. Je crains de devoir prendre le premier train pour Londres demain matin.

— Oh ! Déjà.

— Oui. Je suis navré. Une urgence.

Il émiettait entre ses doigts un morceau de gâteau. Se forçant à sourire, elle dit doucement :

— Il nous reste une dernière nuit.

Il leva vers elle un regard indéchiffrable.

— Oui, une dernière nuit.

Elle hocha la tête et retourna vers la table où le thé était servi. Elle avait toujours su que cela ne durerait pas. Lorsqu'ils seraient rentrés à Londres, cet interlude serait terminé. Mais elle avait espéré… Non, elle n'avait rien espéré, elle n'était pas prête, c'est tout. Elle n'avait pas eu le temps de se préparer.

Il y eut quelque chose de désespéré dans la façon dont ils s'aimèrent cette nuit-là. Ils semblaient ne pouvoir se rassasier l'un de l'autre. C'était comme une drogue, songea Chastity. Ivre de passion, elle s'interdisait de penser que c'était la toute dernière fois.

À califourchon sur Douglas, elle se pencha pour l'embrasser tandis qu'il lui soulevait les hanches afin d'entrer en elle. Elle retint son souffle, heureuse de le sentir qui l'emplissait doucement. Le dos cambré, les mains sur ses cuisses, elle se servit de son corps pour les amener, les maintenir au bord de l'extase. Il la tenait aux hanches, la laissant mener la danse. Puis elle sentit la tension enfler, se répandre dans tout son corps tel un feu liquide, et elle se raidit. Les doigts de Douglas se crispèrent sur ses hanches, et il ferma les yeux tandis qu'il s'enfonçait en elle jusqu'à la garde.

Éperdue, le corps secoué de spasmes, elle s'abattit sur lui, le visage au creux de son épaule, sa somptueuse chevelure déployée sur son torse.

— Comment… est-ce possible ? balbutia-t-elle dans un souffle.

Il ne répondit pas immédiatement.

— Je ne sais pas, dit-il finalement, et dans sa voix elle perçut de la colère, du chagrin, et de la confusion.

Elle y vit l'écho de ses propres sentiments, de sa frustration à l'idée de devoir renoncer à cette magie.

Sans la lâcher, il bascula sur le côté, se dégageant d'elle en douceur, et elle se sentit affreusement abandonnée. Elle se lova contre son flanc.

Ils reposaient dans les bras l'un de l'autre, épuisés. Douglas écoutait la respiration de Chastity, plus régulière et plus profonde à chaque minute. Lorsqu'elle fut endormie, il se glissa hors du lit, remonta la couverture sur elle et resta là, debout, à la contempler à la lueur du feu. Il avait eu l'intention de ne rien dire, de faire l'amour une dernière fois, un adieu doux-amer, puis de partir sans un mot. Mais il se rendait compte à présent que c'était impossible. Il fallait qu'elle sache combien il était en colère, blessé, déçu. Il avait supporté la rupture avec Marianne en silence, comme s'il la méritait, mais il sentait qu'il lui fallait exorciser cette peine-là, avec cette autre femme qui l'avait tant déçu.

Chastity se réveilla une heure plus tard. La chambre était silencieuse, la place à côté d'elle vide. Elle se redressa sur un coude. Douglas, vêtu de son peignoir, était assis dans le fauteuil près de la cheminée. Ses yeux si noirs étaient rivés sur elle, et elle eut presque peur.

— C'était vous, dit-il. L'Intermédiaire… à la National Gallery. C'était vous.

— Oui, répondit-elle, résignée. C'était moi.

Il n'y avait plus rien à faire, plus rien à sauver.

Il continuait à la fixer, et sa colère était si palpable qu'elle se demanda si c'était cela qui l'avait réveillée. Mais il n'y avait pas que de la colère dans son regard. Elle lisait aussi de la peine, et, pire encore, de la déception. Elle avait l'impression de se dessécher, de s'émietter sous ce regard, telle une feuille morte.

— Comment avez-vous deviné ? risqua-t-elle bien que cela n'eût plus d'importance.

Il eut un rire bref.

— Ce stupide accent. Votre sœur l'a utilisé aussi… pour plaisanter, je suppose.

— Je n'ai pas remarqué, avoua-t-elle. C'est seulement une manière de déguiser nos voix. Nous n'essayons pas de faire croire que nous sommes françaises.

— J'imagine que vos affaires vous obligent à utiliser tout un éventail de ruses de ce genre, fit-il en se levant. Sinon, comment pousseriez-vous vos clients – si c'est ainsi que vous les appelez – à se dévoiler si totalement ? Des gens que vous rencontrez tous les jours… des relations… des personnes qui vous prennent pour ce que vous n'êtes pas ? Qui vous font confiance.

Il alla à la porte et, la main sur la poignée, il se retourna.

— Au revoir, Chastity.

Le battant se referma doucement, et le léger courant d'air fit crépiter le feu mourant.

Chastity s'allongea, le bras sur les yeux, des larmes brûlantes derrière ses paupières closes. Il l'aimait, son amertume et sa douleur en étaient l'aveu. Ce qui s'était passé entre eux n'était pas plus une aventure pour lui que pour elle. Et elle ne voyait absolument pas comment elle aurait pu changer quoi que ce soit.

Elle ne parvint à se rendormir qu'à l'aube, et d'un sommeil agité. Elle se réveilla lorsque le jour fut tout à fait levé sur un ciel bleu pur et un soleil étincelant, et se glissa péniblement hors du lit. Douglas avait dit qu'il prendrait le premier train pour Londres, il devait donc déjà être loin.

Elle s'habilla et descendit.

Jenkins traversait le hall, une cafetière vide à la main.

— Bonjour, mademoiselle Chastity.

— Bonjour, Jenkins. Le Dr Farrell est-il parti sans encombre ?

Elle s'efforçait de parler du ton attentif mais indifférent d'une bonne hôtesse.

— Fred l'a emmené à la gare il y a environ une heure, répondit le majordome en la scrutant. Tout va bien, mademoiselle Chastity ?

— Mais oui ! Nous le reverrons certainement à Londres.

Elle sourit puis se dirigea vers la salle à manger où tout le monde était réuni, hormis la *contessa*, qui prenait son thé dans sa chambre. Sarah et Mlle Winston étaient déjà sorties pour profiter de la féerie du paysage hivernal.

Lord Duncan leva les yeux de son assiette de rognons au bacon.

— Bonjour, ma chérie. Belle journée, n'est-ce pas ? Parfaite pour la chasse, ajouta-t-il en soupirant.

Chastity acquiesça distraitement et vint s'asseoir près de ses sœurs.

— Dommage que Farrell soit parti, reprit lord Duncan. J'aime bien ce garçon.

— De quelle urgence s'agissait-il, Chastity ? s'enquit Constance. Il te l'a dit ?

Chastity tenta un vaillant petit rire.

— Secret professionnel, répondit-elle en prenant un toast.

Elle s'aperçut que sa main tremblait et le posa vivement dans son assiette. Elle renonça, pour la même raison, à se servir de café.

Constance le fit à sa place.

— Tiens, ma chérie. Tu sembles en avoir besoin.

Consciente du regard attentif et intrigué de ses sœurs, Chastity s'efforça de boire sans rien renverser. Elles avaient appris la veille au soir que Douglas devait partir, car il avait fait ses adieux avant d'aller se coucher, et ne devaient pas comprendre la raison de sa détresse.

— Quels sont les projets, aujourd'hui ? demanda gaiement Constance.

— De l'air ! lança Max. Du grand air !

— J'ai demandé à Jenkins de préparer les fusils, intervint lord Duncan. Nous pourrons tirer quelques canards sur le lac, ou des oies sauvages. Qu'en dites-vous ?

— Faites ce que vous voulez, les hommes, répondit Prudence, mais nous, les femmes, nous allons patiner. Je l'ai promis à Sarah.

Gideon s'inquiéta.

— Comment saurez-vous si la glace est assez solide ?

— La mare n'a que cinquante centimètres de fond, mon amour, le rassura Prudence, à la fois condescendante et tendre. Vous ne pensiez tout de même pas que j'emmènerais Sarah sur le lac ?

— Comment aurais-je su qu'il y avait aussi une mare ? répliqua-t-il. Je ne connais rien à la campagne. Je n'ai même jamais vu le lac !

Chastity grignotait son toast, heureuse que personne ne fît attention à elle.

— Vous nous accompagnerez, Laura ? s'enquit Constance.

Laura se rengorgea en rougissant légèrement.

— Lord Berenger a suggéré, s'il faisait beau, que nous allions nous promener jusque chez lui. Il possède quelques magnifiques œuvres d'art rapportées de son séjour à *Firenze*, et je me réjouis de les admirer.

— Merveilleux ! Et votre mère ?

— Oh, notre chère amie prendra le cabriolet pour venir nous voir tirer, déclara lord Duncan. Je le lui ai proposé hier soir, si le temps le permettait, et elle semblait impatiente de prendre l'air. Jenkins nous apportera un pique-nique au pavillon du lac.

— Eh bien, voilà qui est réglé, fit Max qui se leva. À plus tard, ajouta-t-il en caressant les cheveux de sa femme.

— À l'heure du thé, probablement, répondit Constance en lui effleurant le poignet.

Chastity se leva à son tour.

— Je vais me changer, expliqua-t-elle. Ma tenue n'est pas vraiment appropriée. Je vous verrai tout à l'heure.

Elle quitta la pièce, sachant que ses sœurs ne tarderaient pas à la rejoindre à l'étage.

Dans sa chambre, elle s'assit devant sa coiffeuse, pensive. Tout était allé si vite ! C'était comme si un ouragan avait brièvement traversé sa vie avant de disparaître, laissant le chaos derrière lui.

Ses yeux paraissaient immenses dans le miroir, et vides. Deux puits sans fond. Elle ne se retourna même pas quand on frappa à la porte.

Prudence referma derrière elles, et Constance vint poser les mains sur les épaules de sa sœur cadette.

— Que s'est-il passé, Chastity ?

Chastity respira profondément, et leur raconta.

— Seigneur ! s'écria Prudence. Je n'y ai pas pensé une seconde, quand j'ai pris ce stupide accent, au grenier... Depuis le procès, cela m'arrive souvent de l'utiliser pour faire rire Gideon. Je suis navrée, Chastity. Tellement navrée.

— Ce n'est pas ta faute, Prudence. Je pensais que de toute façon c'était terminé, seulement...

— Seulement tu l'aimes, acheva Constance à sa place.

— Oui. Et je sais maintenant qu'il m'aime – qu'il m'aimait aussi. Il n'aurait pas été aussi profondément blessé et déçu s'il ne s'était agi que d'une aventure sans conséquences. Certes, il aurait été furieux. Et embarrassé. Mais il y avait plus que cela dans sa réaction... Infiniment plus.

Elle enfouit le visage entre ses mains.

— Comment ai-je pu tout gâcher à ce point ?

— Tu n'as rien gâché du tout, la consola Constance. Ce sont les circonstances qui s'en sont chargées.

— Absolument, renchérit Prudence. À présent, la question est : que faire pour redresser la situation ?

— Rien, murmura Chastity. Rien du tout.

17

Douglas ajouta un peu de charbon pour raviver le feu misérable qui parvenait à peine à réchauffer la pièce tant le vent s'insinuait partout. Il avait vu au moins trois cas d'engelures au cours de la matinée, si nombreux étaient ses patients qui arrivaient, leurs pieds nus entortillés dans du papier journal ou des chiffons. Il faisait trop froid dans ce cabinet pour qu'il pût examiner sérieusement ses malades. Il avait vraiment besoin de locaux plus adaptés, mais même dans ce quartier, le loyer serait plus cher.

Il était revenu à la case départ, songea-t-il, amer. Pire, même. Il était arrivé à Londres avec un plan d'action parfaitement clair. Une épouse riche, une clientèle huppée, et un dispensaire dans les bas-fonds. Si les deux premiers lui semblaient à présent odieux, il voulait toujours son dispensaire, avec autant de passion qu'auparavant, seulement il ignorait comment parvenir à l'obtenir.

Il avait cru possible de se contenter d'un mariage de convenance, mais il savait maintenant qu'il ne pourrait se satisfaire de moins que de ce qu'il avait fugitivement connu avec Chastity.

Il se rendit compte qu'il était toujours agenouillé devant la cheminée, le seau vide à la main, et il se releva avec peine. Le froid humide semblait lui engourdir l'esprit. Peut-être l'heure était-elle venue de renoncer à ses projets, de retourner en Écosse. Là, au moins, il pourrait se consacrer à son dispensaire. Il fonctionnait bien, mais la demande était sans cesse croissante. Il pourrait en ouvrir d'autres. Créer des spécialités.

Mais ce serait fuir devant l'échec, or il en était incapable. Ce n'était pas dans sa nature. En outre, ce serait aussi fuir Chastity et le douloureux échec personnel qu'elle représentait. Il l'aimait. Il l'aimait encore. Il était furieux contre elle, mais contre lui aussi. Lorsqu'il songeait à leur première rencontre au musée, il était pétrifié d'embarras et de mépris pour lui-même. Il entendait encore ses paroles si froidement intéressées.

Il avait été contrarié que cette hautaine petite personne voilée ne fasse pas le moindre effort pour dissimuler son mépris. Il considérait alors qu'elle n'avait absolument pas le droit de juger une situation dont elle ignorait tout. Quelle arrogance ! Il n'avait pas pris la peine de s'expliquer auprès de celle dont il requérait les services et qu'il s'apprêtait à payer pour cela. S'il l'avait fait, peut-être se serait-elle expliquée à son tour. Il songea aux efforts apparemment gratuits qu'avaient déployés les sœurs Duncan pour l'informer que la famille était pratiquement ruinée, et il en fut de nouveau mortifié. Se pouvait-il qu'elles aient cru qu'il s'intéressait à Chastity pour sa fortune ? Qu'il considérait qu'elle lui convenait à tout point de vue ? Cette seule idée lui était insupportable.

Il attrapa son manteau, jeta un coup d'œil au feu en espérant qu'il tiendrait quelques heures, au cas où un malheureux aurait besoin d'un abri, puis il souffla les lampes et sortit. Il était temps de changer de personnage. Il attendait une certaine lady Sydney qui lui était adressée par la sœur de lord Brigham.

Il n'était pas allé à Harley Street depuis plusieurs jours. La ville était déserte, en cette période de fêtes, et les patients se faisaient rares.

Comme il arrivait dans Harley Street, il aperçut un grand chariot bâché à l'arrêt devant son immeuble. Deux hommes costauds vêtus de tabliers de cuir en sortaient, se débattant avec un énorme bureau de chêne. *Son* bureau ! Douglas les vit hisser le meuble dans le chariot et pénétrer de nouveau dans la maison. D'autres apparurent, portant les vieux fauteuils craquelés de sa salle d'attente. Ils les chargèrent aussi à l'arrière et retournèrent à l'intérieur.

Avait-on décidé de l'expulser ? Non, impossible. Il avait payé un an de loyer d'avance, et signé le bail. Il s'élança dans leur direction.

Tous les meubles de son cabinet étaient empilés tant bien que mal dans la charrette. Son voisin et confrère sortit alors que Douglas se tournait vers la porte, stupéfait.

— Bonjour, Farrell, lança aimablement le Dr Talgarth. On se remeuble ? C'est toujours agréable de voir les locataires procéder à des améliorations. Cela rehausse le niveau de l'immeuble.

Sur ce, il s'éloigna, précédé de son ventre proéminent.

Douglas se précipita dans le hall où il heurta un homme qui portait un tableau. Une immense scène de chasse qu'il avait accrochée entre les fenêtres de la salle d'attente.

Il grimpa l'escalier quatre à quatre et pénétra en trombe dans son appartement dont la porte était restée ouverte. Il y avait un bon feu dans la cheminée, les lampes étaient allumées. Et la pièce n'avait plus rien de commun avec celle qu'il avait quittée quelques jours auparavant !

— *Dottore ! Dottore !* J'espérais avoir terminé avant votre arrivée !

Laura sortait de la salle de consultation, une lampe à abat-jour frangé écarlate à la main. Elle la posa sur un guéridon doré, à côté d'un sofa recouvert de chintz, et se tourna vers lui, triomphante.

— N'est-ce pas beau… parfait, *dottore* ?

Elle désigna d'un large geste la pièce qui ressemblait à présent à un salon de thé de province.

— Si accueillant, si confortable…

Douglas regarda autour de lui. Elle avait fait exactement ce dont elle l'avait menacé.

Les murs, bleu pâle avec des moulures roses, étaient couverts de tableaux représentant des fleurs. Chintz et dentelle aux fenêtres, chintz sur les fauteuils et les sofas. Le tapis était un champ de roses. Douglas cligna des yeux, ébloui par cette débauche de couleurs, puis il se rendit dans son bureau. Brocart, tapisseries, encore des roses, encore de la dentelle. Un paravent dissimulait la table d'auscultation.

Laura l'avait suivi.

— Le paravent, signala-t-elle. Quelle touche délicate, rassurante…

Douglas s'approcha des trois panneaux dorés. Représentaient-ils une scène d'orgie, ou le sacrifice d'une jeune vierge ?

Il songea soudain à l'arrivée imminente de lady Sydney. Que dire ? Que faire ? Il se tourna vers Laura, la bouche ouverte, cherchant ses mots.

Elle lui prit les mains et les secoua vigoureusement.

— Vous ne savez comment me remercier, *dottore*… Mais c'est inutile. J'avais promis de vous aider, et je tiens toujours mes promesses. C'était un plaisir, vraiment, de mettre mes talents à la disposition d'une si bonne cause.

Elle eut un petit sourire satisfait.

— Vous savez peut-être que lord Berenger et moi sommes fiancés.

— Félicitations, parvint à articuler Douglas.

Il lançait des regards effarés autour de lui, agitant les mains comme s'il ne savait qu'en faire.

— Tout ceci…

— Plus un mot, *dottore* ! Pas de merci. Cela m'a fait plaisir... Et c'était une espèce de petite répétition pour mon nouveau projet : redécorer le manoir de lord Berenger, naturellement.

— Naturellement.

— Bon, je dois vous laisser.

Laura s'empara d'un renard aux yeux de verre, de ses gants et de son sac à main.

— Vous trouverez les factures sur la petite table, là-bas, *dottore*, ajouta-t-elle d'un ton léger. Vous verrez comme j'ai négocié les prix en votre faveur.

Elle alla à la porte, s'arrêta près d'un palmier doré.

— N'est-ce pas le portemanteau idéal ? Exactement ce qu'il fallait.

Sur un dernier geste de la main, elle disparut dans l'escalier.

Douglas avait l'impression qu'un train entier venait de lui passer sur le corps. Il n'osait même pas jeter un coup d'œil aux factures. Tel un automate, il ôta son manteau et, machinalement, il faillit l'accrocher au palmier, puis il fixa cette horreur, son manteau, et se rendit dans son bureau où il jeta le vêtement sur une chaise avant de lancer son chapeau sur le rebord de la fenêtre.

Désespéré, il se rappela qu'il attendait une patiente. Il devait se montrer confiant, sûr de lui. Il l'était ! se persuada-t-il. Il lissa de la main son costume noir, et retourna dans la salle d'attente.

— Docteur Farrell, puis-je... Ô mon Dieu !

La secrétaire du Dr Talgarth se tenait sur le seuil, les yeux écarquillés.

— Mon Dieu, répéta-t-elle faiblement.

— Ce n'est que temporaire, mademoiselle Gray, déclara Douglas en s'efforçant de paraître « confiant et sûr de lui ».

Il l'était, bon sang !

— Oui, oui, bien sûr.

Elle s'éclaircit la voix.

— Puis-je faire quelque chose pour vous avant l'arrivée de votre patiente ?

— Non, rien, merci, mademoiselle Gray. C'est gentil à vous de travailler pendant votre heure de déjeuner.

Il lui adressa ce qu'il espérait être son plus aimable sourire.

— Ma voisine fait un sandwich à ma mère, le vendredi, répondit-elle un peu distraitement en continuant à tourner la tête telle une marionnette. Pour compenser, j'achète du poisson et des chips en rentrant à la maison.

Douglas s'efforça de se concentrer sur le sujet. Il ne pouvait pas redécorer l'appartement avant l'arrivée de sa patiente !

— Je vous suis très reconnaissant de votre aide, dit-il.

Mlle Gray était un cadeau du Ciel. Il n'avait pas les moyens d'employer une secrétaire à plein temps, et lorsqu'elle lui avait offert de travailler pour lui durant ses heures libres, il avait sauté sur l'occasion. Sans doute avait-elle besoin d'argent et n'avait-elle pas envie de passer son temps de repos seule avec sa mère dans le petit appartement qu'elles partageaient à Bayswater Street. En outre, c'était une excellente employée.

— Si vous pouviez faire entrer lady Sydney dans mon bureau dès qu'elle arrivera, reprit-il.

Il y retourna lui-même et étudia le décor du paravent avec attention. Il ne s'agissait ni d'une scène d'orgie ni d'un sacrifice de vierge, mais d'une scène pastorale dans un temple romain. Du moins en décida-t-il ainsi.

Par miracle, lady Sydney était à l'heure. Douglas commençait à apprendre que le temps de ses patients était beaucoup plus précieux que le sien, et, pour l'instant, il ne protestait pas. Sans doute cela viendrait-il quand il serait bien établi.

Contre toute attente, il trouva lady Sydney charmante. Cela dit, il avait apprécié tous les amis de Chastity, le soir de Covent Garden... des siècles auparavant. En fait, il aimerait probablement tous les amis des sœurs Duncan. Ce qui n'était pas une pensée très réconfortante.

Il tapota son crayon sur son sous-main et remarqua que le bord doré dessinait un motif gaélique. Laura devait imaginer que ces signes décrivaient d'anciens remèdes.

— Docteur Farrell... Docteur Farrell ?

Il s'aperçut que sa patiente le considérait d'un air perplexe.

— Vous parliez de fer, lui rappela-t-elle.

— Oui, pardonnez-moi. Du foie et de l'huile de foie de morue. Au moins trois fois par semaine. Les femmes enceintes souffrent souvent d'anémie.

— J'ai horreur du foie ! s'exclama la jeune femme avec une petite grimace de dégoût.

— Vous voulez un enfant en bonne santé, répliqua-t-il un peu sèchement en songeant à toutes celles qui n'avaient pas les moyens de s'en offrir.

Elle parut décontenancée.

— Oui, bien sûr. Et je ferai tout ce qu'il faut pour cela, docteur.

Il sourit afin d'effacer la mauvaise impression qu'avait pu laisser sa trop vive réaction.

— J'en suis certain, lady Sydney. Je vous reverrai dans un mois. Si vous voulez bien prendre un rendez-vous auprès de Mlle Gray avant de partir ?

Elle se leva et lui tendit la main.

— Votre bureau... Quelle décoration originale ! Pour un médecin, je veux dire. C'est charmant, absolument charmant, se rattrapa-t-elle.

— Le choix de mon prédécesseur, répondit-il en lui serrant la main.

— Il a dû se laisser influencer par sa femme.

— Certainement.

Il raccompagna sa patiente à la porte avant de revenir s'asseoir à son bureau dans la lumière des lampes à abat-jour écarlate. Mlle Gray revint, munie d'une pile de dossiers, et regarda de nouveau autour d'elle avec stupéfaction.

— Le meuble pour les dossiers, docteur. Il a disparu !

— Il a dû se déguiser, riposta-t-il. Comme le portemanteau.

— Je me demande en quoi ? s'interrogea la brave femme qui se retenait de pouffer. C'est tout à fait mystérieux. Je suis désolée, docteur, mais...

Le rire eut raison d'elle. Elle posa ses dossiers sur le bureau et se laissa aller à son hilarité. Bien vite, Douglas se joignit à elle, et la pièce s'emplit de leurs rires inextinguibles.

— Mon Dieu, hoqueta enfin Mlle Gray en s'essuyant les yeux. Je ne sais pas ce qui m'a pris, docteur. Je n'ai jamais autant ri de ma vie !

— Cela fait du bien, avoua-t-il.

C'était vrai, et de plus d'une manière. Il se sentait purgé. Plus d'amertume, plus de désir de vengeance, même plus une pointe d'humiliation. Soudain, il savait exactement ce qu'il voulait. D'ailleurs il l'avait toujours su, mais il savait désormais ce qu'il devait faire pour l'obtenir.

Il attendit que Mlle Gray soit partie, en essuyant une dernière larme de sa main gantée, puis il prit une feuille de papier, trempa sa plume dans l'encrier et rédigea sa lettre qu'il compléta d'une signature absolument illisible. Il la glissa ensuite dans une enveloppe et inscrivit l'adresse de la boutique de Mme Beedle.

— Je n'y arriverai jamais, gémit Prudence qui tapait à deux doigts sur le clavier de sa machine à écrire. Je n'arrête pas de me tromper.

— J'ai l'impression que les idées me viennent moins vite qu'avec un crayon, observa Constance en se renversant dans son fauteuil.

Elles se trouvaient dans leurs nouveaux bureaux de Shoe Lane.

— Il suffit de s'adapter, déclara Chastity.

Elle renvoya le chariot qui tinta joyeusement.

— Je m'y habitue plutôt bien. C'est beaucoup plus rapide pour répondre aux pénibles lettres de tante Mabel. Je ne dois pas être aussi cérébrale que vous deux.

— Sottises ! Tu es simplement plus souple.

— J'en doute, fit Chastity en haussant les épaules.

Constance s'étira et fit jouer ses poignets.

— C'est l'heure du déjeuner, annonça-t-elle. Nous avons bien mérité une pause, non ?

— Tout à fait d'accord ! s'écria Prudence en sautant sur ses pieds. Nous devrions essayer le petit café de Fleet Street où vont tous les journalistes. Je suis curieuse de voir leur réaction à notre entrée.

— Impossible, Prudence, objecta Constance. On attirerait trop l'attention. Allons plutôt au Swan and Edgar.

— Sans moi, dit Chastity qui n'avait pas cessé de taper. Je n'ai pas très faim. Je termine cette lettre, puis je prendrai l'omnibus pour aller chercher le courrier chez Mme Beedle. Voilà longtemps que nous ne l'avons pas relevé.

Elle ne s'était pas retournée, et ses sœurs fixaient sa nuque.

— Tu as besoin de te nourrir, Chastity, déclara Constance.

— Curieusement, non, répliqua Chastity. Allez-y toutes les deux.

Prudence se mordilla la lèvre, hésitant à forcer la barrière derrière laquelle Chastity se protégeait, puis elle y renonça. Elle prit son manteau.

— Veux-tu que nous te rapportions quelque chose ? Une soupe, peut-être ?

— Merci, je mangerai du gâteau aux lardons chez Mme Beedle, répondit Chastity sans lever les yeux. Cela fait une éternité que je n'ai pas bavardé avec elle.

— Entendu. À tout à l'heure.

Les deux sœurs se turent jusqu'à ce qu'elles soient sur le trottoir.

— Je m'inquiète pour elle, Prudence.

— Moi aussi, mais je ne sais pas quoi faire.

— Je ne sais pas non plus.

Chastity acheva de taper sa lettre et s'appuya au dossier de son fauteuil, la nuque raide. Dactylographier était certainement plus rapide que d'écrire à la main, mais c'était aussi plus fatigant physiquement. Sans doute cet inconvénient disparaîtrait-il quand elle serait plus experte.

Elle avait besoin d'un peu de détente, et le trajet à pied jusqu'à l'arrêt de l'omnibus serait le bienvenu. Elle partit d'un pas vif, les mains dans les poches, le feutre enfoncé sur le crâne. Elle s'interdisait de penser, ces derniers temps, du moins à autre chose qu'au *Mayfair Lady* ou à la façon dont évoluait la relation de son père avec la *contessa*. Hélas, elle était impuissante à étouffer les désirs et les regrets qui venaient la tarauder la nuit !

Elle descendit à Kensington High Street et se dirigea vers la boutique de Mme Beedle. Elle ne pouvait s'empêcher de regarder les passants dans l'espoir de croiser Douglas. Ce qui était ridicule, bien sûr. Son dispensaire n'était pas tout près, et il habitait désormais Wimpole Street. Il n'avait plus aucune raison de rendre visite à Mme Beedle.

— Ma foi, il y a un bout de temps que je ne vous avais pas vue, mademoiselle Chastity ! s'écria la brave dame en la voyant franchir le seuil. Bonne année ! Vous avez passé un joyeux Noël ?

— Excellent, madame Beedle, merci, répondit Chastity, qui se rendit compte qu'elle manquait d'enthousiasme. Froid et enneigé, reprit-elle avec un peu plus d'entrain. Sarah était enchantée.

— Oh, tant mieux. Je suis heureuse que la petite ait eu une vraie fête de Noël. J'ai du courrier pour vous, ajouta Mme Beedle en soulevant l'abattant du comptoir.

Dans la cuisine, chaude et confortable comme toujours, régnait une délicieuse odeur de pâtisserie.

— Roulé à la confiture de fraises tout juste sorti du four, annonça Mme Beedle. Je vous en coupe un morceau, accompagné de crème anglaise ?

Un dessert en guise de déjeuner, voilà qui convenait parfaitement à la jeune femme.

— Avec plaisir.

Elle se débarrassa de son écharpe, et s'assit à table.

— Et voilà votre courrier, dit Mme Beedle en déposant devant elle une pile de lettres que Chastity glissa dans sa poche.

La brave femme lui servit ensuite une large part de gâteau qu'elle nappa généreusement de crème anglaise, puis se mit à bavarder gaiement sans guère attendre de réponse.

Une fois ou deux, la porte de la boutique tinta, et elle se leva pour aller servir ses clients, tandis que Chastity terminait son assiette. Voilà qui redonnerait quelques rondeurs à sa silhouette qui avait eu une fâcheuse tendance à les perdre, récemment.

— Et comment se porte lord Duncan ? demanda Mme Beedle qui revenait à la cuisine.

— Plutôt bien, répondit Chastity avec un clin d'œil. Il a une bonne amie.

— Mon Dieu ! C'est merveilleux ! Comme je dis toujours : même si le mariage a été parfait, celui qui reste doit être ouvert sur l'avenir.

— Excellente maxime, madame Beedle. Ma mère aurait été d'accord avec vous.

— Quel grand cœur elle avait !

— En effet, acquiesça Chastity avec un sourire un peu mélancolique. J'ai passé un très bon moment, reprit-elle, et je resterais volontiers tout l'après-midi, mais, hélas, le devoir m'appelle.

— Revenez vite, mademoiselle Chastity. Et transmettez mes amitiés à vos sœurs.

— Elles vous envoient leurs meilleurs vœux.

Chastity embrassa la joue rebondie de Mme Beedle et s'apprêta à affronter le froid.

Ses sœurs étaient déjà au travail quand elle arriva au bureau. Prudence s'occupait des comptes tandis que Constance rédigeait un article humoristique sur la soirée du Nouvel An chez Elizabeth Armitage.

— Comment allait Mme Beedle ? interrogea Constance en levant les yeux de son clavier.

— Bien. Elle vous envoie ses amitiés.

Chastity accrocha son manteau et sortit le courrier de sa poche.

— Nous avons quelques lettres.

— Tu as mangé un peu ? demanda Prudence d'un ton dégagé. Nous t'avons rapporté un sandwich, au cas où.

— J'ai dévoré un énorme morceau de gâteau à la confiture accompagné de crème anglaise, répondit Chastity en riant. Mauvais pour la ligne, mais bon pour le moral.

— Donc bon pour toi, déclara Constance. Voyons voir ce courrier.

Chastity posa les enveloppes sur la table ronde et elles se groupèrent autour. Comme de coutume, ce fut Prudence qui les ouvrit.

— Deux « tante Mabel » pour toi, Chastity, annonça-t-elle en les poussant vers sa sœur. Et voilà une tirade contre l'article que tu as écrit sur le livre de Freud, Constance.

— *Trois Essais sur la théorie de la sexualité.*

Constance parcourut la lettre.

— Quel bigot ! Un ignorant vicaire de campagne qui prétend qu'une publication comme la nôtre devrait flatter la délicate sensibilité des dames et non la heurter.

— Tu vas répondre ? s'enquit distraitement Chastity tout en jetant un œil à une autre lettre que Prudence lui avait tendue.

— Qu'en penses-tu ?

Chastity sourit, pensive.

— J'ai là une nouvelle mission pour L'Intermédiaire. Drôle d'écriture, en tout cas. Tout est écrit en majuscules.

— Peut-être qu'il – ou elle – ne maîtrise pas les minuscules ? suggéra Prudence.

— Je crois qu'il s'agit d'un homme, déclara Chastity en lui donnant la lettre. Mais je n'en suis pas certaine.

Ses sœurs lurent la missive.

— Les lecteurs du *Mayfair Lady* sont forcément capables d'écrire en lettres cursives, remarqua Constance. Peut-être a-t-il une bonne raison de ne pas vouloir qu'on sache qu'il a envoyé cette lettre.

— *« De plus en plus étrange », disait Alice,* cita Prudence. Qui va éclaircir le mystère ?

— Moi, lâcha Chastity sans grand enthousiasme. La salle Rubens à la National Gallery marche plutôt bien. J'aurai un exemplaire du journal, comme d'habitude.

— Tu es sûre de vouloir t'en charger ? s'inquiéta Constance.

La National Gallery risquait de réveiller de douloureux souvenirs...

— Oui, répondit résolument Chastity. Rencontrer les postulants de L'Intermédiaire, c'est mon travail, et je m'en acquitte avec plaisir.

Elle récupéra la lettre, fit rouler son fauteuil jusqu'à sa machine à écrire.

— Nous sommes vendredi, je vais lui proposer jeudi prochain. Cela lui donnera tout le temps de se libérer.

18

L'air était frais et le ciel bleu, le jeudi suivant, lorsque Chastity traversa Trafalgar Square en jetant du maïs aux pigeons. Le beau temps lui avait un peu remonté le moral, mais elle savait d'expérience que cela ne durerait pas. Dès que le soleil se coucherait, la dépression qui lui était devenue si familière l'écraserait de nouveau.

Elle portait son grand manteau d'alpaga ainsi que l'épaisse voilette qui dissimulait son visage. Elle avait prévu d'utiliser son accent à la Feydeau, quand bien même cette simple idée lui donnait la nausée. Elle gravit les marches qui menaient au foyer, tourna à gauche à mi-étage, son exemplaire du *Mayfair Lady* à la main.

Dans la salle des Rubens, elle s'assit sur la banquette circulaire, comme elle l'avait spécifié dans sa lettre et ouvrit le journal. Le client de L'Intermédiaire n'aurait aucun mal à l'identifier.

Et ce fut le cas, en effet. Un sourire se dessina sur les lèvres de Douglas tandis qu'il s'approchait.

— Madame *Mayfair Lady*, voilà que nos chemins se croisent de nouveau.

Chastity leva les yeux, incrédule.

— Douglas ?

— En personne. Puis-je m'asseoir ?

Sans attendre sa réponse, il s'installa près d'elle. Puis il souleva la voilette qu'il rabattit soigneusement sur le bord du chapeau.

— Un peu inutile, vu les circonstances, reprit-il tandis que son sourire éclairait son regard. Puisque nous n'avons plus de secrets l'un pour l'autre, ajouta-t-il.

Chastity demeura muette durant une longue minute. Elle songea d'abord que cette rencontre était fortuite, puis elle se dit que c'était impossible. Sa simple présence la bouleversait, son odeur, son sourire, les petites rides au coin de ses yeux, les grandes mains qui se débarrassaient des gants. Ses yeux étaient plus noirs que jamais et sa mâchoire plus volontaire encore, comme s'il avait quelque plan en tête.

— Vous avez écrit à L'Intermédiaire ? demanda-t-elle inutilement.

— J'ai pris le pari que ce serait vous qui répondriez, et non l'une de vos sœurs. Je veux que vous veniez avec moi.

Il s'empara de sa main, se leva, et l'obligea à l'imiter.

— Pour aller où ?

Elle aurait dû protester, mais elle était comme privée de volonté.

— Vous verrez. J'aimerais vous montrer les conséquences de vos actes.

Il l'entraîna à sa suite jusque sur le trottoir.

De sentir ses doigts sur son poignet, Chastity avait les sens en émoi. Certes, elle aurait pu se dégager, mais cela ne lui traversa même pas l'esprit. Elle n'avait aucune idée de ce qui se passait, ni de ce qu'il avait l'intention de faire, mais il était là, près d'elle, et elle ne sentait plus en lui la colère et la peine qui avaient marqué leur séparation.

Il héla un fiacre, y fit monter Chastity, et la suivit à l'intérieur. Elle envisagea un instant de résister, mais y renonça bien vite. À quoi bon feindre l'indignation ? Il était assis près d'elle et lui avait repris la main sans dire un mot, apparemment heureux d'être à son côté dans la voiture cahotante.

— Où allons-nous, risqua-t-elle enfin.
— À Harley Street.
— Pourquoi ?
— Vous verrez.
Il eut un petit sourire énigmatique, puis se tut jusqu'à ce qu'ils entrent dans son immeuble.
— Deuxième étage, fit-il en indiquant les marches.
Chastity lui lança un coup d'œil interrogateur, mais s'engagea dans l'escalier devant lui. Elle ne pouvait s'empêcher d'établir une comparaison choquante entre cette opulente bâtisse et le sinistre dispensaire de St. Mary. Ça ne devait pas être facile pour Douglas de se partager équitablement entre les deux, songea-t-elle en s'arrêtant devant l'unique porte du palier.
Il se pencha par-dessus son épaule pour ouvrir. Chastity fit un pas à l'intérieur avant de s'arrêter net, pétrifiée.
— Seigneur ! murmura-t-elle.
Douglas était à côté d'elle, et elle se tourna vers lui.
— Laura, reprit-elle, effondrée. C'est elle, n'est-ce pas ?
— Tout juste, acquiesça-t-il d'un ton neutre. Et ce n'est pas tout.
Chastity fit un pas, puis un autre, tout en regardant autour d'elle, ébahie.
— Il y a un bouddha ? hasarda-t-elle.
Il secoua la tête.
— Non, elle m'a épargné cela, mais il y a un palmier, dit-il en pointant le doigt vers un angle de la pièce.
Chastity pivota et posa la main sur sa bouche.
— Doux Jésus !
Il s'adossa à la porte, les bras croisés, le regard espiègle.
— Vous vous rendez compte que vous êtes entièrement responsable de tout ceci...
— Moi ? Non... Co... comment serait-ce possible ? balbutia-t-elle.

— Eh bien, j'avais comme l'impression que vous aviez tenté, sous le couvert de L'Intermédiaire, de me marier à la *signorina* Della Luca, observa-t-il.

— Euh... oui, mais... je ne vous ai pas suggéré de la prendre comme décoratrice!

— Je ne le lui ai pas suggéré non plus, croyez-moi!

Chastity jeta un nouveau coup d'œil autour d'elle, puis fit quelques pas en direction du bureau. Elle demeura un instant immobile sur le seuil avant de se tourner lentement vers Douglas.

— Je suis sincèrement désolée.

Il la rejoignit en deux enjambées, prit son visage entre ses mains. Une lueur mi-amusée mi-penaude dansait dans ses yeux.

— Moi aussi, ma chérie. Tellement désolé!

Elle se cramponna à ses poignets, prise de vertige.

— Je ne savais plus quoi faire, avoua-t-elle. Comment arrêter tout cela. Brusquement, tout échappait à mon contrôle.

— Je sais.

Il l'embrassa, doucement d'abord, puis avec une passion grandissante.

— Je vous ai fait du mal. Pardonnez-moi, ajouta-t-il.

— Je vous avais trompé. Cela a dû vous être si douloureux.

— Ça l'a été, reconnut-il en baisant le coin de ses lèvres. Mais je ne pouvais m'en prendre qu'à moi-même. Quel imbécile j'ai été d'imaginer que je pouvais...

Il releva la tête et fixa un point derrière elle avec une sorte de colère.

— Je vous aime, souffla-t-elle. Je vous aime, Douglas.

La colère se dissipa, et il l'étreignit avec force, reprit sa bouche avec une ardeur possessive. Elle le sentait gonfler contre elle, sentait son propre corps répondre, et elle eut un rire de pur bonheur.

— Où ? murmura-t-elle en lui mordillant la lèvre et en se collant davantage à lui, folle de désir.

Il la poussa jusqu'au vaste bureau orné d'un sous-main décoré et la fit basculer sur la surface polie. Les mains dans ses cheveux, elle l'attira à elle tandis qu'il relevait sa jupe, son jupon, la débarrassait de sa culotte.

Elle poussa un petit cri de plaisir quand il s'insinua en elle. Les mains glissées sous elle afin que le bois ne la blesse pas, il captura sa bouche et commença à aller et venir doucement.

Enfin il redressa la tête, plongea son regard dans le sien, et murmura :

— Je vous aime, Chastity.

Elle leva les hanches à sa rencontre, et ils riaient, comme si le monde avait enfin repris sa place, ils riaient à l'absurdité de leur posture, riaient de soulagement, riaient de plaisir partagé.

— J'espère que vous n'attendiez pas de patients, fit-elle quand il lui tendit la main pour l'aider à se redresser.

— Non. En général, je suis précis dans mes rendez-vous, et aujourd'hui tout particulièrement.

Elle se laissa glisser à terre.

— Vous aviez tout prévu !

— Pas exactement, dit-il avec un sourire coquin. Mais j'avais de l'espoir.

Elle se rajustait, le dos tourné, et lui jeta un coup d'œil par-dessus son épaule.

— Je pense qu'il faudra que vous gardiez le bureau. Il me plaît assez.

— Et le sous-main, ajouta-t-il. Mais par le diable, que vais-je bien pouvoir faire de tout ce… ce…

Il se passa la main dans les cheveux.

— Rendez-le, suggéra-t-elle. Vous avez les factures ?

— Oui. Il y en a pour cinq mille livres.

Chastity fit la grimace.

— C'est fou ce que les gens peuvent dépenser pour des objets d'aussi mauvais goût !

Douglas sortit une liasse de factures d'un tiroir et la lui tendit.

— Nous demanderons à Prudence de s'en occuper, proposa-t-elle. Elle est passée maître dans l'art de rendre les marchandises. C'était toujours elle qui s'en chargeait quand père dépensait à tort et à travers.

— Je ne veux pas mêler votre famille à cela, protesta-t-il en essayant de lui reprendre les factures.

Chastity les posa sur le bureau.

— Vous faites partie de la famille, maintenant, alors...

Elle plissa soudain les yeux.

— À moins, naturellement, que vous me considériez comme une passade, et n'ayez pas l'intention de faire de moi une honnête femme, docteur Farrell.

Il ne se laissa pas déconcerter plus d'une seconde.

— Seriez-vous en train de me demander de vous épouser, mademoiselle Duncan ?

— Exactement, monsieur, répliqua-t-elle avec une profonde révérence. Acceptez-vous de me faire l'honneur de devenir mon mari, docteur Farrell ?

— Tout l'honneur sera pour moi, dit-il en s'inclinant solennellement.

— Parfait, voilà une affaire réglée ! s'écria joyeusement Chastity. Donc, vous êtes d'accord pour que Prudence s'occupe de retourner tout ceci. Je vous assure que ce sont les marchands qui la supplieront de restituer ces objets avant qu'elle en ait fini avec eux. Il n'y aura aucun problème.

— Il y en aura quand même un, objecta-t-il. Mon cabinet sera vide.

— On peut remédier à cela facilement... À condition que vous ne souhaitiez pas du neuf.

Son ton supposait qu'il faudrait être fou pour préférer le moderne à l'ancien.

Douglas se hâta de secouer la tête.

— Non, pas du tout !

— Dans ce cas, c'est très simple. Nos greniers regorgent de meubles, tant à Romsey qu'à Manchester Square...

Elle s'interrompit devant son expression sceptique.

— À Romsey, je me suis assis sur un siège qui sentait le chien mouillé.

— Ils ne le sentent pas tous, assura-t-elle en venant nouer les bras autour de sa taille. Nous avons fait la paix, à présent ?

— Oh, oui, souffla-t-il dans ses cheveux. Une paix totale et définitive, mon amour.

Beaucoup plus tard, dans l'appartement de Douglas à Wimpole Street, Chastity s'étira en murmurant :

— Au risque de rouvrir de vieilles blessures, j'aimerais que nous parlions de l'argent dont vous aviez besoin pour le dispensaire, puisque je n'en ai pas.

— Vous n'avez pas l'intention d'être une épouse dépensière, j'espère ? la taquina-t-il, ses yeux brillant dans la pénombre.

— Bien sûr que non. Nous sommes indépendantes financièrement, mes sœurs et moi, protesta-t-elle.

— Alors, c'est parfait. Tant que je n'ai pas à vous prendre en charge...

Il s'allongea sur elle et traça du doigt le contour de son visage.

— Vous avez suffisamment de relations pour m'assurer une riche clientèle, non ?

— Sans doute. Et nous pourrions trouver un philanthrope qui accepte de financer le dispensaire. Cela aiderait, n'est-ce pas ?

— Certainement, acquiesça-t-il gravement. Mais ce qui m'aiderait surtout, en ce moment, ce serait que vous leviez juste un peu les hanches... parfait.

Il la pénétra en douceur.

— Je peux tout faire, mon amour, dès lors que vous êtes à mes côtés.

Elle sourit.

— Ensemble, nous allons déplacer des montagnes !

ÉPILOGUE

— Vous rendez-vous compte, dit Chastity, que l'année dernière à cette époque-ci, nous ignorions jusqu'à l'existence de Max, de Gideon et de Douglas ? Et regardez où nous en sommes.

Elle enfilait un bas de soie.

— Sans oublier père et la *contessa*, renchérit Constance en lui tendant une jarretière de dentelle.

— Je suppose que les jarretières sont plus romantiques pour un mariage que les porte-jarretelles, observa Chastity en la fixant haut sur sa cuisse.

— Absolument, affirma Prudence qui lui tendit la seconde. Pour la Flèche Écossaise, les jarretières sont indispensables.

Chastity éclata de rire.

— Tu fais allusion au train, je suppose ?

— C'était à double sens…

— Notre train ne part qu'à 10 heures demain matin, c'est pourquoi je passe ma nuit de noces dans la suite nuptiale du Claridge, lui rappela Chastity en enfilant ses escarpins de daim ivoire. Et je ne sais pas comment Douglas va la payer !

— Je pense qu'il serait assez mal venu de lui poser la question, intervint Constance qui secoua une robe du soir de soie verte avant de la passer par-dessus la tête de sa sœur.

— Je ne suis pas complètement stupide ! protesta Chastity d'une voix étouffée.

Elle tendit les bras pour que ses sœurs boutonnent les manches étroites.

— Elle est jolie, n'est-ce pas ?

— Ravissante ! reconnut Prudence. Contrairement à sa fille, la *contessa* a fort bon goût. C'est un superbe cadeau de mariage.

— Laura sait-elle ce qui est arrivé à sa magnifique décoration ? s'enquit Constance.

— Non. Elle n'est pas retournée à Harley Street. Elle est bien trop occupée à transformer la demeure de ce pauvre George.

— Cela n'a pas l'air de l'ennuyer, gloussa Prudence. Il l'adore.

— Il en faut pour tous les goûts !

On frappa à la porte, et la voix de Max s'éleva.

— Votre mari s'impatiente, madame Farrell.

— Dites-lui que certaines choses prennent du temps, Max, répondit Constance. Chastity ne va tout de même pas se marier en jupon !

— Je pense qu'il n'y verrait aucun inconvénient, riposta Max, mais je vais quand même lui transmettre le message.

— Nous ferions mieux de nous dépêcher, dit Chastity en passant le collier d'ambre à son cou.

Le couchant illumina soudain l'opale qu'elle portait au doigt.

— N'est-ce pas merveilleux que Douglas sache que seules les femmes nées en octobre peuvent porter des opales ?

Elle offrit sa main au soleil.

— Regardez comme elle change de couleur...

— Elle est splendide. De même que les boucles d'oreilles. Allez, mets-les, fit Prudence en les lui apportant.

— Voilà ton réticule, tes gants, ta cape, dit Constance en passant les accessoires à sa sœur. Tu es très belle, ma chérie. Tu l'as été toute la journée.

Chastity prit une inspiration un peu tremblante, et ses yeux s'emplirent de larmes.

— Je sais que rien n'est fini, pourtant, c'est exactement l'impression que j'ai.

— Au contraire, petite sœur, murmura Prudence, ce n'est que le commencement. À présent, va retrouver ta Flèche Écossaise

Elle serra Chastity dans ses bras, une humidité suspecte dans le regard. Constance se joignit à elles, et les trois sœurs demeurèrent un instant enlacées, puis Chastity se dégagea.

— Bien. Je suis prête.

Ses sœurs la précédèrent dans l'escalier. Les invités étaient réunis dans le hall pour saluer les jeunes mariés avant leur départ. Au pied des marches, Douglas ne quittait pas son épouse des yeux. En passant devant lui, Constance chuchota :

— Prenez bien soin d'elle, Flèche Écossaise.

Il la regarda, surpris, puis Chastity fut là, et il ne vit plus qu'elle. Il l'embrassa sous les applaudissements.

— La voiture attend, monsieur, annonça Jenkins. Veuillez accepter les félicitations de tout le personnel, madame Farrell.

— C'est la première et seule fois que je vous autorise à m'appeler ainsi, Jenkins, articula-t-elle avec un sourire un peu mouillé avant de l'embrasser.

— Certainement, mademoiselle Chastity.

Douglas glissa la main de sa femme au creux de son bras, et ils s'avancèrent vers la porte entre deux rangées d'invités. Laura, près de George Berenger, leur lança une poignée de pétales de rose en s'écriant de sa voix aiguë :

— Une coutume italienne. C'est tellement raffiné !

Chastity lui sourit, ravie d'avoir des pétales de rose raffinés dans les cheveux.

Lord Duncan et son épouse se tenaient près de la porte ouverte. Lord Duncan prit tendrement les mains de sa fille.

— Voilà la petite dernière mariée, dit-il. Ta mère aurait été si fière.

Chastity se pencha pour lui parler à l'oreille.

— Il y a moins d'un an, père, vous désespériez de mener l'une d'entre nous à l'autel.

Il éclata de rire en la serrant contre lui.

— Je n'ai jamais été très doué pour les prédictions, admit-il avant de tendre la main à son nouveau gendre. Prenez bien soin de ma petite fille, Farrell.

— Je vous le promets, monsieur, répondit Douglas. Mais Wimpole Street n'est qu'à cinq minutes d'ici.

— Nous serons ravis de vous voir tous quand vous aurez le temps de nous rendre visite, déclara la *contessa* avec un chaleureux sourire. N'est-ce pas; Arthur ?

— Bien sûr, très chère, bien sûr. Chaque fois qu'ils en auront envie.

Il prit son épouse par la taille.

— Mais les jeunes gens doivent vivre leur vie.

Douglas entraîna doucement Chastity sur les marches du porche. Elle se retourna pour saluer de la main les invités groupés sur le seuil, puis elle se laissa guider vers le magnifique attelage ouvert.

— Vous allez me soulever dans vos bras, n'est-ce pas ? fit-elle avec un léger soupir de résignation.

— C'est la coutume, répliqua-t-il, les yeux brillants.

— Une coutume païenne, et seulement pour franchir le pas d'une porte.

— Il y a beaucoup de païen dans le sang des Écossais, assura-t-il en la soulevant de terre. Qu'est-ce que votre sœur a dit déjà… quelque chose au sujet d'une Flèche Écossaise ?

— Oh, ça… Sans doute une référence au paganisme, répondit-elle d'un ton léger tandis qu'il la déposait sur la banquette de cuir.

Du haut des marches du 10 Manchester Square s'éleva un concert de vivats et d'applaudissements.

Découvrez les prochaines nouveautés de la collection

Aventures et Passions

Le 1er avril

L'espion de la couronne

de Celeste Bradley (n° 7583)

Avec pour seul indice une lettre signée « le Griffon », Agatha Cunningham part à Londres à la recherche de son frère, James. Pour pouvoir voyager sans choquer la bonne société, elle s'invente un mari, mais elle comprend avec angoisse qu'elle va bientôt devoir présenter aux ladies londoniennes un homme en chair et en os. Elle engage à cet effet un ramoneur peu conventionnel, et pour cause ! Simon Montague Raine appartient à un « club » d'espions, au même titre que James...

Le 8 avril

Un voyou sous surveillance

de Pamela Britton (n° 7603)

Le contrebandier Thomas Brown attend depuis des années de pouvoir se venger de celui qui a ruiné son trafic, Alexander Drumming, marquis de Warrick. Et ce moment arrive enfin lorsque le marquis fait savoir qu'il cherche une gouvernante pour sa fille, Gabriella. Thomas envoie alors Mary, sa propre fille, postuler pour le poste ! Malgré ses réticences, Mary est engagée. Elle le trouve trop figé, il la trouve trop libre et pourtant, bientôt, la passion les consume...

Le 15 avril

L'homme qui ne savait plus aimer

de Robin Lee Hatcher (n° 5232)

Homestead, 1898. Sarah McLeod rêve de quitter cette petite ville qui, elle en est persuadée, ne lui permettra jamais de concrétiser ses rêves. Mais son grand-père a besoin d'elle et elle doit attendre. C'est alors que revient au pays Jeremy Wesley, le seul homme qu'elle ait aimé. Toutefois les choses ont changé : Sarah est à présent fiancée à Warren, le frère de Jeremy. Et Jeremy n'est plus le même : la mort de sa femme l'a laissé désemparé et terrifié à l'idée d'aimer...

Le 25 avril

Les trésors de Daphné

de Laura Lee Guhrke (n° 7604)

Anthony Courtland, duc de Tremore, fasciné par les antiquités, décide de construire un musée pour exposer ses découvertes. Mais lorsque le spécialiste qu'il avait engagé meurt, c'est sa fille, miss Daphné Wade, qui prend sa place. La brillante jeune femme, dissimulée sous d'amples vêtements, ne retient pas l'attention du fascinant duc... jusqu'à ce que la sœur d'Anthony décide d'aider la jeune fille à faire son entrée dans la haute société et à révéler sa beauté...

Ce mois-ci, retrouvez également les titres de la collection

Amour et Destin

Des histoires d'amour riches en émotions déclinées en trois genres :

Intrigue ***Romance d'aujourd'hui*** ***Comédie***

Le 3 mars *Romance d'aujourd'hui*

Dans ses bras

de Jill Mansell (n° 7568)

Lorsque Maddy Harvey, traiteur, accepte l'aide d'un séduisant jeune homme sans savoir qui il est, elle commet un crime impardonnable : son sauveur s'appelle Kerr McKinnon ! Depuis que le frère de Kerr a tué dans un effroyable accident la petite sœur de Maddy, leurs familles sont ennemies. La mère de Maddy préférerait détruire les siens de ses propres mains plutôt que de voir quelqu'un de son sang associé à un McKinnon. Mais Maddy pourra-t-elle lutter contre son attirance pour cet homme ?

Le 10 mars *Intrigue*

Un danger si proche

de Tina Wainscott (n° 7569)

Après le suicide de sa mère, la fillette Katie Malloy est placée en foyer. Elle grandit en tentant d'être une fille bien et aspire à une vie tranquille. Dix-huit ans plus tard, elle pense y être parvenue : épouse du vétérinaire local, Ben Ferguson, elle semble être heureuse. C'est alors que ressurgit Silas, son ami d'enfance télépathe, devenu écrivain, sur les traces d'un tueur en série dont il perçoit les pensées. Katie et Silas retrouvent cette attirance qui les unissait autrefois, et ce n'est pas pour plaire à tout le monde…

Le 24 mars *Comédie*

Rencontre du deuxième type

de Jane Heller (n° 7570)

Lynn Wyman est considérée comme la reine de la communication depuis qu'elle a inventé la méthode Wyman. Son but ? Enseigner aux hommes à dialoguer avec les femmes ! Mais, lorsque l'infidélité de son mari fait la une, sa crédibilité chute à une vitesse folle. Il lui faut trouver une solution, et vite ! Elle se met donc à la recherche d'un client célèbre susceptible de redorer son blason. Et elle choisit Brandon Brock, génie des affaires, bien connu pour son machisme. Lynn se donne six mois pour transformer le lion en agneau. Tout un programme !

Amour & Mystère

NOUVELLE COLLECTION

Sous le charme d'un amour envoûtant

Le 10 mars
• *Baiser fatal*
de Susan Sizemore (n° 7682)

Domini Lancer, jeune femme aux pouvoirs psychiques très développés, est employée dans une entreprise de sécurité. Lorsque l'homme dont elle rêve depuis des mois débarque à l'agence pour travailler avec elle, elle n'en croit pas ses yeux. Surtout lorsqu'elle apprend qu'Alex Reynard est un vampire ! Un vampire vivant parmi les humains et contrôlant sa soif de sang grâce à un médicament dont l'efficacité tend à s'amenuiser... Pourtant, le plus grand danger reste les sentiments que lui inspire Domini...

Le 10 mars
• *À la lueur de la lune rousse*
de Shannon Drake (n° 7683)

Sean Canady, inspecteur de police, enquête sur plusieurs meurtres commis à La Nouvelle-Orléans. Ce qui retient son attention, c'est l'étrange absence de sang dans le corps des victimes. Ses investigations le conduisent dans la boutique de la belle Maggie Montgomery. Sean et Maggie sont immédiatement attirés l'un par l'autre, mais cette dernière cache un terrible secret qui les met tous les deux en danger. Un secret sur ses origines qui lui laisse penser que son amour avec Sean est impossible...

Passion intense

NOUVELLE COLLECTION

Quand l'amour vous plonge dans un monde de sensualité

Le 10 mars

• *Passion à nu*

d'Emma Holly (n° 7680)

Londres, 1875. Les parents de la belle Merry Vance veulent absolument qu'elle épouse le jeune Althorp, mais Merry, elle, ne veut pas d'un mari. Elle tient à garder son indépendance. Lorsqu'elle est secourue un soir par le peintre Nicolas Craven, elle voit là son salut : n'y a-t-il pas meilleur moyen qu'un retentissant scandale pour éloigner les vœux de mariage d'un aristocrate ? Dissimulant son identité, Merry pose nue pour le séduisant artiste. S'instaure alors un jeu de séduction entre le peintre et son modèle dans lequel Merry découvre la sensualité et l'éveil des sens...

Le 10 mars

• *Chloé l'impertinente*

de Susan Johnson (n° 7681)

Chloé, exténuée après trois semaines de travail intense, n'aspire qu'à une soirée de détente. Par politesse, elle garde l'ascenseur pour un inconnu qu'elle qualifierait de sexy. Les présentations sont facilitées par la personnalité haute en couleur de Chloé. Will, subjugué par la sensualité et le sens de l'humour de la jeune femme, propose de la raccompagner malgré l'heure tardive…

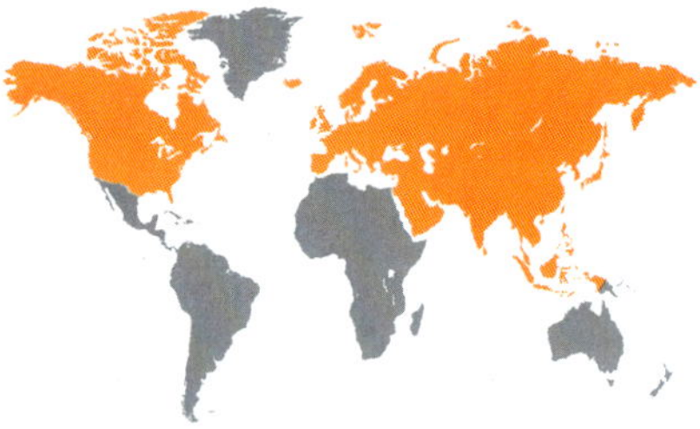

FAMILIE	Pyronemataceae
VERBREITUNG	Nordamerika, Europa, Asien
LEBENSRAUM	Auf Waldböden
SYMBIOSE	Ektomykorrhiza; mit Laub- und Nadelbäumen
WUCHSFORM	Auf der Erde, in kleinen, aber dichten Büscheln
VORKOMMEN	Gelegentlich
SPORENFARBE	Weiß
GENIESSBARKEIT	Giftig

GRÖSSE
Bis zu 100 mm

DURCHMESSER
Bis zu 60 mm

OTIDEA ONOTICA

ESELSOHR

(PERSOON) FUCKEL

Maßstab 1:1

Das Eselsohr zählt zu den größeren und attraktiveren *Otidea*-Arten, einer Gruppe von Waldpilzen, die häufig in dichten Büscheln aus Blattstreu hervorwachsen. Neuere Erkenntnisse weisen darauf hin, dass es sich um Ektomykorrhizen handelt, die mit lebenden Bäumen vergesellschaftet sind. Vereinzelte andere *Otidea*-Arten sind ähnlich gefärbt wie diese, die meisten in unterschiedlichen Brauntönen. Viele sind ohrförmig, eine jüngst entdeckte Art allerdings, *O. subterranea*, ist trüffelähnlich geformt. Das Eselsohr wird gelegentlich als essbar geführt, doch die Fruchtkörper können das Toxin Gyromitrin enthalten und sind daher potenziell giftig, besonders wenn sie roh verzehrt werden.

ÄHNLICHE ARTEN

Zu den ähnlich gefärbten *Otidea*-Arten zählen *O. concinna*, die jedoch leuchtender gelb ist und keine Rosatöne aufweist, und die ockerfarbene *O. leporina*. Keine von beiden wird so groß wie *O. onotica*. *Caloscypha fulgens* und *Sowerbyella radicata* haben eine andere Form, erstere zeigt außerdem blaugrüne Färbungen an der Außenseite, zweitere hat einen wurzelnden Stiel.

Das Eselsohr bildet, wie der Name schon sagt, typischerweise große, unregelmäßig eselsohrförmige Fruchtkörper. Weniger typische Exemplare können kürzer und beinahe becherförmig sein. Sie alle sind einseitig bis zur Basis gespalten und offen. Die eingerollte Innenseite ist glatt und ockerfarben mit rosa oder apricotfarbener Tönung. Die Außenfläche ist fein schorfig und ockerfarben. Manche Exemplare haben einen sehr kurzen, weißlichen Stiel.